여성동아 문우회 소설집

저물녘의
황홀

여성동아 문우회 소설집

저물녘의
황홀

노순자 외 지음

문학세계사

박완서 선생님 4주기 영전에 바칩니다

　박완서 선생님이 돌아올 수 없는 세상으로 떠나시고(2011년 1월 22일) 네 번째 정월을 맞습니다. 엄마 닭을 잃은 병아리들 모양 너무나 휑한 선생님의 빈자리에 어쩔 줄 몰라 하던 우리는 이제야 제가끔 애틋한 정을 나름의 신작으로 영글려서 4주기 영전에 드립니다.

　1975년 1월 동아일보 광고 사태 때 후배들을 불러 모은 것도 선생님이었고 해마다 한 명씩 보태지면서 인원이 늘자 동인지 성격의 작품집을 내는 게 어떠냐고 하신 것도 선생님이었습니다.

　도서출판 전예원에서 비정기 간행물 〈여성문학〉 1호라는 제호로 여성동아 문우들만의 첫 신작집을 낸 것이 1984년이며 1977년 당선자 김향숙의 「겨울의 빛」이 주목을 받았습니다. 그 후 잡지 느낌의 제호를 없애고 열 명이 참가해 376쪽의 두툼한 책을, 수록 소설 중 하나인 『분노의 메아리』라는 제목으로 간행한 것이 1987년입니다. 『불의 터널』, 『여덟 개의 모자로 남은 당신』, 『활 쏘는 여자』, 『십삼월의 사랑』이 3년쯤의 간격으로 계속 간행되었습니다.

2001년 동아일보사에서 간행한 7번째 신작집 『진실 혹은 두려움』 후기에 박완서 선생님은 이렇게 쓰고 계십니다.

"여성동아 장편소설 공모는 1968년부터였습니다. 그러나 당선자들끼리 알고 지내게 된 것은 1974년 12월 26일자부터 백지 광고 신문을 내기 시작한 동아일보 사태가 계기였습니다. 불과 대여섯 명이 모여 어두운 시대의 우울을 나누던 식구들이 이제는 삼십 명 가까이 불어났습니다.

우리는 같은 관문을 통해 문단에 나왔다는 것 말고는 이념이나 취향, 연령에 있어서까지 공통점이 거의 없습니다. 따라서 우리의 모임은 문학적 분파도 아니며 남에게 영향을 끼칠 수 있는 세력도 아닙니다. (생략) 우리의 공통점은 기성 문단에 대한 수줍음이 아닌가 싶습니다. 하나같이 변변치 못하다고 할까 호평을 받고 등단한 후에도 자기를 내세우는 데는 소극적이어서 곧 묻혀 버리곤 했습니다. 그걸 서로 안타까워하다가 우리끼리 지면을 만들어 보려고 시작한 게 동인지 발행입니다. 동인지를 통해 새롭게 인정받는

이가 생겨나는 것도 기쁨이지만 얼굴 맞대고는 문학 얘기를 하는 것조차 쑥스러워하던 우리들끼리 작품으로 만나는 장을 만듦으로서 각자 독자적인 작품 활동을 하는 데도 힘을 얻고 있다는 건 큰 보람입니다. 이번 일곱 번째 문집 출판을 동아일보사에서 해 주셔서 한시름 덜었습니다. 아무리 약소하더라도 인세를 받고 출판해야지 자비 출판을 할 수는 없다는 우리들의 초지를 관철하자니 출판사 찾기도 쉽지 않았습니다.

우리 모임에 회장은 없지만 총무는 있는데 출판사를 알아보고 원고를 모으는 일이 총무가 하는 일입니다."

선생님의 글을 많이 인용한 것은 우리 문우회의 성격과 신작집에 대한 설명이 더 붙이거나 뺄 것 없이 설명되어 있기 때문입니다.

그 후 『피스타치오 나무 아래서 잠들다』, 『로맨스 소설 읽는 아내』, 『촛불 밝힌 식탁』, 『피크닉』, 『소설가의 집』, 『오후의 빛깔』 등 신작집을 줄기차게 간행했고, 우리들의 참여는 지극히 자유로웠습니다.

그런데 2010년을 끝으로 여성동아 장편공모는 중단되었고, 해마다 탄생하던 새 식구에 대한 기다림이 사라졌습니다. 여성동아 문우회에 더 이상 회원이 늘 수 없게 된 것입니다. 아마도 선생님은 어쩌겠느냐고 우리끼리 꾸려 가자고 그 해맑은 웃음을 지으실

듯합니다.

존경보다는 사랑을 원하시던 박완서 선생님. 사랑으로 기억하며 묵묵히 우리 모두 문학의 길을 걸어가겠습니다.

2015년 1월

여성동아 문우회

차례

저물녘의 황홀

박완서

박완서

1931년 경기도 개풍군에서 출생. 서울대학 국문과에 입학했으나 전쟁으로 중퇴하였다. 1970년 마흔이 되던 해에 《여성동아》 여류 장편소설 공모에 『나목』이 당선되어 등단, 우리 문단을 대표하는 작가가 되었다. 대표작으로는 『그 많던 싱아는 누가 다 먹었을까』를 비롯하여 『엄마의 말뚝』, 『꿈꾸는 인큐베이터』, 『그 산은 정말 거기 있었을까』 등이 있으며 한국문학작가상(1980), 이상문학상(1981), 대한민국문학상(1990), 이산문학상(1991), 중앙문화대상(1993), 현대문학상(1993), 동인문학상(1994), 한무숙문학상(1995), 대산문학상(1997), 만해문학상(1999), 인촌상(2000), 황순원 문학상(2001) 등을 수상했다. 2011년 1월, 향년 80세의 나이로 별세했다.

열쇠로 대문을 따기 전에 먼저 우편함에 손을 넣어 보았다. 밖에서 우편함에 손을 넣을 때마다 알이 큰 가짜 비취반지가 거치적댔다. 그 조그만 장애 때문에 그 밑에 뭐가 있을 것 같은 막연한 기대가 일순 타는 갈망으로 변했다. 나는 허둥대며 손에 든 걸 반지 낀 손으로 옮겨 들면서 다른 한 손을 우편함 속 깊숙이 밀어 넣었다. 조급하게 끄집어 낸 건 숯불 갈비집 신장개업 광고와 네 절로 접은 갱지였다. 그것 역시 보나마나 광고지겠지만 접은 모양이 봉투에 들어가기 알맞은 편지 모양이어서 반사적으로 가슴을 울렁거리며 펴 들었다. 파출부 안내란 큰 글씨 밑에 작은 글씨로 일일제, 시간제, 격일제, 각종 심부름, 요리사, 환자 구완, 산모 산구완, 다시 조금 큰 글씨로 기타 뭐든지 전화 한 통으로 도와드릴 수 있습니다, 그리고 두 개의 전화번호가 나와 있었다. 나는 숯불 갈비집 광고와 함께 구겨 버리려다 말고 다시 네 절로 곱게 접어 핸드백에 넣었다. 뭐든지 도와주겠다는 말이 구겨 버리기엔 너무 아까웠다.

집에 들어가기가 싫었다. 대문에서 현관문까지의 예닐곱 발짝 거리는 그래도 괜찮지만 현관문을 열 생각을 하면 무서웠다. 집 안으로 발을 들여놓자마자 백 년 묵은 먼지가 피어오르듯이 자욱하게 피어오르는 냄새 때문이었다. 뼛속까지 시리게 음습한 그 곰팡내는 책이나 벽지가 썩는 듯도 했고 묵은 쌀이나 마른 반찬이 변질하는 듯도 했다. 그러나 양지 바르고 구석구석 정돈이 잘 된 집 안을 몽땅 한 바탕 뒤엎어도 그런 것들을 찾아낼 순 없었다. 집 안과 차단된 지하실까지 샅샅이 뒤져도 하다못해 말라 비틀어진 생쥐 시체 하나 찾아내지 못했다. 온종일 헛된 수고 끝에 기진해서 잠시 쉬는 사이에 깨달음처럼 문득 그 냄새가 무엇이라는 걸 알아차리게 되었다. 그것은 나의 냄새였다. 내가 떨구고 간 나의 체취가 빈 집에 괴어서 온종일 썩어 가는 음습한 냄새였다. 젊음에 의해 희석되거나 중화될 길이 막힌 채 괴어 썩어 가는 늙은이 냄새는 맡을 때마다 새롭게 섬뜩하고 고약했다. 어쩌면 안방에서 나의 시체가 썩어 가고 있을지도 모른다는 터무니없는 생각까지 들고부터 그 냄새는 고약할 뿐만이 아니라 무서웠다. 내가 살아 있다는 증거는 무엇이란 말인가. 나로 인해 기뻐하거나 괴로워

할 사람도, 내가 사랑하거나 미워할 사람도 없는 집구석에서 말이다. 먹고 마시고 숨 쉬고 소리 내는 나의 인기척을 타인에 의해 확인시킬 수도, 타인의 인기척을 감지할 수도 없는데 어떻게 내가 살아 있다는 걸 믿을 수 있을 것인가. 내가 살아 있다는 게 의심스러울수록 안방 아랫목에서 나의 시체가 썩어 가고 있을지도 모른다는 혐의는 짙어만 갔다.

강북의 서쪽 끝에 있는 주 박사 병원에서 강남의 동쪽 변두리에 있는 내 집까지는 갈아타는 데 소요되는 시간 빼고도 좌석 버스로 꼬박 시간 반이 걸렸다. 그동안이 별로 지루하지 않았던 것은 시끌시끌한 인기척 때문이기도 했지만 딸의 책상에 앉아서 딸의 편지를 읽을 수 있겠거니 하는 희망 때문이었다. 딸이 떠난 지는 석 달이 넘지만 딸의 방은 딸이 쓰던 때와 조금도 다르지 않게 보존돼 있었다. 그러나 옷장을 열면 허드레옷 몇 가지뿐 텅 비어 있어서 흠칫 놀라곤 했지만 책상만은 안 그랬다. 카세트테이프, 연극이나 미전의 팸플릿, 잗다란 마스코트 열쇠고리, 머리핀, 편지, 볼펜, 수첩 따위로 서랍마다 가득 차 있는 게 딸이 있을 때와 똑같았다. 딸의 편지는 번번이 내가 기다리고 바라는 것만큼 길지도 간절하지도 않았지만 딸의 손때 묻은 책상 앞에 앉아 곰곰이 읽음으로써 의례적인 편지가 채워 주지 못한 허전함을 채울 수가 있었다.

나는 담 너머로 내 집 마당을 망연히 넘보다가 지나가던 야쿠르트 아줌마가 나를 수상쩍게 되돌아보는 걸 느끼고 황급히 집 앞을 물러났다. 집 앞은 골목이나 한길이 아니라 시뻘건 공터였다. 공터 끄트머리엔 토건회사의 야적장이어서 몇 아름은 되게 큰 수도관, 하수도관, 철근, 빈 드럼통 등이 쌓여 있고 그런 자재를 관리하는 사무실 가건물이 두 채 기역자 모양으로 서 있었다. 공터의 한편은 동회 교회 이발소가 섞인 상가인데 한산하고 촌스러운 폼이 인구가 해마다 줄어드는 어느 읍 소재지의 한 귀퉁이를 연상시켰다. 나는 공터에 남아 있는 나무 그늘에 앉았다. 여름내 남자 노인들이 화투도 치고 장기도 두던 나무 그늘이라 야적장에서 주워 온 널빤지 보도블록 등이 흩어져 있었다. 고만고만한 아이들이 날카로운 환성을 지르며 수도관 속을 다람쥐처럼 민첩하게 들락거리는 게 보였다. 엄청나게 커 보이는 관이었지만 지름이 아이들 키에는 못 미쳐 아이들은 몸을 직각으로 꺾기도 하고 포복하기도 했다. 아이들이 지금 하고 있는 놀이는 숨바꼭질일까, 기차놀이일까? 아이들이 감쪽같이 보이지 않았다. 길게 이어진 관 중간쯤 전혀 빛이 안 드는 깜깜한 어둠 속에 모여서 몸을 관처럼 둥글게 오그리고 어둠을 즐기고 있는지도 몰랐다. 그만 나이에는 대낮에 어둠이 짜릿짜릿한 쾌감이 될 수도 있다는 걸 나는 알고 있었다. 문득 어린 시절 시골 마을 상뒷도가의 어둠이 떠올랐다.

상둣도가는 마을에서 한참 떨어진 외딴 곳에 있었다. 아이들은 그 집을 귀신 나오는 집이라고 서로 겁을 주고 있었다. 여름날 동구 밖 개울에서 미역을 감다가 소나기를 만난 적이 있었다. 지독한 소나기였다 빗방울도 굵었지만 천지가 곧 개벽을 할 것처럼 흉흉하고 아득했다. 우리 또래는 뜻 모를 비명을 지르며 마을을 향해 달음박질을 쳤다. 먼저 달리던 큰 아이가 상둣도가 앞에서 멈춰 서더니 그 안에서 비를 긋자고 말했다. 혼자라면 비에 떠내려가는 한이 있어도 감히 엄두도 못 낼 일이 여럿이서 눈치 보는 사이에 별안간 못된 장난만큼이나 재미있어졌다. 우리는 킬킬대며 상둣도가 안으로 들어갔다. 큰 아이가 널빤지 문을 닫자 그 안은 오밤중처럼 캄캄해졌다. 우리는 올빼미처럼 눈을 크게 뜨고 서로의 눅진눅진한 몸을 비비며 모여 앉았다. 재미있는 얘기해 줄까. 큰 아이의 눈빛이 달라졌다. 귀신 얘기는 싫어. 제일 작은 아이가 겁먹은 소리로 말했다. 그까짓 귀신 얘기, 큰 아이가 무시하는 투로 말했다. 큰 아이가 그때 해준 재미있는 얘기란 아기가 어떻게 생겨나나 하는 얘기였다. 이상한 것은 내가 그걸 안 게 그때가 처음이 아니라는 거였다. 그러나 그 전에 언제 어디서 누구한테 그 사실을 얻어들었는지는 아무리 생각해도 떠오르지 않는 깜깜한 부분이다. 딴 사람은 어떤지 모르지만 나의 기억은 어슴푸레한 박명에 덮인 부분, 쨍쨍한 밝음 속에 지겹도록 떠오르는 부분, 가물가물 곧 잊혀질 듯 몽롱한 부분 사이를 전혀 생각해 낼 수 없는 깜깜한 부분이 단절시키고 있어 마치 밤과 낮의 끝없는 되풀이처럼 보였다. 그 사실을 그때 처음 안 건 아니었지만 그 사실에 수치감과 혐오감과 함께 짜릿한 죄악의 예감을 느낀 건 그때가 처음이었다. 나뿐 아니라 그 자리의 모든 아이가 그랬음직하다. 그 사실을 소곤소곤 말한 큰 아이의 눈빛 때문이었다. 그 아이의 눈빛은 우리 또래의 눈빛하곤 달랐다. 어른들의 나쁜 짓에 대해 우리보다 많이 알고 있다는 자부심 때문인지 갑자기 어른처럼 굴었지만 미처 어른만큼 교활하지 못해 적나라하게 나쁜 아이로 보였다. 나는 그 아이가 싫어서 진저리가 쳐졌다. 귀신 얘기는 싫다고 말한 작은 아이가 별안간 큰 소리로 울기 시작했다. 큰 아이가 바보같이 왜 우냐고 구박했지만 나는 작은 아이가 우는 까닭을 알 것 같았다. 나는 작은 아이의 눅눅하고 시척지근한 몸뚱이를 꼭 껴안고 연방 괜찮아, 괜찮아 하면서 달랬다. 뭐가 괜찮다는 건지는 나도 몰랐다. 그때의 고약한 기억 때문에 나는 의식적으로 나의 삼 남매에게 성교육을 따로 시키지 않았다. 그런 건 안 가르쳐도 저절로 알게 돼 있다고 믿고 있었다. 내가 상둣도가에서 큰 아이한테 노골적으로 듣기 전서부터 알고 있었듯이 언제 누구한테 들어서 알고 있는지 전혀 생각나지 않는 그 부드러운 암흑 속에 인생의 중요한 인식의 출발이 숨어 있다는 건 얼마나 좋은 일인가.

　아무리 기다려도 수도관 속에 숨은 아이들은 나오지 않았다. 나는 조금씩 조바심이 나기 시작했다. 그 속에서 큰 아이가 작은 아이를 골탕 먹이고 있을지도 모른단 생각이 들었다. 아이들이 모여 있을 때, 더군다나 깜깜한 곳에 모여 있을 때 몇몇이 집단적으로 혹은 한 아이가 단독으로 돌연 악마 같은 가해자가 되는 수가 있다. 관 속에서 꼭 그런 일이 일어나고 있을 것 같았다. 작은 아이의 자지러진 울음소리가 들리는 듯했다. 그 작은 아이를 내 품에 꼭 안고 달래 주고 싶었다. 큰 아이들이 널 못살게 굴던? 어떻게? 저런저런 고얀 놈들 같으니라고. 아가야 잊어버려라. 그건 네가 못된 꿈을 꾼 거야. 자아 할머니가 이렇게 꼭 안아 줄게 잊어버리고 편히 쉬렴. 이렇게 달래 가지고 될 수 있으면 집으로 데려가고 싶었다. 그 아이를 식탁에 앉히고 날름대는 가스 불 위에서 온갖 맛난 걸 지지고 볶고 싶었다. 포식한 그 아이를 가슴에 품고 고른 숨소리를 즐기려는 데 아이들이 전혀 엉뚱한 방향에서 하나 둘 모습을 드러내기 시작했다. 길게 이어진 수도관은 야적장으로 트럭이 드나드는 포장도로까지 뻗어 있었다. 기나긴 터널을 지나 빛을 찾은 아이들이 환호성을 지르며 그쪽으로 나오고 있었다. 마침 녹슨 철근을 싣고 출발하려고 궁둥이를 트는 트럭을 향해 오라잇 오라잇 하면서 손짓을 하고 있던 노란 모자 쓴 남자가 난

데없이 수도관에서 튀어나온 아이들한테 발을 구르며 욕을 했다. 이 새끼들 죽고 싶어. 아이들이 팔을 프로펠러처럼 휘저으며 도망치기 시작했다. 그 애들이 빠르게 가까워 왔다. 꼭 나를 향해서 뛰어오는 것 같았다. 나는 그 애들의 맹렬한 속도와 넘치는 힘이 부럽고 슬며시 겁도 났다. 곧장 내 가슴으로 뛰어들 경우 아이의 체중과 기운을 감당 못해 벌렁 뒤로 나자빠질 것 같아서였다. 그러나 곧 아이들의 체온과 숨결과 체중과 부대끼며 땅바닥에 뒹굴 생각을 하니까 저절로 웃음이 나면서 몸뚱이 마디마디에서 상쾌한 기운이 용솟음쳤다. 얼마 만에 느껴 보는 살맛인지 몰랐다. 나는 가슴을 펴고 팔을 둥글고 크게 벌렸다. 그리고 속으로 으스댔다. 자아 얼마든지 덤벼 보렴. 이 할미 기운도 만만치 않을걸. 그러나 첫째로 달려오던 큰 아이는 나를 거들떠도 안 보고 쏜살같이 주택가로 달렸다. 둘째도 셋째도……. 꼬래비까지 그렇게 내 곁을 스쳐만 갔다.

그러면 그렇지, 남의 자식이 무슨 소용이람. 그렇지만 이 늙은이 너무 얕보지 마라. 나에게도 느이들만 한 손자가 자그마치 넷이나 있단다. 나는 쓸쓸하고 허전했지만 아직도 으스대고 싶은 마음은 남아 있어서 이렇게 내 손자들 생각을 하려 들었다. 나에게 손자가 넷이나 있다는 건 거짓말이 아니었다. 그러나 그 중 한 아이도 안아 본 적이 없었다. 웃고 우는 목소리를 들은 적도, 기고 걸음마하는 움직임을 본 적도 없었다. 그 애들은 다 미국에서 태어났으니까 미국 시민권이 있겠군요. 아는 척하기 좋아하는 친척 조카며느리가 이렇게 말했을 때 나는 아니라고 극구 부인했다. 나는 살아 움직이는 그 애들을 내 오관으로 느낀 적은 없지만 그 애들이 어떻게 생겼는지는 잘 알고 있었다. 큰아들도 둘째아들도 편지할 때마다 제 자식들의 사진 동봉하는 걸 잊은 적이 없었다. 손자들은 순종 한국 사람인 즈이 에미 애비를 닮아서 어디에다 갖다 놓아도 한국 사람임을 부정 못할 얼굴을 하고 있었다. 미국 시민이라니, 당치도 않은 소리였다. 그러나 순종 한국 사람이라는 것밖에 그 애들에 대해 아는 게 없었다. 나는 그 애들의 버릇도 목소리도 냄새도 알지 못했다. 살아 움직이는 그 애들을 떠올릴 수가 없었다. 사진으로 박힌 아이들 얼굴이란 분유통에서 활짝 웃고 있는 아이 얼굴과 다르지 않았다. 살아 움직이는 손자를 안고 싶다고 하소연하고 싶었으나 참고 있었다. 그건 내 마지막 카드여서 결정적인 순간까지 움켜쥐고 있어야 할 것 같았다. 또 섣불리 그런 하소연을 했다간 비디오테이프를 부쳐 올지도 모른다는 두려움 때문이기도 했다. 그 정도가 내 아들들의 효도의 한계라는 걸 알고 있었다. 미국 유학 떠날 당시의 아들 생각이 났다. 그때 내 아들은 참으로 보기 좋은 젊은이였다. 훤칠하고 늠름하고 야심만만했다. 미국 유학은 그 애의 고등학교 시절부터 예정

된 거였다. 자기가 대학에서 전공하고 싶은 분야는 미국 한번 안 갔다 오고는 꿋발이 없다고 했다. 그때만 해도 미국 유학은 모든 젊은이들의 선망의 대상이었다. 그만큼 어렵기도 했다. 그러나 그 애는 거뜬히 해냈다. 노후를 궁색하지 않게 지낼 만큼 영감이 남겨 놓은 재산을 한 귀퉁이 헐어 줄 각오쯤 하고 있었건만 장학금까지 받게 되어 내 돈은 한 푼도 축내지 않고 유학을 가게 되니 자랑스럽기 그지없었다. 내 보기에 내 아들의 출세와 성공은 보장된 거나 마찬가지였다. 나는 그 애가 금의환향할 것을 예상하고 미리 흥분해서 가슴을 울렁거리느라 떠날 때 미처 섭섭해할 새도 없었다. 이 년 만에 아들은 결혼하기 위해 돌아왔다. 학문에 전념하려면 가정을 갖는 게 유리하다고 했다. 건강한 젊은이의 정열이란 학문 쪽으로만 외곬로 다스리기엔 벅차리란 걸 이해 못할 내가 아니었다. 그렇지만 일생을 같이 할 반려를 구하는 일을 한두 달 사이에 해치워야 된다는 건 좀 마음에 걸렸다. 우리 집안의 개혼이었다. 사랑이 무르익은 꽃다운 결혼을 보고 싶었다. 그러나 아들은 그 어려운 미국 유학길도 남보다 쉽게 찾아낸 것처럼 배우자도 쉽게 구했고 결혼식도 간략하게 올릴 것을 주장했다. 너무 일사천리로 돼 가는 걸 탐탁찮아 하니까 친척들은 너무 복이 좋아 생트집을 잡는다고, 되레 나를 나무랐다. 나는 워낙 복 좋다는 말에 약했다. 남 보기에 좋아 보이는 복을 들까불고 싶지 않았다. 그렇게 장가를 들고 거우 삼 일 만에 제 색시와 함께 미국으로 가 버린 아들은 그 후 한 번도 돌아오지 않았다. 작은아들도 마찬가지였다. 형과 다른 건 연애하던 처녀와 식을 올리고 처음부터 같이 갔다는 것뿐이었다. 따라서 작은아들은 한 번도 집에 돌아올 필요가 없었다. 둘 다 공부는 벌써 끝마쳤고 큰애는 회사에 다니고 있고, 작은애는 아주 이민 간 처가의 장사를 거들고 있었다. 왜 안 돌아오는지는 분명치 않았다. 자식 낳고 눌러앉고 나서 처음 몇 년 동안만 해도 편지마다 변명처럼 마땅한 자리만 있으면 언제든지 돌아가고 싶다는 뜻을 비쳤었다. 도대체 어떤 자리가 내 자식에게 마땅한 자리인지, 나는 그 뜻을 이해할 수가 없었다. 수방석이나 비단 보료에 높이 앉혀 주길 바라지 않는 한 그 애들이 미국에서 종사하고 있는 회사 월급쟁이나 가게 지배인 정도의 일자리를 이 나라에서 못 구할 것 같지가 않았다. 아이들이 하나씩 더 생기자 그나마의 희망적인 말도 안 하게 되었다. 아이들을 위해 눌러 살 뜻을 노골적으로 드러냈다. 아이들을 위해, 아이들을 위해……. 나는 너무 일찍 삶의 목표를 아이들한테 이양해 버린 아들들한테 분노를 느꼈다. 그럼 나는 뭐니? 너희들만 자식 있냐? 나도 자식 있다. 너희들이 자식한테 기대하는 걸 나도 내 자식한테 바라면 좀 안 되냐? 이렇게 원색적으로 싸우고 싶은 충동을 종종 느꼈다. 그 무렵부터 나는 미국을 '그놈의 나라'라고 불렀다. 그놈의 나라 탓을 할 때마다 딸이 장단을 잘 맞춰 주었다.

"그놈의 나라는 땅덩이도 엄청 크고, 없는 거 없이 자원도 많고, 인종도 오만 가지 인종이 다 섞여 산다는데 뭐 하러 내 아들을 붙들고 안 놓아 준다냐?"

"엄마도, 그놈의 나라가 오빠들을 붙드는 게 아니라 오빠들이 그놈의 나라에 빌붙는 거라우."

이렇게 핀잔을 줄 적도 있었지만 살뜰한 위로도 잊지 않았다.

"엄마, 오빠들은 그놈의 나라에서 자알들 살라고 그래요. 아무데서나 잘만 살면 그만이지 뭐. 엄마는 내가 자알 모실 테니까 오빠들 생각은 조금씩 잊어버리세요."

"시집은 안 가구?"

"시집가면 못 모시나 뭐. 모시는 걸 꼭 한 집에서 산다고만 생각하지 마세요. 여건이 허락하면 한 집에서 모셔도 되지만 이웃에서 사는 것도 좋잖아요. 요샌 아이들도 다 그렇게 모신대요. 엄마 제가 아들 못지않게 모실 테니 두고 보시라니까요."

이렇게 선선한 딸이었지만, 서른이 내일 모레가 될 때까지 마땅한 혼처가 안 나서자 은근히 걱정이 안 되는 건 아니었다. 그래도 도심의 구옥을 팔고 변두리로 집을 구할 때, 이 동네를 마음에 들어 하면서 앞으로 땅값도 제일 많이 오를 거라고 점친 딸의 뜻에 두말없이 동의한 것은 모시겠다는 말을 은근히 믿고 이왕이면

제 마음에 드는 동네서 같이 살든지 이웃해 살고자 해서였다. 그렇게 믿던 딸도 방학 때 색시 구하러 나온 미국 유학생과 맞선 본게 인연이 닿아 즈이 오라비보다 더 휘딱휘딱 마치 번갯불에 콩구워 먹듯이 예식을 치르고 신혼여행도 생략하고 미국으로 가 버렸다. 곧 돌아오마고 했지만 편지가 뜸해지는 속도가 즈이 오라비들하고 맞먹는 걸로 봐서 아이만 하나 생기면 주저 물러앉을 게 뻔했다. 아이들을 위해, 아이들을 위해, 그놈의 나라에서 살겠다는 걸 누가 말리랴, 어떻게 된 게 자식 위하는 일이라면 조상 신주단지로 불쏘시개를 하겠다고 해도 오냐오냐 할 수밖에 없는 세상이 되었으니 말이다. 너도 나도 아이들을 위해 차마 못 떠나는 그놈의 나라에선 아이들을 은 소반에 받쳐 기르는 걸까. 금 소반에 받들어 기르는 걸까? 온종일 노깡 속에서 숨바꼭질하다 해 질녘에 노가다한테 욕 얻어먹고, 집으로 쫓겨나서 어른들한테 종아리 맞고, 숙제하는 둥 마는 둥 잔다고 해서 그 아이의 어린 시절이 을씨년스럽거나 불행하다고 누가 단정할 수 있을 것인가? 더잘 기르고 싶으면 아파트에 살면서 어린이 놀이터에서만 놀리고, 아니 놀 새 없이 학교 갔다 온 즉시 피아노 학원 미술 학원 태권도 학원으로 마구 조리를 돌리면 될 것을 꼭 그놈의 나라에서 길러야만 아이들을 더 위할 수 있다니, 늙은이가 알아듣기에 너무 어려운 얘기였다. 텅빈 공터를 보자기에 싼 것을 한 손에 들고 한 손으로 치마꼬리를 살짝 잡은 젊은 새댁이 가로지르고 있었다 한복 입은 옷매무새가 나무랄 데가 없었다. 엉덩이를 약간 휘두르는 걸음걸이가 한복엔 안 어울렸지만 처녀적엔 줄창 양장만 했을 테니 나무랄 게 못 됐다. 머리를 억지로 올려서 드러난 목고개가 애잔했다. 보자기에 싼 게 둥근 쟁반에다 그릇들을 받친 모양인 걸로 봐서 음식을 해 나르는 게 분명했다. 새댁이 음식을 해 나른다면 한 동네 사는 시부모나 친정 부모한테일 테지. 오밀조밀한 그릇에 든 게 무슨 별식일까. 가서 한번 어루만져 주고 싶게 기특하기도 했고 그런 재미를 보는 늙은이들한테 샘이 나서 가슴이 아리기도 했다. 쯧쯧 본견이었으면 좋았을 것. 치마저고릿감이 화학섬유인지 자꾸만 다리에 휘감겨 새댁은 몇 발짝 가다 말고 그걸 잡아 떼어 내리느라 몹시 신경을 쓰고 있었다. 버선도 미끄덩대는 나일론 버선에다 슬리퍼를 신고 있었다. 샘이 나서 그런지 그녀의 격을 조금씩 떨어뜨리고 싶어졌다. 노란 바탕에 다홍빛 꽃 그림이 흩뿌려진 치마저고릿감도 과히 눈에 차지 않았다. 그게 집요하게 휘감기면서 허벅지와 사타구니의 모습을 드러내는 것도 보기에 민망했다. 여자가 주택가 쪽으로 가지 않고 상가 쪽으로 꼬부라지더니 식료품 가게 이층으로 올라갔다. 이층 창엔 '장미다방'이라고 씌어 있었다. 언젠가는 창문을 잘못 달아 '미장방다'로 보여 딸하고 같이 거기가 뭐하는 곳인지 연구하느라 애를 먹던 곳이었다. 여염집 새댁이 아니라 다방의 얼굴마담이었다고 생각하자 이미 사라진 고운 한복이 한층 을씨년스러워졌다. 여자가 나타난 방향으로 봐서 야적장 사무실에 차를 날라다주고 오는 모양이었다. 커피 다섯 잔, 꼭 마담이 가져와야 돼. 알았지. 딴 애 시키면 국물도 없으니까 그런 줄 알아. 이랬겠지. 그리하여 담배꽁초 우려낸 것 같은 맛없는 커피를 사 먹어 주는 본전 빼고도 남을 만큼 게걸스럽게 여자의 몸을 더듬었겠지. 눈뿐 아니라 손을 뻗쳐 여자의 토실한 허벅지를 만진 놈팽이도 있었을 거야. 뉘 집 딸인지 기를 때 고이 길러 시집가서 잘 살기 바라지 않은 부모가 어디 있었을까만 조실부모했거나 제가 좋아 철없을 때 실수를 해서 그만 저 꼴이 되고 말았을 테지. 쯧쯧, 온종일 서 있자니 다리는 또 얼마나 아플 것이며 이 변두리 다방의 손님인들 야적장 노가다 수준밖에 더 될라구. 나는 신들린 것처럼 끝도 없이 그 여자에 대한 동정을 계속했다. 야적장 사무실에서 노란 모자를 쓴 사내들이 대여섯 명 몰려 나왔다. 하나같이 우락부락 건장해 보였다. 그들이 일제히 호탕하게 웃는 소리가 들렸다. 좀 전에 저희들끼리 눈으로 손으로 더듬은 여자 얘기를 하는 것 같진 않게 듣기 좋은 쾌활한 웃음소리였다. 여자에게 탐욕스러웠던 것은 그들보다 내가 아니었을까. 여자를 미친 듯이 탐욕스럽게 더듬은 것은 그들이 아니라 나의 굶주린 동정심이었을지도 모른단 생각이 들면서 나는 빠르게 비참해졌다.

　어깨를 툭 치며 나뭇잎이 떨어졌다. 자지러지도록 곱게 물든 나뭇잎이었다. 우러른 나무는 잎이 반도 못 남아 엉성했다. 발밑에도 낙엽이 어지러이 흩어져 있었다. 어깨를 친 낙엽처럼 곱지 않고 칙칙해선지 전혀 의식을 못 하고 있었다. 꽤 큰 거목인데 무슨 나무인지 한동안 생각나지 않았다. 나무 껍질을 자세히 보고서야 그게 벚나무였다는 걸 깨달았다. 지난 봄 그 나무는 참으로 당당했었다. 우리 집 마루에서 곧바로 바라보이던 그 나무를 잊다니, 그 변두리 집으로 이사 와서 처음 맞는 봄이었다. 그 나무가 꽃 피기 전에도 그 나무가 거기 있다는 걸 몰랐었다. 마루에 나서면 보이는 건 황량한 공터와 그 끄트머리의 야적장뿐이어서 마치 타의에 의해 예까지 밀려난 양 서글프고 심란했더랬다. 공터와 특히 야적장이 꼴 보기 싫어 겨우내 마루 커튼을 변변히 연 적이 없었다. 어느덧 긴 겨울이 가고 퀴퀴한 겨울 냄새를 몰아 내기 위해서라도 자주 창문을 열어야 할 만큼 날씨가 풀리고 해가 길어졌다. 대기에도 봄기운이 완연해졌건만 눈이 녹아 속살을 드러낸 빈터의 황량함은 변함이 없었다. 그러던 어느 날 엷은 꽃구름을 두른 한 그루 나무가 땅속에서 솟은 것처럼 느닷없이 그 한가운데 나타났다. 어머, 저기 벚꽃나무가 있었네. 딸도 그것을 처음 본 듯 이렇게 환성을 질렀다. 엷은 꽃구름은 불과 일주일 만에 활짝 피어났다. 어쩌나 미친 듯이 피어나던지 야적장을 드나드는 중기차 때문에 딱딱한 볼모의 땅이 된 공터에 묻혔던 봄의 정령이 돌파구를 만나 아우성치며 분출하는 것처럼 보였다. 한 그루 나무가 공터를 가득 채웠다. 이제 마루에 서면 공터는 없고 만개한 벚나무만 있었다. 어느 날 갑자기 피어났듯이 어느 날 갑자기 지기 시작했다. 벚꽃은 지면서도 공터뿐 아니라 대기를 온통 채웠다. 그것은 낙화가 아니라 광분이었다. 내 시야를 아무리 부풀려도 마치 낙화의 영토를 따라잡을 수가 없었다. 나는 난분분한 낙화에 홀린 몽롱한 목소리로 딸에게 말했다.

"얘야. 난 이 집에서 죽는 날까지 살고 싶구나."

그러나 꽃이 진 다음날부터 우리는 그 나무를 기억하지 못했다. 꽃이 지자 나무까지 없어지고 공터만 남았다. 그것은 바로 올봄의 일이고 딸은 올여름에 떠났다. 집엔 나 혼자 남았다. 혼자 남은 늙은이가 할 수 있는 일은 무엇일까. 자식들이 아주 잊어버리기 전에 슬쩍 그 애들의 어깨라도 칠 수 있는 일은 무엇일까. 철저한 필부로 살아서 비록 산 자취는 없다고 하나 예전 같으면 천수를 누렸다 할 환갑을 넘긴 나이니 오래 살았달 수 있고 산 날이 오래니 죽을 날이 어찌 가깝지 않으랴. 사람이 몽매하여 오늘 살 줄만 알고 내일 죽을 줄 몰라서 그렇지, 내 조그만 육신 첩첩한 갈피 어디멘가에선 이미 죽음의 예비가 시작됐으리라. 그걸 찾아내야만 했다. 고혈압, 간경화, 신부전, 암……. 어느 것이라도 무방했지만 될 수 있으면 죽음이 가장 확실한 암을 앓고 싶었다. 에미가 육 개월이나 일 년 안에 죽을 게 확실하다는 데 안 와 볼 자식이 있을까. 아아, 그럴 수만 있다면 목숨을 다해 암으로 피어나고 싶었다. 독버섯처럼 진하고 아름다운 암으로 피어나고 싶었다. 오직 그것밖에 할 일이 없다는 건 좋은 일이었다. 병들 일밖에 할 일이 없다고 생각하자 시난고난 기운 과 밥맛이 줄고 거울에 비친 얼굴에도 병색이 완연해지기 시작했다. 덜컥 앓아눕기 전에 그 암의 꼬투리가 내 몸 어디에 자리잡고 있는지 그게 내 생명력을 마지막까지 잠식할 시기는 언제쯤이 되는지를 분명히 해 둘 필요가 있었다. 그것으로 내 자식들의 편안한 망각을 두드릴 시기는 차후에 결정한다 하더라도 우선 그것을 갖고 있고 싶었다. 그것을 내 자식들의 망각을 언제든지 열 수 있는 열쇠처럼 어루만지고 싶었다.

내 집과 주 박사 병원은 행정구역상 같은 서울이다뿐 거리상으로나 교통상으로나 가장 멀리 떨어져 있었다. 그러나 주 박사는 큰아들의 고등학교 친구였다. 대학에서 과가 달라졌지만 여전히 집에까지 드나들던 무난한 친구였다. 아들이 미국 갈 때 주 박사는 아직 레지던트였지만 그때부터 나의 주치의를 자처하면서 딴 건 몰라도 어머니 건강만큼은 제가 책임지겠노라고 장담했었다. 아들의 편지에도 편찮으시기 전에 미리 주 박사한테 건강 진단 받아 보시란 인사말이 종종 들어 있곤 했다. 그러나 실제로 주 박사 병원을 찾아가긴 이번이 처음이었다. 주 박사도 일 년에 한 번 전화로 세배 올린다고 얼렁뚱땅 너스레를 떠는 게 고작이지 들른 적은 없었다. 그렇다고 딴 병원 신세 진 적이 있는 것도 아니었다. 한 번도 안 아팠다고는 할 수 없어도 약국에서 해열제나 소화제 몇 알 사다 먹으면 거뜬해졌으니 무병했던 셈이다. 사소한 일로 신세 안 지긴 참 잘한 일이었다. 엄살이 심한 늙은이란 선입관이 들면 죽을 병도 또 엄살 떠는 걸로 지레 짐작해 버릴 수도 있을 게 아닌가. 처음으로 주 박사 병원에 가는 날 나는 일부러 아무것도 바르지 않고 옷도 가라앉은 회색 옷을 입었다. 그건 딸까지 보내고 부쩍 늙은 얼굴에 걸맞았고 또 병자다웠다. 주 박사 병원은 생각보다 크고 주 박사는 알아볼 수 없을 만큼 몸이 나고 권위가 있어 보였다. 형석아, 형석아, 하면서 아들하고 똑같이 흉허물 없이 반기고 먹이고 나무라던 먹성 좋고 익살 잘 떨던 젊은이가 아니었다. 십여 년 만이었다. 전화로는 똑떨어지게 하던 해라가 잘 되지 않았다. 주 박사라고 하다가 자네라고 하다가 존댓말을 하다가 하게를 하다가 어쩔 줄을 몰랐다. 주 박사는 거만한 건지 그런데 무관심한 건지 말씀 낮추세요, 소리 한 마디를 안 했다. 내 아들도 저렇게 변했을까. 십여 년의 세월이 에미가 자랑스럽게 기억하는 그 훤칠하고 늠름한 아들에게 무슨 짓을 했는지 알지 못한다는 게 분하고 원통했다.

"자넨 크게 성공했네그려."

"뭘요. 어머니는 조금도 안 늙으셨어요. 고대로세요."

"머리가 하얗다네. 염색을 해서 그렇지 파파 할머니라네."

"원 어머님도, 혈색도 좋으시고 아주 건강해 보이시는데요."

몸이 안 좋다고 전화로 미리 귀띔을 하고 왔건만 괘씸하게도 주
박사는 시침을 떼고 있었다.

"건강한 게 다 뭔가. 요샌 영 몸이 말을 안 듣는다네. 오래 못
살 것 같아. 진찰해 보면 알겠지만 암만해도……."

"암만해도 암 같으신 게 아녜요?"

주 박사가 씽긋 웃으면서 말했다. 얼핏 그 옛날 익살 떨 때의 모
습이 비쳤지만 그때보다 훨씬 밉상이어서 비웃는 것 같았다.

"그, 그걸 어떻게 벌써 알았나?"

"아, 이래봬도 박사 아닙니까? 그건 농담이고요. 어머니, 요샌
암 노이로제 환자가 진짜 암 환자보다 훨씬 더 많거든요."

"진찰도 해보기 전에 꾀병 취급이군. 실없는 사람 같으니라고."

"죄송합니다. 어디가 어떻게 편찮으신데요?"

"지딱지딱 아프면 좋게. 그 병이 어디 처음부터 아픈 데가 있는
병인가?"

"어머니 혼자서 그렇게 단정을 하지 마시고 자각 증상을 말씀

하시라니까요?"

주 박사가 더 이상 노인의 망령기와 상대하지 않겠다는 듯이 냉정하고 데면데면하게 말했다. 어딘지 조금은 남아 있던 형석이의 모습이 싹 자취를 감추자 나는 낯설음을 감당 못해 울상이 되었다.

"자각 증상이요?"

나는 먼저 왼손을 왼쪽 젖가슴 밑에다 대면서 말했다. 여기 심장이 있다는 걸 느낀다네. 아주 자주 그게 힘겹게 헐떡이고 있다는 걸 느낀다네. 전엔 그걸 느낀 적이 없었는데. 그걸 느낀다는 건 거기가 아픈 것보다 더 기분 나쁘다네. 또 명치에 손을 대고 말했다. 여기 위가 있다는 것도 느낀다네. 조금만 시장해도 쓰리고 조금만 뭘 먹어도 가쁘고, 여기 위가 있다는 걸 시시때때로 느껴야 한다는 건 지딱지딱 아픈 것보다 더 괴롭다네. 가슴에 손을 대고 말했다. 이 속에 허파가 있다는 걸 느낀다네. 환기가 제대로 안 되는 좁아터진 방처럼 답답하거든. 또 배를 어루만지면서 말했다. 이 속에 창자가 있다는 걸 느낀다네. 아무리 배가 고플 때도 그 속은 가득 괴어 있는 것처럼 더부룩하고 답답하다네. 그뿐인 줄 아나. 다리 팔의 뼈마디 하나하나를 다 느끼면서 살아야 한다네. 마디마디가 쑤시거나 아픈 건 아니지만 녹슨 것처럼 뻑뻑한 데가 있는가 하면 죄어 줘야 할 것처럼 헐렁한 데도 있어서 그 여러 마디들이 제각기 신경을 거슬리게 한다네. 신경 얘기가 났으니 말인데……

　"어머니. 잠깐이요. 종합 진찰을 받으시도록 하겠습니다. 아주 정밀하게요. 좀 괴로우시더라도 참으실 수 있겠죠?"

　주 박사가 사무적으로 데면데면하게 내 말의 중동을 끊었다. 그는 내 말을 전혀 알아들은 것 같지가 않았다. 처음부터 귀담아들으려 하지도 않았을지도 모른다. 하긴 귀담아들어 봤댔자 알아들을 수 있는 얘기가 아니었다. 그는 한창 나이였다. 나도 젊은 나이와 한창 나이를 겪었듯이 오장육부와 뼈마디의 기능이 왕성하고 서로 조화로울 때는 아무도 그것들을 각각 느낄 수가 없다. 다만 그것들이 왕성하게 활동하고 완벽하게 화합해서 만들어 내는 쾌적한 힘, 싱싱한 의욕, 빛나는 욕망, 아름다운 꿈, 진진한 살맛을 느낄 수 있을 뿐이다. 주 박사가 바로 그런 나이라는 데 나는 질투와 실망을 느꼈다. 그러나 좀 더 나이 지긋한 의사를 찾아갈걸 하는 후회는 하지 않았다. 내가 그 먼 데까지 주 박사 병원을 찾은 건 아들의 친구니까 믿거라 하는 마음 때문만은 아니었다. 나는 좀 더 용의주도한 늙은이였다. 내가 죽을 병 들었다고 내 입으로 자식들한테 통고하고 싶지 않았다. 주 박사가 알리자고 해도 나는 한사코 말리는 시늉을 할 작정이었다. 암만 해도 나만 알고 있는 게 마음 편하겠네. 늙으면 죽는 게 누구나 당하는 사람의 운명인데 만리타향에서 살아 보려고 애쓰는 자식들을 불러들일 게 뭐 있겠나. 다행히 자네가 있고 병원비 할 만한 돈도 있으니 그 애들 놀래킬 거 없네. 이렇게 의젓하게 굴 작정이었다. 그렇다고 안 알릴 주 박사가 아니었다. 나에겐 몰래 알릴 게 빤했다. 주치의가 직접 알리는 에미의 사망 예고를 믿지 않을 자식이 어디 있으며 달려오지 않을 자식은 또 어디 있을까. 나는 그 정도나마 품위 있게 나의 죽을 병을 앓고 싶었다. 그건 나의 마지막 허영이었다.

정밀한 종합 진찰이란 게 시작되었다. 주 박사는 나에게 손끝 하나 안 대고 더 젊은 의사, 간호사, 기사한테로 넘겨 주었다. 주 박사가 내 가슴에 청진기 한 번을 안 댔다는 게 나를 몹시 서운하게 했다. 엑스레이, 심전계, 초음파, 내시경 등 각종 의료기기가 내 몸을 샅샅이 훑었다. 그중엔 견디기 어려운 고통을 주는 것도 있었다. 그들은 마치 공모하고 나의 참을성을 실험하려는 사람들 같았다. 인정머리가 없을 뿐 아니라 잔혹 취미마저 있어 보였다. 볼에 살이 많은 간호사가 내 피를 뽑았다. 생각했던 것보다 진한 피를 대롱이 굵은 주사기로 듬뿍 뽑는 걸 지켜보면서 아찔하니 현기증이 왔다. 그만두라고 악을 쓰고 싶었지만 혀가 잘 말을 듣지 않았다. 곧 괜찮아졌지만 일순 죽음의 차가운 촉수가 이마를 스친 것처럼 느꼈다. 꿈꾸던 죽음보다 현실로 다가온 죽음은 훨씬 낯설고 무서웠다. 각종 기계를 부착하고 기계적인 사람들 사이에

둘러싸여 죽으니 차라리 안 죽고 싶었다. 오늘 종합 진찰 결과를 알러 가기까지 이틀 동안 문득문득 그 진한 피가 떠오를 때마다 아까워서 가슴이 뭉클했다. 그 심술궂은 간호사가 일부러 그렇게 많이 뺐을 것 같고 그만큼 목숨이 줄어들었을 것 같았다. 그렇다고 죽을 병에 대한 염원이 줄거나 없어진 것도 아니었다.

"어머니도, 뭣 하러 또 그 먼 걸음을 하셨어요. 전화로 알려 드리려고 했는데."

주 박사는 종합 진찰 결과를 알러 간 나에게 이렇게 핀잔 먼저 주었다. 사형선고도 전화로 할 수 있다고 생각하는 그의 둔탁함에 나는 고통에 가까운 혐오감을 느꼈다. 그는 내 몸에 아무 이상이 없고 아주 건강하다고 말했다. 그리고 백세 장수하실 테니 염려 말라고 너털웃음을 웃었다.

벚나무의 앙상한 그늘이 부드럽게 번지면서, 땅거미 지듯이 공터를 스멀스멀 뒤덮기 시작했다. 야적장 가건물의 액자만 한 창에서도 주황빛 불빛이 비쳤다. 바람이 비질하듯이 낙엽을 한 군데로 몰아붙이면서 치맛자락을 부풀렸다. 어디론지 한없이 표표히 날아갈 것 같아 나무둥치를 잡았다. 거기 그렇게 있음의 부질없음이 목놓아 울고 싶게 서러웠지만 눈물은 나오지 않았다. 그렇게 샅샅이 휘젓고도 내 몸 갈피에서 죽을 병의 꼬투리를 못 찾아낸 걸 믿을 수 없는 나머지 병원 전체를 불신하는 기색을 드러내자주 박사는 너털웃음을 웃으면서 말했다. 꾀병 앓기도 힘든 세상입죠. 그 소리가 나에겐 마치 기계의 역성을 드는 것처럼 들려 심한 모욕감을 느꼈다. 아직도 그 모독감이 예민한 상처처럼 남아 있음에도 불구하고 꾀병이라는 말에서 그리움 같은 걸 느꼈다. 한때 안타깝고 집요하게 꾀병을 앓고 싶어서 뿐만이 아니었다. 그 말엔 아득한 지난날, 늙음이 생전 나하고 상관있을 성싶지 않게 싱그럽고 앳된 날들을 스치고 지나간 한 귀여운 노인의 모습이 배어 있었다.

나에겐 한 할아버지에 두 분의 할머니가 계셨다. 아버지를 낳아 주신 친할머니와 할아버지의 사랑을 독차지한 별명 '화초 할머니' 는 한 남편을 모시고 살면서도 서로 의가 좋았다, 적어도 남 보기엔 그랬다. 친할머니는 우리들을 지성껏 업어 기르고, 장 담그고 고추장 담그고 버선 깁는 일을 했고, 화초 할머니는 할아버지 사업 눈을 뜨게 해 읍내에 정미소랑 싸전을 차리는 데 물심양면으로 큰 도움을 주어 가산을 일으켰다. 내가 철나고 우리 집은 부자 소리 들으며 살았지만 그전엔 겨우겨우 사는 집이었다고 한다. 할아버지가 하조면에서 술집을 하던 과부와 눈이 맞아 딴살림을 차렸을 때도 친할머니는 투기라는 걸 몰라 배알도 없다느니 등신이라느니 하는 소리를 들은 모양이다. 풍신 좋고 풍류 좋아하는 할아버지에게 친할머닌 우리 보기에도 너무 걸맞지 않았다.

얼굴이 몹시 얽은 박색에다 키는 작고 평생 일밖에 몰라서 그런지 손발은 커서 상스러워 보였다. 자신에 비해 영감님이 늘 과람했던지 첩을 얻자 토라지기는커녕 좋아하더라고까지 전해 내려오고 있다. 하조댁을 얻고부터 집안이 불 일어나듯 늘어나자 일가 문중과 동네 사람들은 하조댁보다는 할머니를 칭송했다. 본댁 마음이 가히 부처님 가운데 토막이니 애물인 첩도 복덩이로 변하는 것 좀 보라는 말로 투기나 일삼는 여편네들을 나무랐다고도 한다. 할아버지의 사업이 읍내에서 기반을 잡자 할머니는 하조댁을 집으로 불러들이자고 할아버지한테 간곡하게 소청했다. 큰마누라 노릇 하고 싶어서가 아니라, 하조댁을 늙도록 장사판으로 내돌리는 게 안쓰러우니 이제 그만 편안히 지내게 하고 싶다는 할머니의 간청을 할아버지는 기꺼이 받아들였다. 본마누라한테 비록 살뜰한 정은 없었지만 그 정도의 믿음은 줄창 가지고 있던 할아버지였다. 우린 하조댁을 친할머니와 구별하기 위해 하조 할머니라고 부르다가 곧 화초 할머니로 부르게 되었다. 하조댁이 들어오자 집안이 갑자기 색스럽고 향기로운 화초가 가득 찬 것처럼 부드럽고 화려해졌다. 친할머니는 여전히 몽당치마를 입고 일만 했다. 화초 할머니는 자주 고름을 길게 늘이고, 남치마 밑으로 외씨 같은 버선발이 보일락말락 아장아장 걸어 다니면서 주로 할아버지 시중을 들고 남는 시간은 우리들을 귀애해 주었다. 친할머니가 벽장에 감춘 약과나 다식 같은 귀한 먹을 것도 화초 할머니는 아낌없이 꺼내 주었다. 할머니는 우리가 아무리 졸라도 없다고 잡아떼던 것도 화초 할머니가 찾는 눈치면 얼른 내주곤 했다. 우리는 그때 자기가 인심을 잃어 가며 화초 할머니만 인심을 얻게 해주는 친할머니를 참 바보 같다고 생각했다. 학교 친구가 집에 놀러오면 으레 화초 할머니가 나섰다. 시골서는 보기 드물게 예쁘게 썬 과일을 쟁반에 받쳐 들고 와서 친구들을 대접해 줄 때, 나는 화초 할머니가 자랑스럽고 고마운 나머지 친할머니는 어디 꼭꼭 숨어 보이지 않길 간절히 바라곤 했었다. 화초 할머니가 친구들한테 친할머니로 보였으면 해서이다. 우리 눈에도 그랬으니 할아버지가 화초 할머니한테 빠져 친할머니를 거들떠도 안 본 걸 나무랄 일도 못 된다. 그렇다고 친할머니가 화초 할머니를 집으로 불러들인 걸 후회하거나 섭섭하고 억울해서 속을 썩인 적이 있었던 것 같지도 않다. 만약 그랬다면 집안에 전과 다른 불화의 분위기가 감돌았으련만 전혀 그런 기미 없이 화기애애했다. 전과 달라진 거라곤 정말이지, 아름답고 향기로운 화초를 새로 들여놓은 것처럼 집안이 부드럽고 화려해진 게 전부였다. 명실공히 화초 할머니였다. 어느 날, 아침 잘 잡숫고 난 할아버지가 칙간 다녀오다 힘없이 모로 넘어지더니 중풍이라고 했다. 그 풍신 좋던 멋쟁이 할아버지가 하루 아침에 반신을 못 쓰게 되고, 입에서는 침이 질질 흐르고 숟갈로 떠 넣은 밥도 반은 흘렸다. 얼굴이 삐뚤어지고 입술도 휙 돌아가 말도 무슨 말인지 알아들을 수 없을 만큼 버벌댔다. 더 놀라운 건 할아버지의 마음이 달라진 거였다. 그 하기도 힘들고 알아듣기도 힘든 말로 온종일 낑낑대서 표시한 의사가 친할머니가 보고 싶다는 것이었다. 친할머니가 떠 넣는 죽은 흘리지도 않았고, 그 후 친할머니 치마꼬리를 놓치지 않으려고 했다. 처음엔 앞날이 길지 않을 것을 예감하고 조강지처에게 속죄하려는 말년의 일시적인 감상이려니 했다. 그러나 중풍이란 쉽게 낫지도 쉽게 죽지도 않는 병이어서 병석에 누운 날이 계속되는데도 할아버지의 마음은 본대로 돌아오지 않았다. 친할머니가 옆에 있어야만 편안한 얼굴을 했고 의사소통도 친할머니하고만 됐다. 어쩌다 화초 할머니가 옆에서 시중을 들려면 우선 말귀를 못 알아들어 할아버지를 화나게 했다. 그토록 입의 혀처럼 싹싹하고 날렵하던 화초 할머니가 할아버지 중풍에는 전혀 쓸모가 없었다. 점점 할아버지는 화초 할머니를 꼴도 보기 싫어했다. 남치맛자락만 보여도 얼굴을 찡그리면서 어서 나가라고 고래고래 괴성을 질렀다. 화초 할머니는 스스로 할아버지 앞에 나서기를 삼갔다. 할아버지한테 잊혀진 화초 할머니는 더 이상 집안의 화초일 수가 없었다. 풀이 죽은 화초 할머니는 쓸쓸하고 초라해 보였고, 그의 존재가 집안에 밝음과 향기가 아닌 암울하고 짐스러운 그림자를 던지기 시작했다. 그러나 할아버지와 화초 할머니가 아무리 놀랍게 달라졌다고 해도 친할머니가 달라진 것에다 대면 아무것도 아니었다. 친할머니는 조금도 눈치 보지 않고 실로 당당하게 할아버지의 병구완과 의사소통과 응석 받는 일을 전담했다. 조금쯤은 화초 할머니의 심정을 헤아려 주었으면 싶을 만큼 친할머니의 돌연한 당당함은 어린 마음에도 무자비해 보였다. 그러나 아무도 감히 할머니한테 그런 말을 하지 못했다. 그토록 초라하게만 보이던 무명의 무색옷에도 못생긴 얼굴의 곰보 자국에도 침범할 수 없는 기품이 서려 보였다. 친할머니의 전성기였다. 그러나 친할머니의 전성기는 오래 가지 못했다. 모든 식구들한테 잊혀진 채 겉돌던 화초 할머니가 어느 날 할아버지가 넘어지던 바로 그 칙간 모퉁이에서 쓰러져 할아버지하고 똑같은 반신불수가 된 것이다. 친할머니는 물론 어머니 작은어머니들한테도 재앙이 엎친 데 덮친 셈이었다. 병구완의 편의상 두 분을 한방에 나란히 눕힐 수밖에 없었다. 할아버지는 당신하고 똑같은 모습으로 반신불수가 되어 침과 음식물을 흘리고 오줌똥을 가렸다 못 가렸다 하게 된 화초 할머니가 옆에 눕자 잠시 망각했던 애틋한 정이 되살아난 듯했다. 정과 연민에 못 이겨 하루에도 몇 번씩 노안에 가득 눈물이 괴곤 했다. 잣죽도 무과수도 당신이 잡숫기 전에 화초 할머니한테 먼저 드리도록 했다. 화초 할머니는 할아버지보다 더 식욕이 왕성해서 주는 대로 먹고 요강을 댈 새 없이 오줌똥을 흘리곤 했다. 친할머니는 배로 늘어난 병자로 눈코 뜰 새 없이 바빠지고 할아버지는 화초 할머니가 남긴 턱찌끼나 얻어먹는 신세가 되었다. 할아버지를 따로 충분히 드리려도 막무가내였다. 중풍 걸려 나란히 누운 노부부의 금슬은 우리들의 어린 눈에도 좀 뭣해 보였다. 처음엔 지극한 연민으로 화초 할머니를 불쌍해하던 할아버지가 차츰 자신의 닮은꼴로, 잃은 반쪽으로, 애지중지하기 시작했다. 이제 친할머니가 통역을 안 해 주어도 두 사람만이 알아들을 수 있는 언어로 온종일 버벌거렸고, 젊은 연인들처럼 온종일 손잡고 바라만 보아도 싫증나지 않는 모양이었다. 동네 사람들이 구경을 와서 창밖에서 얼씬거리고 킬킬거릴 만큼 두 분의 지극한 행복과 이상한 금슬은 인근에 소문이 났고 또 볼 만했다. 그러나 할아버지는 화초 할머니보다 스무 살이 위였다. 비록 똑같은 중풍으로 누워 있을망정 한 날 한 시에 죽을 순 없다는 걸 깨달은 할아버지는 어느 날 비장한 얼굴로 친할머니를 불렀다. 자식보다도 당신을 믿고 부탁하는 것이니 자기가 먼저 죽더라도 화초 할머니 공경을 자기 생전처럼 할 것, 자기 생전에 화초 할머니 몫으로 충분한 재산을 떼어 줄 것 등을 부탁했고, 친할머니는 물론 그 어려운 부탁을 통역 없이 알아듣고 눈물을 흘리며 지킬 것을 맹세했다. 재산을 떼어 주는 문제에 있어선 아버지와 작은아버지들이 적지 않이 반발했지만 친할머니는 그 재산이 누구 덕으로 모은 재산인가를 깨우치며 준엄하게 꾸짖었다. 상당한 재산을 화초 할머니 몫으로 떼어 준 걸 눈으로 직접 확인하고 난 지 며칠 만에 할아버지는 운명하셨다. 할아버지 삼우를 치르고서야 겨우 식구들은 화초 할머니를 돌볼 만한 여유가 생겼다. 그러나 그동안 화초 할머니는 말끔히 중풍을 썼고 일어나 집 떠날 채비를 하고 있었다. 식구들과 일가친척들은 혀만 내두를 뿐 감히 무슨 말을 못하다가 그가 집 떠나자 갖은 욕들을 다 했다. 천생 첩년, 도둑년, 구미호, 천하 요물 등등, 그러나 친할머니가 나서서 점잖게 이 구구한 구설을 막았다.

"닥치거라. 하조댁만 한 열녀도 없느니라. 하조댁 때문에 그 어른은 돌아가시는 날까지도 외로움을 몰랐으니 그런 열녀가 어딨겠나. 하조댁 아니면 못할 일등 가는 병구완을 한 셈이지."

그러나 친할머니 못 듣는 데서는 두고두고 하조댁의 요망스러움이 사람들의 입초시에 오르내렸다. 아마 지금까지도 친정 쪽 동네와 친척 간에 전설적인 요물로 남아 있을 것이다. 나 역시 하조댁이 요물이라는 걸 감히 의심해 본 적이 없었다. 그러나 과연 그 절묘한 꾀병이 재산만을 목적으로 했을까. 재산은 나중에 덤으로 얻었을 뿐 하조댁이야말로 온몸으로 사람 속의 깊고 깊은 오지에 뛰어들 줄 아는 특별한 재능이 있었던 게 아닐까.

나는 실로 몇십 년 만에 하조댁의 꾀병을 회상하고 새로운 감동에 사로잡혀 있었다. 마음이 따뜻하고 부드러워졌다. 꾀병도 그쯤 되면 극치에 다다랐다 할 만했다. 뭐든지 극치에 다다르면 그 나름의 아름다움이 있는 법인가. 나는 잠시 몇십 년 전 꾀병에 황홀하게 현혹되고 있었다. 아아, 나도 그런 꾀병을 앓아 봤으면. 그러나 제아무리 화초 할머니도 우리 친할머니의 도움 없이 그의 꾀병을 극치의 경지까지 몰고 갈 수는 없었으리라.

지금은 섣불리 꾀병도 앓을 수 없는 세상이라니 어쩔거나. 화초 할머니의 꾀병을 아무도 못 말렸듯이 나의 고독을 누가 말릴 것인가. 나도 내 몫의 고독을 극치까지 몰고 가 보리라. 아랫목에 누워서 송장내를 풍기며 썩어 가는 또 하나의 나를 무서워하지 말고 직시하고 껴안으리라. 그 늙은이를 따뜻하게 녹일 수 있을지도 모르겠다. 스멀스멀 발밑을 기던 땅거미가 비로드처럼 도타워졌다. 어느새 주택가의 그만그만한 창에 모조리 불이 켜져 우리 집만이 빠진 것처럼 보였다. 어서 가서 우리 집 식탁에도 불을 밝혀야겠다. 그리고 그 늙은이를 위해 오랜만에 맛있는 저녁상을 차려야겠다.

고장난 컴퓨터

오세아

오세아

30년 전만 해도 사람들은 치매, 우울증, 스트레스, 이런 단어를 모르는 채 죽었다. 그런 걸 알았든 몰랐든, 태어난 사람들은 죽는다. 그 사는 동안, 열심히 그러나 조용히 살고 싶은 사람도 있는데 그것마저도 방해하는 사람도, 일도 세상에는 많다. 그럼 절대자는 방패였나?

• • •

1973년 『여성동아』에 『요나의 표적』으로 제6회 당선.
1977년 『한국문학』에 『머큐리의 지팡이』로 제2회 당선.
이화여대를 졸업하고, 청주대 교수를 지냈다.

신촌 집으로 이사 오던 날을 나는 기억한다. 세 개짜리 바퀴가 달린 스쿠터에 짐이 실리자 외삼촌이 나를 안고 조수석에 앉은 후, 차는 전차가 끊어진 지 오랜 후에도 들판과 그 들판에 문득문득 나타나는 초라한 집들을 지나, 낯선 풍경 속을 한없이 덜컹거리며 달려 이윽고 깜깜한 굴 속을 통과해서 갑자기 똑같은 집이 나란히 나타나는 동네 어귀로 들어서더니 그 길 끝, 맨 위 첫집에서 멈췄다. 차에서 짐을 내려 집 안으로 옮겼을 테고 외삼촌 무릎에서 벗어난 나도 집 안으로 들어섰을 텐데 그 첫인상은 기억에 없고 내게는 을씨년스럽던 날씨에 대한 기억만 뚜렷이 남아, 그 이사하던 날이 가을에서 초겨울로 접어드는 어느 흐린 날, 갑자기 기온이 떨어지려고 비를 재촉하는 구름, 혹은 눈을 머금은 것 같은 구름으로, 그리고 바람이 흙먼지를 일으키던 날이라는 걸 크면서 확실히 알게 되고 그때를 미루어 내가 다섯 살 생일을 맞게 되기 전이니까 만으로 따져 네 살이 채 안 된 때라는 걸 유추할 수 있었다. 그 집에서 다섯 살 아래인 동생이 태어나던 그 이상한 밤을 기억하고.

그 집에서 나는 소학교와 여학교, 그리고 대학까지 다니고 시집을 가는 바람에 그만두게 된 직장까지 다녔으니까 내 유년과 학창 시절과 청년기가 고스란히 담긴 집이다. 커 가면서 내가 보고, 알고, 느꼈던 그 동네의 정경이 나는 지금도 눈 감으면 생생하게 떠오른다. 한 줄로 혹은 두 줄로 똑같은 집이 다섯 채씩 늘어서고, 다섯 채 집마다 중앙에 공동 우물이 있으며, 집 옆으로 굉장히 넓은 밭과 그 너머로 신작로와 그 신작로와 나란히 그 신작로만큼 넓고, 어른 키 한 배 반 정도 깊이의 개천이 있고, 개천 너머로 소위 원주민이 사는 동네와 그 뒤로 납작한 산, 그리고 바둑판처럼 짜여진 동네길 위 어디에서 무슨 풀이 자라고 어떤 나무가 서 있었으며 어느 여름에 어떤 벌레가 기어 다녀 놀랐었는지 기억에 선명하다.

내가 개천을 처음 보았을 때 느낀 현기증은 지금도 고스란히 남아 있다. 동네 조무래기들은 특히 사내애들 두 셋이 모이면, 개천으로 몰려가서 누가 그 개천을 오르내릴 수 있는지로 담력을 시험했다. 키가 크고 활발한 애가 먼저 자기 키의 거의 세 배가 되는 그 개천을 손가락으로 오목 파 놓은 개천 가장자리를 짚고 아래로 발을 내려 개천 바닥으로 훌쩍 뛰어 내린다. 다행히 개천 높이 한가운데 자동차 바퀴만 한 둥근 구멍이 있어 처음 발을 내릴 때 그 구멍에 먼저 발을 디뎠다가 다시 그 구멍에서 발을 차례로 밑으로 내려 뛰어내리는 것인데 그 구멍은 커서 알게 된 것이지만 집집마다 흘러나오는 지하수를 모아 개천으로 흘려 보내도록 만들어진 것이다. 뛰어내릴 엄두도 못내는 여자애들은 개천을 가로질러 만들어 놓은 다리 위 난간에서 몸을 구부리고 차례차례 개천으로 뛰어내린 남자 조무래기들이 다리 밑에서 노는 꼴을 구경했다. (개천 위에 놓였던 다리는 지금 같으면 차 두 대가 교행할 정도로 넓어서 육이오 때 마을에 폭격이 심한 어느 날 어떤 주민들은 그 밑에 자리를 깔고 숨어 있기도 했다.) 이런 때는 개천 바닥이 말라서 가운데로만 물이 졸졸 흐르지만 장마가 질 때나 비가 심하게 오면 그 깊은 개천에 어른 키만큼 차오른 흙탕물이 무서운 속도로 흘러갔다. 개천에 대해 내가 또 다른 현기증을 느낀 게 바로 이때이다.

비가 개고 사나흘쯤 뒤, 무섭게 흘러가던 흙탕물이 어느새 깨끗한 시냇물이 되어 가운데로만 흘러갈 무렵, 어디서 왔는지 빨래 보따리를 안은 여자들이 삼삼오오 모여 개천으로 내려가 빨래를 했다. 그 넓고 긴 개천에서 양옆으로 줄지어 앉은 여자들이 빨래를 해서 이고 갈 때가 우리가 낯선 사람을 구경할 때이다. 이럴 때면 동네 처녀들도 빨래 가지를 들고 개천으로 내려가 거기 시멘트 바닥에 대고 빨래를 비볐다. 나도 고등학생쯤 되었을 때 그 개천 내려가 보기에 도전했는데 그때는 개천물이 말라 물 가장자리로 누렇게 코 같은 이끼가 끼어 미끄러웠다. 개천에 대한 기억은 지금도 꿈으로 나타나 둥그런 구멍에 발을 밀어 넣고 개천에 내려가려거나 기어오르려고 애쓰다 깰 때가 많다.

개천의 수원지는 우리 동네를 문안과 차단하는 크고 높은 안산이다. 그 안산에는 '새절'이 있는데 절이 있어 화장터가 생겼는지 화장터가 있어 절이 생겼는지 알 수 없지만 이 화장터로 이따금 상여가 올라갔다. 어디서부터 왔는지 마을 저 아래에서 요령을 울리는 소리가 들려 나가 보면 색색의 만장기를 앞세우고 두 줄로 선 어른들이 어깨에 상여를 메고 올라왔다. 요령을 울리는 선창꾼이 구슬프게 먼저,

　　　　이제 가면 언제 오나?

　　　　고향 산천 영영 가나?

선창하면 어깨에 상여를 멘 상여꾼들이,

　　　　어, 야! 어, 야!

화답하면서 화장터로 가는데 그 상여 뒤로는, 누런 베옷에 짚신을 신은 채, 새끼를 꼬아 허리띠로 매고 누런 두건을 쓴 남자들이

따라가고, 또 그 뒤로 베옷에 새끼로 꼰 머리띠를 띤 여자들도 울면서 따라가는 풍경이, 바로 이집에 이사 오기 전 옥인동에 살 때, 순화병원 뒷문으로 아침에 집같이 생긴 것을 바퀴 위에 올려 놓은 영구차가 나가는 것을 본 풍경과 달라서 나는 이 두 개의 행렬이 다른 행사가 아니라는 사실을 한참 큰 후에나 알았다.

공동 우물도 어린 나에게 현기증을 불러 일으켰던 곳이다. 끼니 때가 되면 물을 길러 온 마을 여자들이 우물가에 둘러서서 두레박으로 물을 푸며 이야기를 나눴다. 나도 가끔씩 엄마가 바가지에 담아 준 쌀을 씻으러 갔는데 첫 두레박을 내렸을 때, 까치발을 하고 우물 안을 처음 들여다보았을 때 어른들의 두레박질로 일렁이던 그 깊고 맑게 넘실거리던 물의 무서움. 내가 좀 더 까치발을 높게 디디면 거꾸로 빠질 것 같던 느낌. 길어 올리는 내 두레박 물이 거의 엎질러진 것을 보고, '그렇게 길어서 언제 쌀을 다 씻니?' 하며 내 쌀바가지에 길은 물을 담아 주는 어른이 있는가 하면, '우물가에서 쌀 같은 걸 씻으면 안 된다.' 고 나무라는 어른도 있었다. 길어 올린 물을 큰 양동이에 담아 양 어깨로 져 나르는 힘센 여자도 있는데 작은 양동이에 두어 두레박 퍼 담은 물을, 온몸을 왼쪽으로 기울인 채 낑낑대며 들고 오다 쉬는 엄마를 나는 이해 못했을 뿐만 아니라 자주 쌀 씻으러 내보내는 것도 싫어했다.

우물가 여자들의 수다가 싫어서 엄마는 끼니 때를 피해 물을 길어다 독에 붓고 썼다. 특히 우물 옆에 사는 경숙 엄마의 참견을 끔찍이 싫어했는데, 몸집이 보통 사람 두 배만 하고 다리가 불편한 이 여자는 하루 종일 자기 집문 앞에 앉은뱅이 의자를 깔고 앉아 오가는 사람을 붙잡고 수다를 떨었다. 우리 아버지를 붙잡고도, '아이고, 슨상님. 슨상님 덕분에 우리 동네가 다 꽃으로 휘언합네. 그거이 다 슨상님이 부지런하셔서 그런 거이 아넵네까?' 하면 엄마는, '먹고 할 일도 끔찍이 없다, 여편네가 비위도 좋지.' 혼잣말을 했다. 날이 갈수록 경숙 엄마나 우물가 여자들은 엄마를 두고 비죽거렸다. 키가 커서 포플러 같다느니, 인사도 하는 둥 마는 둥 한다느니 수군거리고 건방지다란 결론까지 내렸다. 그걸 아는지 모르는지 엄마는 수도가 있던 옥인동 살 때를 그리워하더니 급기야 집 안에 우물을 팠다.

엄마의 유일한 말동무는 주교정 아주머니였다. 그때는 전차가 서대문까지밖에 안 다녀서 서대문부터 우리 집까지 걸어다녀야 했는데도 엄마는 아주머니 댁에 자주 놀러 가셨다. 가끔 아주머니도 우리 집에 오셨는데 그때는 주로 아버지 혹은 엄마 생신 때였다. 아버지 생신은 말복 즈음이라 아침에 한 음식이 저녁 때 쉬는 그런 무더운 때였다. 남자 손님들은 주로 아침을 잡수러 오시기 때문에(그때는 그게 풍습이었던 같고, 또 그때는 냉장고가 없었다.) 엄마는 밤새워 음식을 장만하셨는데 그때 아주머니가 오셔서 거드셨다. 날이 밝으면 오시는 손님들은 하나같이 커다란 민어를 아가미에 새끼를 꿰서 들고 오셨다. 이미 민어를 사다 포를 떠서 전을 부쳤는데도 오시는 손님마다 민어를 들고 오셔서 엄마는 '민어 배가 닿았네.' 하시며, 점심에는 매운탕으로, 저녁에는 구이로, 그리고도 남아서 다음 날엔 조림으로 해서 먹고도 남아 그 비싼 민어를 약간 맛이 갈 때까지 먹어야 했다.

주교정 아주머니를 좋아한 것은 엄마만이 아니었다. 동네 어귀에 나타나면 동네가 다 환해질 정도로 그분은 돋보였다. 넓은 이마, 서늘한 눈, 도톰한 입, 타원형 얼굴에 새하얀 피부가 돋보이는 미인이 하얀 저고리에 옥색 모시치마를 날아갈 듯 떨쳐 입고 나타나면 엄마는 고무신 꿰기 바쁘게 마중 나가시는데 경숙 엄마가 어김없이 가로챘다. '아이고, 안녕하셨습네까? 거저, 어인 행차셉네까? 이 누추한 동네에 선녀가 내려오셨으니, 헤, 헤.' 엄마는 평소 말수가 적은 분인데 아주머니만 보면 두 분의 대화는 끊임없었다. 어른들이 서로 '애', '쟤' 하는 것도 낯설었는데 두 분은 가끔 일본어로 속삭이기도 했지만 두 분의 모습은 우물가 부인들과는 다른 분위기를 풍겼다. 두 분의 대화에서 나는 엄마와 아주머니가 인력거를 타고 사범학교에 다니셨다는 것, 결혼 전에는 소학교에서 가르치기도 했다는 것 등도 알게 되었고 또 한참 뒤에는 두 분이 영어 대신 가사를 배운 탓에 영어를 몰라 갑갑해하신다는 것도 알게 되었다. 내가 대학에 다닐 때도 엄마는 자주 말씀하셨다. '그 땐 가사와 영어가 선택이었는데 무슨 현모양처가 되겠다고 가사를 택했는지. 영어를 했어야 했는데. 갑갑해 죽겠다.' 그 후에도 엄마는 그 말씀을 자주하셨는데 내가 왜 그때라도 엄마에게 영어를 가르쳐 드리지 않았나, 이제야 후회된다. 결혼 직전까지도 내게 엄마는 아주 엄하고 능하며 우러러보이는 존재라서 엄마를 가르친다는 건 상상도 못했던 것이다.

주교정 아주머니와 엄마는 동창생이기도 하지만 집안으론 육촌 동서 간이었다. 서로에게 유일한 말상대인 두 분은 서로의 집으로 찾아 다니셨다. 중간에서 만나 대화할 수 있는 빵집이나 다방 같은 것도 없던 시절이어서 엄마가 주로 발품을 파셔야 했다. 학교 때 선후를 다툴 만큼 두 분이 모두 공부를 잘했다란 말이 사실인 것이 두 분의 자녀가 모두 일류학교에 다녔다. 아주머니는 모르겠으나 엄마가 뒤에서 수군대는 동네 부인들의 질시를 묵살할 수 있었던 것도 모두 공부 잘하는 우리 오빠들을 부러워했기 때문이었다. 내가 여학교에 다닐 무렵부터 버스가 다녀서 문안 고모 댁에 있던 오빠와 언니들이 집에 와서 대학에 다녔는데 새벽에 잠을 깨면 윗목에서 담요를 뒤집어쓰고 작은 밥상 앞에 앉아 공부하던 오빠들의 모습을 볼 수 있었다. 책을 보고 두 분은 옷도 만들고 뜨개질도 했는데 엄마가 입었던 옷 중에서 내 기억에 가장 예뻤던 옷은 아주머니가 흰 실로 떠서 만들어 준 여름 반팔 저고리였다. 풀을 먹여 빳빳하게 다려 입은 그 뜨개옷이, 아주머니 못지않게 엄마를 돋보이게 했다.

자녀를 키우면서 그 성장 과정에 따라 다시 인생을 되짚어 사는 기쁨을 맛보는 것이 부모라지만 나는 자녀 키우는 기쁨 못지않게 부모로부터 지혜를 전수받았던 것 같다. 이럴 때 엄마가 어떻게 하셨더라? 이럴 때 엄마라면 어떻게 하셨을까? 아! 엄마가 그때 이런 말씀하셨지. 지금도 나는 엄마의 음성을 들으며 외출하고 그분의 지시를 받으며 살림한다. 눈에 보이지 않는 세균을 항상 생각해라. 남편에게 따지지 마라. 따지기 시작하면 못 산다. 극성 끝이 여문다. 제 사랑은 제가 등에 지고 다닌단다.

내가 결혼하고서야 알게 된 것이지만 엄마의 총기는 컴퓨터 수준이었다. 우리가 자랄 땐 당연한 일이었지만 우리가 모두 결혼해서 손자손녀가 열 명이 넘었어도 그 애들 생일은 물론 사돈 댁 제삿날까지도 엄마는 기억했다가 귀띔해 주셨다. 무엇이든 기억하는 총기는 나를 질리게도 했다. '양복장 밑에서 두 번째 서랍 오른쪽 위에 보면 파란 헝겊 있다.' 그 헝겊으로 엄마는 내가 입다가 버리고 오려고 가져 간, 밑이 되어 찢어진 여름 바지를 내가 시장 간 사이 꿰매 놓으셨다. 그 바지를 입고 아이를 데리고 아파트 마당에 나갔더니 어떤 여자가, '쯧쯧, 요새 누가 그런 옷을 입냐? 같은 색깔로나 기워 입든지.' 그런 소리를 들으면서도 나는 삼복 더위에 땀을 흘리며 꿰맸을 엄마의 정성에 지금까지도 그 기운 바지를 여름마다 입는다. 가끔 친정에 들렀을 때 청소도 하고 서랍 정리도 해드리면서 내 딴에는 더 이상 쓸 수 없는 물건이라고 버리고 오면 전화가 왔다. '선영 엄마야, 계단 밑장에 두었던 내 버선이 없어졌다. 혹시 네가 치웠니?' 그렇다고 하면 엄마는 '날 갖다 버려라.' 하셨다.

우리 집에서 문안으로 가는 길은 우리가 이사 올 때 들어섰던 그 캄캄한 굴을 지나 아주 한참을 더 걸어야 나타나는 신작로를 따라 걷거나, 아니면 철길과 나란히 산을 넘어가는 길을 따라 능안으로 해서 서대문에서 전차를 타거나였다. 신작로로 걸으면 아현 고개를 넘어야 하는데 어린 나는 가끔 엄마를 따라 아주머니 댁에 갔다. 조그만 한옥인 그 댁에 가 보면 무엇이든 반들거리던 기억이 나고 특히 안방은 아랫목이 새까맣게 탔는데도 미끄러질 정도로 반들거렸다. 그 방에는 허리가 무릎까지 꺾여서 무릎으로 방을 기어 다녀야 하는 노할머니가 계셨다. 그 할머니 방에서 아주머니는 약과나 강정, 산자 따위를 가져다 내게 주셨다. 점심 먹고 일어서 되돌아 집에 와도 그 캄캄한 굴은 여전히 캄캄해서 엄마와 나는 굴 입구에서 새어 들어오는 빛을 바라보며 손을 잡고 빨리 굴 밖으로 빠져 나왔다. 햇빛을 보지 못하는 굴 안은 항상 습해서 벌레들이 많았고 바닥엔 여기저기 고여 있는 물과 쓸려온 흙으로 진창이라 굴을 빠져 나오면 신발이 엉망진창이 되기 때문에 누구라도 그 굴 지나다니기를 꺼려서 인적까지 드물었다. 커서 안 것이지만 그 굴 위로 철로가 지나가서 기존의 동네와 우리 동네가 차단된 것이고 그걸 이어 주는 통로가 굴이나 기차역인데 처음 이사 가서 사람이 적던 시절엔 기차가 안 올 때면 역을 통과시켜 주던 친절한 역원들이 언제부터인가 사람이 지나가면 호각을 불며 쫓아와서 호통을 치더니 급기야 철조망으로 길을 막아 버렸다.

그 철길과 나란한 산길을 따라 나와 동생은 학교에 다녔다. 캄캄한 굴을 지나야 이어지는 기존 동네에도 소학교가 있었지만 엄마는 산을 넘어 능안 아이들이 다니는 학교에 우리를 넣었다. 산 중턱에 전재민 사택이라고 불리는 동네가 있었는데 그 중간쯤에 담임 선생님이 사셨다. 우리가 산을 오르다가 그 댁 앞에서 '선생님.' 하고 부르면 안에서, '그래 나간다. 잠깐만.' 하시거나 아니면 '먼저, 가라아!' 하는 선생님 목소리가 들렸다. 그 선생님은 육이오 사변이 끝난 후, 내가 복학하려고 교무실에 들렀을 때 마침 수업을 끝내고 출석부를 들고 들어오시다가 거기 서 있는 나를 보시고 뛰어 들어오시며 '네가 살아 있었구나!' 꼬옥 안아 주던 기억이 난다. 그 산 고개는 바람이 세서 찬바람이 몹시 부는 날이면 고개를 내려오는 도중 춥다 못해 아픈 가슴을 껴안고 쩔쩔매던 기억도 또렷하다. 산에서 우리 집으로 오는 동네 어귀에는 집을 지으려고 닦아 놓은 집터와 길, 계단 따위가 남아 풀이 무성했는데 어른들은 그 터나 개천을 보면서 '일본 놈들이 확실히 구획 정리는 잘했어.' 수군거렸다.

  나는 대학을 거저 다녔다. 우리 집과 잇대어 있는 중문을 지나면 학교라서, 나는 공강이면 와글와글, 야야거리는 학우들을 피해 집으로 달려왔다. 집에 와 보면 아침에 연희동에서 따서 리어카에 실고 와 파는 장사꾼에게서 산, 위는 빨갛고 꼭지 쪽은 누르스름하게 잘 익은 토마토를 엄마는 이미 그때는 우리 집 안에 판 우물에서 길어 낸 찬물에 담가 두셨다. 몇 번이고 물을 갈아 살 때는 뜨끈했던 토마토가 식을 무렵 학교에서 돌아온 내가 부엌에 둔 양동이에서 손 안에 드는 조그만 토마토를 꺼내 가운데 구멍을 뚫고 쪼옥 빨아 마신 다음 씹어 먹었는데 그때 느낀 그 토마토의 참 맛을 그 후 어느 토마토에서도 맛보지 못하는 건 유통 과정 탓이리라. 형제가 여럿이었지만 토마토를 나처럼 사이 끼로 즐기고, 가을이면 말로 산 밤을 삶아 야금야금 먹은 사람은 아마 나뿐이었으리라. 혼자 거의 그 한 말을 다 먹은 나는 실제로 밤살이 쪘었으니까. 공강마다 내가 집으로 내빼 온 것은 사실 나는 친구들과 빵이나 커피를 사 먹을 돈이 없었기 때문이다. 두 살 터울인

다섯 남매를 모두 학교에 보내느라고 허리가 휜 부모님께 용돈 달라는 소리를 나는 차마 하지 못했다. 아니 실제로 나는 친구들이 떠드는 소리를 견디지 못했기 때문이기도 하다. 여학교 때도 쉬는 시간에 떠드는 친구를 못 견뎌 '좀 조용히 해!' 나도 모르게 벌떡 일어나 소리쳤던 적도 있으니까.

엄마가 동네 부인들의 수다를 싫어하시는 것과 내가 친구들 떠드는 소리를 못 견뎌 하는 것 사이에 어떤 연관성이 있는지 몰라도, 30년 넘는 세월을 살면서도 엄마는 동네에 친구를 만들지 않았고 나는 대학교 때 단짝이 없다. 형제들이 중고등학교에 다닐 땐 문안 고모 댁에서 지내서, 집에는 나와 동생이 유일한 엄마의 말동무였는데 내 기억에 나는 엄마와 대화를 나눴던 기억도, 하다 못해 엄마에게 잔소리를 들은 기억도 없다. 숙제를 봐 준 적도 준비물을 챙겨 주신 적도 없다. 한번은 동생이 아주머니 댁에 가는 엄마를 따라가려고 급한 바람에 엄마 고무신을 질질 끌고 울며 쫓아갔는데 엄마는 뒤돌아보지 않고 그냥 혼자 가셨다. 그때 나는 내 형제 중 누가 하나 죽어야 엄마가 우리가 귀한 줄 아실 거라고 분개했었는데 커 가는 내 아이를 키우면서 나는 알았다. 무관심은 관용일 수도 있다는 것을!

그 냉정한 엄마가 어느 날 주교정 아주머니 댁에 다녀오시더니 안방에서 혼자 우셨다는 것이다. 엄마가 그 댁에 갔었는데 현관으로 마중 나온 아주머니가 '왜 이제야 왔냐?'고 하시며 현관에 있던 고무신을 집어 들고 다짜고짜 엄마 뺨을 때렸다는 것이다. 쫓아 나온 아저씨가 놀란 엄마에게, 아주머니가 이상해졌으니 더 이상 오가지 말라고 하면서 두 손으로 엄마를 내모셨단다. 자세히 보니 문고리마다 자물쇠가 걸려 있었는데 그 문을 잠가 논 게 엄마라고 아주머니가 우기면서 엄마를 또 때렸다는 것이다. 아주머니가 이상해지신 게 확실한 것이 한번은 아주머니가 우리 집에 들이닥치셨는데 그 우아하고 단정한 모습은 어디 가고, 한여름인데도 두꺼운 스웨터를 입고 발에 맞지도 않는 커다란 남자 고무신을 신고 오셨다는 것이다. 무엇보다 놀란 것은 머리를 풀어헤친 아주머니가 문을 열어 주며 인사하는 아버지를 밀치고 안방으로 직행하더니 빨리 밥을 달라고 호통 치셨다는 것이다. 그때는 이미 우리 동네는 물론 그 너머 원주민 동네까지 버스가 다녀서 걸어오는 수고도 없으셨을 텐데 그분은 다그침을 받으며 엄마가 급히 차린 밥상에 달려들어 밥과 반찬을 한꺼번에 쓸어 담더니 그것을 허겁지겁 반은 흘려 가며 드시는 모습을 보며 아버지는 왠지 섬뜩했다고 말씀하셨다. '그렇게 총명하고 정갈한 분이었는데. 컴퓨터가 고장 난 거야.'

자랄 때 우리 집이 가난했다는 사실을 나는 물론 동네 사람들도 몰랐다. 내가 어떤 옷이 필요한지 몰라도 마당에 어떤 꽃과 나무가 더 필요한지 아버지는 생물 선생답게 아시고 철철이 더 심으셨다. 봄이면 제일 먼저 산수유가 피고, 개나리, 목련부터 가을에 국화가 질 때까지 꽃이 끊이지 않았던 우리 집 꿈을 지금도 나는 꾼다. 어떤 때는 마당 가득 꽃이 피고, 또 어떤 때는 나무마다 열매가 주렁주렁 달려 있어 기분 좋게 깰 때도 있지만, 도둑이 들어오려고 해서 서둘러 문단속을 하려는데 쫓아가 잠그려던 대문의 빗장은 부서지고 뒤돌아 뛰어와 잠그려던 현관문 고리까지 망가져 있어 쩔쩔매다 깨기도 한다. 문단속은커녕 대문은 물론 널빤지 울타리까지 통째로 넘어간 낡은 담을 보고 속수무책 발만 구르다 깰 때도 있다. 그럴 때면 나는 그 꿈으로 일진을 점쳐 일을 벌이기도 하고 근신하기도 했다. 잎 모양이 타원형으로 도장같이 생겨서 우리가 도장나무라고 불렀던 회양목, 사철나무, 향나무도 많아 겨울이 되도 우리 집 마당은 풍성했다. 북향 쪽 울타리를 따라 줄지어 심은 측백나무도 우리 집뿐만 아니라 마을 전체를 훤하게 만들었다. 내 어릴 적 망상이었나 싶어 지금도 사진을 꺼내 보면 한여름 밀림 속, 바나나 나무 옆에 서 있는 소녀를 볼 수 있다. 그런 무릉도원에 사는 소녀가 단벌 블라우스와 스웨터로 대학을 마쳤다는 사실을 누가 눈치나 챘으랴?

끼니 때가 돼도 엄마가 방문을 달아 걸고 아버지 진지를 모른 체하신 것은, 온 식구가 헤갈하며 찾아다니던 주교정 아주머니를 주교정 아저씨가 와서 데려가신 지 얼마 후부터였다고 한다. 참다 못한 아버지가 엄마에게 '밥 안 해?' 물으시면 눈에 파랗게 불을 켜고 쳐다보는 게 무섭다고 하셨지만 나는, 좋아하시던 월병을 사 갔는데 거들떠보지도 않으시고 저고리 동정만 갈면서 낮은 소리 로 부르던 엄마의 노래가 더 무섭게 느껴졌다.

오가 와와 사라사라 나가예데루(시냇물이 졸졸졸 흘러갑니다.)
고노가와 히도도비 도비꼬소요(산이 개울을 한걸음에 뛰넘읍시다.)

오오끼꾸 나아따라 아노요오니(커다래지면 저것과 같이)
우미데모 야마데모 도비꼬소요.(산이라도 강이라도 뛰넘읍시다.)

그냥 동요인데 왜 나를 비수처럼 찔렀을까? 기관을 등에 업고 방자하고 흉측하게 날뛰던 세퍼드. 그런 세퍼드와 싸워야만 했던 개인의 억울함과 무력감이 고스란히 전달돼서였을까?

우리 집과 붙어 있던 학교에서 우리 집을 팔라고 보낸 직원이 엄마를 이상하고 영악하고 형편없는 여자로 몰고 가면서 했다는 협박과 만행. 새벽이고 한밤중이고 가리지 않고 했던 전화. 퇴비 를 만든다는 명목으로 우리 집 앞에 쏟아 부은 분뇨. 동네의 집 이 한두 개씩 팔리자 엄마도 처음에는 학교가 필요해서 사들이는 것이니 우리가 이사 가는 게 옳겠다고 했다는 것이다. 그러나 시세보다 터무니없이 값을 깎는 걸 보고 엄마는 거간꾼이 제 몫을 챙기려고 한다면서 흥정을 끊었다.

"우리나라가 왜 36년씩이나 일제 밑에 있었던 줄 아니? 즐겨 앞잡이 노릇하던 놈들이 있었기 때문이지. 그런데 이번 세빠또는 아주 저속하고 흉측한 놈이야. 늬 아버지 같이 물러터진 사람은 상대도 안 돼."

엄마가 돌아가시고 우리 오남매는 장지에서 돌아오면서 엄마와의 추억이 박힌 옛집을 차로 돌았다. 내겐 기억조차 없는, 옥인동보다 먼저 살았다는 효자동 집을 선두로, 옥인동 그리고 신촌 집을 차례로 돌면서 강산이 변한다는 십 년이 아니라 삼십 년의 변화를 실감했다. 나라에서 개축을 금해서일까? 한옥인 효자동 집과 옥인동 집은 고대로 있었는데 신촌 집은 흔적도 없고 동네도 확 변해 있었다. 문안 소통에 장벽이었던 안산에는 굴이 뚫려 사직동에서 대학 후문은 금방인데, 산 위에 있던 화장터는 없어지고 대신 들어선 이삼층짜리 양옥, 그 아래로 흐르던 넓은 개천은 복개되어 흔적도 없는데 그 위로 사차선에 차들이 다니고. 정겨웠던 내 집과 동네 대신 즐비하게 늘어선 우람한 학교 빌딩 숲.

한때는 의문 투성이였던 것이 이제는 분명한 답으로 다가온다. 묵사발!!! 누구는 생가라고 나라에서 보존도 하는데…… 내 아버지의 평생 노고인 나무와 꽃은? 내 유년과 학창 시절이 다 녹아 있던 곳, 결혼 후 아이를 업고 걸리고 찾아오던 친정. 집들만 나란했던 동네에 전기가 들어오고, 수도가 들어오고, 백색 전화란 것을 놓고, 흑백 텔레비전을 보게 되고, 부엌 한쪽에 냉장고라는 것을 세우고, 대한민국의 문명 발전사와 나란히 엄마가 경이감과 성취감을 맛보던 곳……. 내 머리가 닿았던 그곳이 뭇사람이 밟고 다니는 길이 된 것을 보는 내 가슴에 예리한 통증이 엄습하고, 누가 땅을 팔아 부자 됐다는 소리만 들어도 질색했던 엄마의 분노도 겹쳐지고……. 동시에 존경받을 자격이 없는 사람을 존경했었던 내 어리석음도 참담했다. 그분이 돌아가셨을 때 나는 분향 대열에 낄 수 없는 일개 학생이라서 장례 동안 내내 아침마다 중강당을 향해 몰래 절했었다. 그 많은 집과 거기에 포함됐던 그 넓은 길까지 모두 흡수한 학교의 셈법 못지않게 분노를 자아 내는 시자媤子의 거리. 도리조차 외면한 간병비. 그게 시자媤子 편과 아닌 편을 갈라 놓아 이렇게 성이 같은 형제만 찾아든 것을 아는지 모르는지 언니가 먼저 말했다.

"그렇게 못되게 굴어서 엄마 병을 도지게 하더니 이 빌딩 좀 봐. 아주 숲이네."

"우리 엄마가 그때 학교를 관두지 말고 계속 사회생활을 했어야 했는데……."

"맞아. 했으면 OOO보다 훨씬 더 유명한 신여성이 됐을 걸……."

"그럼 그런 이상한 병도 안 걸리셨을 텐데……."

제7일의 밤

장정옥

장정옥

죽음의 체험은 유서를 쓰고 관 뚜껑을 덮는 것으로 시작된다. 스스로의 죽음으로 세상과 유리된 그들은 관 속에서 완벽한 어둠을 만난다. 한 줌의 어둠이 인간에게 어떤 의미이고, 그것을 글로 표현하면 어떤 것이 될까, 하는 생각을 해보았다. 기억도 체험도 알고 보면 매우 필연적이어서 어둠의 생성과 소멸조차 일찍이 우리가 알던 것이었다. 다만 상황에 따라서 어둠을 다르게 느끼는 것일 뿐, 아직 눈도 뜨지 못한 그때는 어머니의 뱃속도 어두웠다. 「제7일의 밤」은 이렇듯 어둠에서 시작된 이야기이다.

• • •

1997년 『매일신문』 신춘문예로 등단했고, 2008년 『여성동아』 제40회 장편소설 공모에 『스무 살의 축제』가 당선되었다. 장편소설 『스무살의 축제』, 『비단길』 외에 『어느 고물상의 노트북』, 『꽃등불』 등 다수 발표.

뒤주 갉는 소리가 들린다. 쥐가 이빨을 가는 소리다. 뒤주에 구멍을 내라는 명이라도 받은 듯 쥐는 밤마다 잊지 않고 찾아와 뒤주를 갉아 댄다. 사람들에게 지워지고 있는 인물에게는 그 소리도 반갑다. 선인문 안뜰에만 쥐가 살까마는, 날마다 같은 시간에 나타나서 같은 부분을 갉아 대는 집요함이 놀랍기도 하고 반갑기도 하다. 죽음 같은 고요보다 쥐의 이빨 가는 소리라도 들리는 편이 낫다. 뒤주의 모서리가 네 개나 되는데 유독 오른쪽 모서리만 갉아 대는 연유가 무엇인지 쥐에게 물어보고 싶다. 쥐가 이빨을 얼마나 오래 갈아야 뒤주에 구멍을 내고 들어올 수 있을지. 그 집요함이면 내 발가락을 물어뜯을 날도 머잖다.

쥐는 앞니가 무한정 자라기 때문에 무엇이든 갉아서 이빨이 자라지 않게 해야 한다. 그렇지 않으면 이빨이 날카롭게 자라서 턱을 뚫고 나오는 것은 물론이고, 긴 이빨 때문에 먹이도 먹지 못한다. 그래서 쥐에게는 이빨을 가는 일이 먹이를 찾는 일만큼 중요하다. 쥐의 날카로운 이빨을 만져 보고 싶다. 임금의 내면처럼 한쪽은 단단하고 냉혹하며 다른 한쪽은 부드러운 그 이빨이 내 살속으로 파고드는 걸 보고 싶다. 안타깝게도 시간이 너무 촉박하다. 쥐가 아무리 나무를 잘 갉는다 해도 뒤주에 구멍이 나기 전에 내 몸뚱이가 먼저 땅 속에 들어갈 것이다. 만약 무덤 속으로 저 쥐가 찾아온다면 그때 내 비루한 몸뚱이를 아끼지 않고 내어 주리.

내일 아침 해를 맞을 수 있을지. 해가 뜨면 이슬이 마르며 풀 향기가 나곤 했는데, 내일 아침에도 그 향을 맡게 될지. '죽기 전에 한 번만 산을 안아 보았으면…….' 목소리라도 들을 수 있으면 여남은 목숨을 기꺼이 내던져도 아깝지 않으리. 쥐가 한두 마리가 아닌 모양이다. 모서리를 갉는 녀석도 있고, 밀랍으로 봉해 놓은 구멍을 파는 녀석도 있다. 쥐들의 분주함이 사무치는 외로움을 덜어 준다. 쥐들이 설쳐 대는 걸 보니 경비들이 어딘가에 자리를 잡고 자는 게 분명하다. 이럴 때 산이 와 주면 얼마나 더 반가우리. 온전히 깨어 있어야 산의 발소리를 들을 수 있는데 뒤주 속이 화덕처럼 덥고 답답해서 자꾸만 잠이 쏟아진다. 그만 목숨을 내려놓으라고 숨구멍까지 막았는데도 나는 아직 죽지 못하고 있다. 내 질긴 미련이 무엇을 기다리는지 알고 있다면, 신이 한 번쯤 내

간절한 바람을 들어주지 않을까. 내 관심은 오직 하나, 나의 산을 만나는 것인데 신은 끝내 모른 체할 셈인지.

둘째 날, 산이 어둠을 헤치고 왔다. 오래 머물지 못했다. 그 작고 귀여운 손으로 똑, 똑, 뒤주를 두드린 순간 삶에 대한 갈망이 꿈틀거렸다. 그러나 만남은 너무도 짧게 끝났다. 어느새 알아차린 빈궁이 치맛자락을 끌며 나타나 산을 데려갔다. 산이 조금만 더 있게 해 달라고 사정했지만 빈궁은 임금의 날벼락이 두려웠다. 주사위는 이미 던져졌고, 죽을 패에 마음을 둘 만큼 빈궁의 심성은 여리지 않다. 그녀의 뒤에는 노론의 수장이라 할 수 있는 친정 아비 홍봉한이 있고, 그들에게 나는 이미 죽은 패였다. 임금의 날벼락을 걱정하지만 빈의 마음이 먼저 나를 버렸다. 산에게 해주고 싶은 말이 있는데 혼자 삭히고 말려나 보다. 아비는 임금의 술수에 휘말려서 영민하게 굴지 못했지만, 아비의 어리석음을 표본으로 삼아서 후일을 도모하라고 산에게 일러주어야 한다. 사방에 깔린 적의 손에 죽임을 당하지 않으려면 그들과 한편인 것처럼 행동해야 함을 가르쳐야 한다.

나중에 또 오겠다는 말을 남기고 산이 울며 돌아갔다. 그렇게 돌아가서는 일곱째 날이 되도록 오지 못했다. 더 기다릴 힘도 없는데 어째서 산이 나타나지 않는지. 졸음이 온다. 산이 왔다가 그냥 돌아가게 될까 봐 잠도 아긴다. 숨 떨어지면 무덤 속에서 싫도

록 잠을 자게 될걸. 조용한 걸 보니 쥐들이 돌아갔나 보다. 경비
병들의 서성이는 발소리뿐 주위가 고요하다. 낮과 밤의 소리가 다
르다. 낮은 새의 명랑한 지저귐과 활기 넘치는 말소리 같은 푸른
생명의 소리로 가득 차고, 밤은 올빼미 울음과 풀벌레의 지저귐
같은 쓸쓸한 적막의 소리가 물처럼 출렁인다.

산아, 아비를 잊었느냐.

끝내 안 오려는지. 낮은 발소리, 새근거리는 숨소리, 아비를 정
답게 부르던 산의 맑은 목소리가 들려오기를 어제도 그제도 목이
타게 기다렸다. 임금이 세손의 바깥출입을 금하는 명령이라도 내
린 것인지. '뒤주 근처에 얼씬도 말라.' 임금의 명령 한 마디에 뒤주
는 살아 있는 무덤이 되었다. 내가 죽기를 기다리는 이들이 산을
감시하고 있을 것이다. 그들을 물리치고 아비에게 달려오기엔 산
이 너무 어리다. 허울뿐인 왕세자가 죽고 나면 그들은 또 왕세손
에게 검은 손을 뻗을 테지. 정의보다 강한 게 무리의 힘이니까.

"죽었겠지?"

경비병이 심심했던지 뒤주를 흔들었다.

"숨구멍까지 막아 버렸으니 당연히 죽었겠지."

나락으로 떨어지는 아득함에 손이 스르르 풀리던 중에 화들짝
놀라서 깨어났다. 그들에게 나는 이미 죽은 사람이었다. 이미 죽
은 거나 다름없는 자에게 오늘은 살아 있고 내일은 죽었다는 것

이 무슨 차이가 있을지. 아무런 반응이 없자 죽은 게 확실하다고 여겼는지 그들은 마음 놓고 얘기를 주고받았다. 대리청정으로 뒤로 물러나 있던 임금이 다시 용상에 앉으며 궐 안이 활기를 되찾았고, 왕세자 관속인 시강원과 익위사 관원이 모두 파직되었다고 한다. 왕세자가 죽든 말든 대전을 드나드는 중신들의 걸음은 빨라지고, 세상은 변함없이 돌아간다던가. 그러면서 경비병들은 보리죽을 먹고 살아도 뱃속 편한 것이 좋다며, 아버지 손에 죽지 않는 게 어디냐고 소곤거렸다. '권력이 그리도 좋을까?' 경비병들은 임금의 아들로 태어나지 않은 게 천만다행이라며 나를 가엾이 여겼다.

밤이 지루하다. 영원히 이어질 것 같은 밤에 갇혀 있는 동안 죽은 시간이 매미 껍질처럼 쌓였다. 뒤주 속의 시간은 굳어서 화석이 되고 있다. 비라도 와 주었으면……. 수라상의 음식 가짓수를 줄이고 노래와 춤을 금했는데도 비는 오지 않고 흙먼지만 풀썩였다. 서로西路와 북성北城으로 거둥해서 농사가 되어 가는 사정을 묻던 것이 언제든가. 백성은 긴 가뭄을 어떻게 견디는지.

해와 달이 몇 번이나 뜨고 졌는지 궁금했지만 물어보지 않았다. 뒤주를 두드려 몇 시냐고 소리쳐서 물어보는 게 궁상맞게 여겨졌다. 폐세자가 되긴 했으나 마지막까지 왕세자로서의 품위를 잃지 않는 것이 내가 해야 할 일이었다. 뒤주에 갇히고서야 알았다. 세상의 어떤 결투도 자신을 이기는 것보다 힘겨운 것이 없고 배고픔과 그리움, 살고 싶은 욕구보다 강렬한 욕망은 없다는 것을.

온몸을 웅크려야 할 만큼 비좁은 감옥이 수일 만에 몸에 맞춘 듯 편해졌다. 본래 살던 곳인 듯 몸이 뒤주에 맞게 적응하는 것이 신기할 따름이다. 억지로 견디다 보면 형편에 맞게 살아지는 것이 삶인지. 깨어 있을 때보다 잠들어 있을 때가 많아지며 그나마 궁금하던 시간의 흐름마저 무심한 것이 되고 말았다. 왕세자를 꼬드긴 죄로 내관 박필수와 여승 가선이 임금께 처벌을 받았다.

'왕손의 어미를 때려 죽이고 여승을 궁으로 들였다고? 허락도 없이 관서로 유람을 했는데, 그것이 세자로서 행할 일이냐? 나경언의 고변이 아녔으면 내가 어찌 알았겠느냐. 왕손의 어미도 필시 네 행실을 간諫하다 죽임을 당했을 것이다. 장래에 여승이 아들을 데리고 들어와 왕손이라며 문안할 날이 올 것이야. 이러고도 나라가 망하지 않겠는가.' *

임금의 호통에 분함을 이기지 못하고 나경언과 면질하기를 청했다. 대리하는 저군儲君이 어찌 죄인과 면질하겠느냐며 임금은 그 역시 나라를 망칠 일이라고 책망했다. 임금의 허락 없이 관서로 순행을 나간 것은 잘못이나, 만약 미리 얘기를 꺼냈다면 연유를 묻기 전에 또 무섭게 책망만 했을 것이다. 무슨 일로 나무랄 때는 전후 사정을 들어본 후에 잘잘못을 따져야 하는데 임금은 한 번도 말할 기회를 주지 않았다. 홀연히 궁을 나서서 순행을 다녀온 것은 머리도 식히고 백성들의 형편과 나라의 경계를 돌아보기 위함이었다고 거듭 간곡하게 아뢰었는데도 임금은 거짓 날조로 짠 나경언의 고변서만 들먹였다. 임금이 거짓 고변서만 들먹이는 것은 내 사정을 몰라서 그러는 것이 아니다. 임금을 비롯한 노론들에게 필요한 것은 나를 끌어내릴 명분이지 진실이 아니었다. 억울한 누명을 쓰고 있는데도 할 말을 다 못해서 속에 화중火症이 생겼다. 화중이 생겨서 죽을 것 같다고 하자 임금이, 차라리 발광發狂하는 것이 낫겠다며 물러가라고 명했다. 밖으로 나와 금문교에서 날이 밝도록 대죄했다. 뒤주에 들어가라는 명을 군소리 없이 받든 것은 땅바닥에 머리를 찧고 싶은 화중 때문이었다. 돌이켜봐야 소용없는 일이었다. 누가 탄핵을 받고 누가 죽을 날을 받았는지. 시각이 몇 점이나 되었는지. 해가 뜨고 지는 것도 시간이 흐르는 것도, 모든 것이 뒤주 밖에서 이루어지는 일인 것을, 무슨 미련이 남아서 궁금해하는가. 뒤주가 편안한 안식처가 되어 가는 것이 그나마 위안이 되어 주었다. 뒤주는 거짓 행색뿐인 용상보다 내게 더 잘 어울리는 곳이다.

뒤주에 들어오기 전, 마지막으로 본 임금의 얼굴이 싸늘하게 굳어 있었다. 비웃는 듯 언짢은 듯, 미간을 찌푸린 표정이 슬퍼 보였다. 언제나 그렇듯이 나는 그의 신랄한 표정 뒤에 감춘 진짜 마음을 읽지 못했다. 나야 미쳤으니까 그렇다고 쳐도, 광기가 번득이는 임금의 눈빛 또한 예사롭지 않기는 마찬가지였다. 왕세자를 뒤주에 가두는 임금의 광기를 능가하지 못할 바엔 제대로 미치는 편이 낫다. 내 마음대로 살지도 못하고 그의 마음에 들게 살지도 못하니, 살려 달라고 애원할 것도 없이 차라리 잘 되었다. 임금이 내게 차라리 발광을 하는 편이 낫지 않겠느냐고 차갑게 쏘아붙인 것도 바로 내 유약함을 나무라는 말이었다. 임금은 내가 강한 군주가 되어 주기를 바랐다. 노론의 막강한 권력을 누르고 남을 만큼 강한 군주가 되어 주기를. 그러나 그들을 그렇게 키워 놓은 사람이 임금인 것을. 내가 뒤주에 갇힐 수밖에 없는 이유는 하나다. 지나치게 임금을 의식한다는 것. 나는 임금의 기대를 넘어서지도 못했고, 그의 광기를 넘어서지도 못했고, 완전히 미치지도 못했다.

한시바삐 내가 사라지기를 기다리는 사람들은 숨이 떨어지기 전에는 나를 밖으로 내보내지 않을 것이다. 머잖아 그들의 바람대로 되리라. 아쉬운 건 없으나 그들의 중심에 임금이 앉아 있다는 사실이 괴로웠다. '자결하라!' 노론파들은 임금이 그들과 한편인 것을 확인시켜 주길 바랐고, 임금은 역사상 전례에 없는 결론을 내려야 하는 처지에 몰려 있었다. 내가 조선 22대 임금으로 즉위한 후에 맞게 될 파란을 예측한 그들은 불안의 싹을 미리 잘라야 한다며 임금을 압박했다. '임금 자리에 앉게 해준 사람들이 누군 데.' 임금 자리에 앉게 해주었으니 당연히 그런 요구를 할 자격이 있다고 생각한 것 같았다. 그 압박이 통했다. 임금은 그들을 내칠 용기도 없었고, 보위에서 물러날 생각도 없었다. 망설이는 임금의 손에 확신의 부채를 쥐어 준 이가 바로 생모 선희궁이었다. 임금도 선희궁도, 그들에게는 혈육을 버려서라도 지켜야 할 대의명분이 있었다.

아들의 관 앞에서 엄숙한 표정으로 곡을 하고 장례를 치를 두 사람의 태연자약한 얼굴이 보고 싶다. 후대의 사람들은 내가 역모를 꾸민 게 탄로 나서 죽은 걸로 알 것이다. 관서로 유람을 하고 온 것이 왕세자가 역모를 꾸몄다는 핑계가 되어 줄 것이고. 그런 허위의 각본이 필요할 만큼 임금은 왕위를 지키는 일이 중요했다. 나는 대의명분을 위해, 세손을 위해, 종사의 안위를 위해 죽어 주어야 했다. 처음부터 아들 뒤에 숨지 말고 당당하게 '나는 조선의 임금이니라.' 하고 외치는 편이 떳떳하고 좋았다. 임금은 내가 알고 있는 것보다 훨씬 치밀하고 계산적이며 또한 심약했다. 그 심약함 때문에 이복형을 내쳤다는 오해에서도 자유롭지 못했다. 노론들은 임금과 뜻을 함께 하지 못하는 나를 두고 왕으로서의 자질을 거론했다. 그들의 말이 옳다. 나는 조선 역사상 가장 지혜롭고 냉혹한 군주에게 맞선 바보였고, 임금을 옭아맨 당쟁은 오로지 내 편과 적으로 구분할 뿐이니.

"왕세손께서 앓고 계신다며?"

"마음의 병이겠지."

산이 앓는다고? 얼마나 많이 아픈 것인지. 산이 앓고 있다는 말에 마음이 하염없이 무너졌다. 아비란 자가 늙은 임금과 기 싸움을 벌이느라 산에게 돌이킬 수 없는 상처를 입혔다. 임금이 어떤 말을 하든지 어떤 요구를 하든지, 어린 산을 위해서 임금의 명에 따르며 마음의 심지를 다잡았으면 좋았을걸. 뜻을 함께 하지 못하는 아들이 적보다 더 위험한 존재라고 판단한 순간 임금은 아들을 버렸다. 필연적인 이별이었다. 어렵긴 하지만 임금의 심정을 이해하려 애썼다. 나도 그를 뒤주에 가두고 싶었던 적이 있으니.

"저하를 여기 가두게 한 사람이 선희궁이라며."

"생모가 왜?"

"그 속을 어찌 알겠나."

세손과 종사를 보호하기 위해서 어쩔 수 없는 선택이라고 임금을 설득했겠지. 선희궁의 얼굴이 스치다 지워진다. 태어나자마자 저승궁에 뚝 떨어져 나인의 손에서 자랐다. 임금은 그게 아들을 강하게 키우는 길이라고 생각했겠지. 군주도 사람이어서 어미 품이 그립다. 선희궁이 내 몸을 낳았을지 몰라도 영혼은 낳지 못했다. 내 기억 속에는 어머니란 존재가 없다. 그녀도 나를 모르고 나도 그녀를 모른다.

나경언의 고변서에 '동궁의 허물 10여 조'가 씌어 있다던가.

'동궁의 허물 10여 조'에 세자가 죄 없는 사람을 백 명도 넘게 죽였고, 여승을 궁으로 끌어들였으며, 시전 상인의 돈을 빌려 썼고, 역모까지 꾸민 위험천만의 인물이라는 내용이 줄줄이 적혀 있다던가. 차마 입에 올리지 못할 경악할 만한 내용이라는 말만 들었다. 임금이 나경언을 죽이고 고변서를 태웠다. 그리곤 아들에게 '자결하라'는 명을 내렸다. 죽어야 할 이유가 합당하지 못해서 명을 받들지 못했다. 어째서 임금은 내 말을 믿지 않고 '고변서' 따위의 거짓 문서를 더 믿는지. 그것이 비록 노론파가 작정하고 꾸민 거짓 고변서라 해도 임금을 압박할 충분한 근거가 되고 남았다.

자박자박 들리는 소리!

틀림없는 발소리다. 세상이 모두 잠든 틈을 타 누군가 조심스레 다가오고 있다. 무게가 거의 느껴지지 않는 그 소리는 분명히 산의 발소리였다. 가슴이 마구 뛰었다. 드디어 신이 내 바람을 들어주신 것인지. 한 발 한 발 조심조심 떼어 놓는 그 발소리는 이른 봄에 경희궁 뜰을 밝히는 매화 꽃잎이 날리는 소리 같고, 촉촉이 내리는 가랑비 소리 같고, 늦가을 나뭇잎 떨어지는 소리 같고, 한겨울에 꽁꽁 얼어붙은 강이 갈라지는 소리 같았다. 발소리가 내 귓전에서 멈추었다.

똑! 똑!

조심스럽게 두드리는 그 소리에 그동안의 고통이 씻은 듯 가셨다. 두 번의 두드림. 그것은 산이 아비에게 보내는 암호였다. 빗물이 떨어지는 소리 같고, 꽃 봉오리가 터지는 소리 같고, 봄날 하늘 높은 곳에서 지저귀는 종달새 울음 같은 저 소리. 신이 드디어 내 소망을 들어주셨다. 마지막으로 산의 목소리를 듣게 해달라는 내 소망을 저버리지 않아서 얼마나 고마운지. 산의 두드림에 응답하고 싶은데 팔이 굳었다. 와 줘서 고맙다는 말을 하려는데 눈물이 먼저 비친다. 고뿔도 아직 물러가지 않았다고 김 내관이 걱정을 했다. 산은 뒤주에 다가앉아서 두 번 똑, 똑, 두드렸다.

"아바마마, 소자 산이옵니다. 대답해 주시어요."

나는 마지막 남은 힘을 짜내어 산의 부름에 대답했다.

"오냐, 아비 아직 살아 있다."

"목소리에 기운이 없으십니다. 조석은 잘 드십니까?"

"걱정하지 말래도 그러는구나. 오늘이 며칠이더냐."

"윤 오월 스무날이옵니다."

"하늘은 어떠하냐."

"수일 간 구름에 가려 혜성이 보이지 않더니 오늘은 햇무리가 지고 뜰 가득 달빛이 서렸사옵니다."

산이 내 감옥을 지키는 병사에게, 아바마마 조석은 잘 챙겨 드리느냐고 물었다. 산은 음식 넣는 구멍이 막힌 걸 모르고 있었다.

사위가 어두우니 그 미묘한 변화가 눈에 띌 리 만무했다. 어물거리며 대답을 미루던 포졸이 음식을 넣지 않은 지 사흘째라고 말했다. 그러자 산이 펄쩍 뛰며 놀랐다. 어째서 음식을 넣지 않느냐고 묻는 산에게 포졸이, 임금의 명령으로 모든 구멍을 막았다고 했다. 이럴 수는 없다며, 산이 울음을 터뜨리고 말았다. 왕세자를 굶겨 죽이는 일은 세계 어느 역사에도 없다며, 밀랍된 구멍을 손톱으로 후벼 팠다. 경비병들이 임금의 추상 같은 명령을 들먹이며 말렸다. 그러자 산이 너희들에게는 부모도 없느냐며, 부모가 굶어 죽을 지경에 이르면 어떻게든 살리려고 애쓸 거 아니냐고 묻자 아무도 대답하지 못했다.

"구멍을 뚫으라. 숨이 얼마나 막히시겠느냐."

"마마, 대전에서 아시면 날벼락이 떨어질 것이옵니다."

"너희들이 나였어도 지금 나처럼 했을 것이야."

포졸이 막혔던 구멍을 뚫었다. 숨이 멎을 지경에 찬 공기가 들어오니 살 것 같았다. 도대체 생명이 얼마나 질긴 것인지. 한 줌의 공기로 경각에 이른 목숨이 다시 살아날 기대로 바둥거렸다. 그러나 너무 늦었다. 구멍으로 산의 작은 손이 들어왔다. 산이 손을 더듬어 내 손을 찾았다. 구멍 앞에 아비의 손이 놓여 있는 걸 어찌 알았누. 내 손등을 덮은 작은 손. 감사하는 마음으로 그 귀한 손을 맞잡았다. 따뜻하고 부드럽고 온화한 손이었다. 배려가 깃든 그 손의 온기로 나는 산이 훌륭한 군주가 될 것을 확신했다. 아비를 대신해서 조선 최고의 왕이 되라 빌었다. 조선의 스물두 번째 왕이 될 몸이었다. 그 확신이 기뻐서 가슴이 떨렸다. 마지막으로 베풀어 준 신의 선물이 고마워서 가슴에 쌓아 두었던 모든 미움과 원망을 다 내려놓았다. 묵은 마음은 내 영혼에게도 매우 버거운 짐이 될 터였다. 산이 손을 잡아 주었으니 그것으로 충분했다. 산이 죽을 가져오라고 일렀다. 스스로 곡기를 끊었다고 하면 산이 얼마나 괴로워할지. 산이 경비에게 일렀다.

"아바마마를 잘 챙겨 드려라."

내 아버님께 하는 것이 나에게 하는 것과 같다고 말하는 산의 목소리가 젖어 있었다. 날이 밝으면 먹을 만한 것을 가져오겠다며, 산이 우선 죽이라도 마시라고 했다. 죽통이 손에 닿았지만 차마 그것을 입으로 가져갈 기운이 없었다. 구멍이 뚫려 있을 때부터 음식을 먹지 않았다. 비굴하게 목숨을 부지하지 않겠다고 스스로에게 다짐한 약속 때문이었다. 산이 거듭 재촉했다. 기운을 내서 죽을 마시라고. 원을 들어 달라고 산이 애원을 했다. 산의 마음이 고마워서 남은 기운으로 미음에 가까운 그 죽을 마셨다. 그것이 그저 곡기가 아니라 산의 눈물인 것을 알고 있기에. 스물여덟 해 동안 먹은 것 중에 가장 맛있는 죽이었다. 뒤주에 들어가라고 할 때 살려 달라고 빌고 싶은 걸 어금니 깨물고 참았다. 돌이킬 수 없는 일이었고, 각본대로 움직이는 임금을 설득할 자신이 없었다.

참을 수 없는 분노의 상태에 이르러 나도 모르게 사람을 죽인 것처럼 아들을 죽이려고 역모를 주장하는 임금 또한 제정신이 아니었다. 그는 왕위를 지키기에 급급한 노론의 꼭두각시에 불과했다. 처음부터 그들의 추대로 왕이 되었고, 그들을 등에 업고 시작한 정치였다. 선왕이 이복형제가 내린 인삼과 부자를 먹고 토사곽란에 시달리다 숨을 거두었다. 이복형제를 독살했다는 불미스러운 오명이 임금의 발목을 잡았다. 그 독살설이 사실이든 아니든, 임금은 죽을 때까지 그들과 함께 해야 할 운명이었다.

왕위에 관심이 없는 척, 대조大朝로 한발 물러앉았지만 임금은 한 번도 용상을 떠난 적이 없었다. 대리청정을 시작하며 임금이 내게 약속했다. '모든 권한을 너에게 주고 나는 뒤에서 가만히 지켜보기만 할 것이야.' 모든 문서가 그를 거쳐 내게로 왔고, 내가 내린 어떤 결정도 믿지 못했고, 한시도 나를 편안하게 내버려 두지 않았다. 나는 그를 대변하는 허수아버지였고 인형이었다. 뒤주에 갇히고 알았다. 그가 임금의 자리로 얼마나 돌아오고 싶어 했는지. 그에게는 신분을 세탁하고 임금의 자리로 돌아올 떳떳한 구실이 필요했다. 그러기 위해서는 만백성이 모두 인정할 만한 재물을 재단에 올려야 했고, 그게 바로 '왕세자가 역모를 꾸몄다' 는 시나리오였다. 그가 임금의 자리로 돌아오는데 그것보다 더 적당한 구실이 없었다. 그는 위대한 성군이 될 자질이 넘치는 임금이었고, 미치도록 왕위로 돌아오고 싶었던 사람이었다. 그는 자신 외엔 어느 누구도 믿지 못하기 때문에 숨이 꼴깍 넘어가기 전까지 왕세손에게 왕위를 물려주지 않을 것이다. 그가 죽기 전에 산이 노론파의 농간에 희생되지 않을까 그것이 걱정이었다. 내가 없는 세상에서, 변덕이 죽 끓듯 하는 임금과 함께 살아야 할 산이 걱정이었다. 생명은 이미 나를 떠나고 있는데, 오래오래 살아서 산을 지켜주어야 하는데……. 지금 나는 어디를 가려 하는지.

"세손 저하, 밤공기가 차서 고뿔이 덧날까 염려되옵니다."

"고뿔이 대수냐. 아바마마가 여기 이러고 계신데."

"대전에서 알면 소인은 죽은 목숨이옵니다."

김 내관이 애원했지만 산은 꿈쩍도 하지 않았다. 여기 이러고 있다 산이 또 앓기라도 하면, 임금에게 미운 털이 박혀 내가 당한 그 고초를 산이 겪을까 봐 걱정이었다. 남은 힘을 모아서 산을 돌려보내기로 했다.

"산아, 참으로 손이 따뜻하구나."

"네, 아바마마."

"이 손처럼 따뜻하고 온화하게 백성을 아끼는 군주가 되어 주렴."

"네, 그러겠습니다."

"산아, 지는 해를 잡는 방법을 아느냐?"

"모르옵니다. 아바마마가 방법을 일러주옵소서."

"그것은 지는 해를 그냥 가게 내버려 두면 된단다."

"그냥 해가 지도록 내버려 둔단 말씀입니까?"

"때로는 놓아 주는 것이 진정으로 잡는 것이 될 때가 있단다. 해가 잠시 보이지 않는다고 영영 가 버리겠느냐. 반대쪽 세상을 돌다 다음 날 같은 시간에 다시 올걸. 태곳적 이래로 해는 그렇게 오고 또 왔느니라. 그것이 천지의 조화인 것처럼 사람도 그러하단다. 지금 헤어진다고 우리가 영영 헤어지는 것이 아니란 말이지. 아비는 네가 있는 곳에 마음을 두었으니까 언제까지나 산의 곁에 머물게 될 거야. 몸 따위는 조금도 중요하지 않단다. 지금 잡고 있는 이 손의 온기만 기억하면 우리는 언제까지나 함께 있을 것이야."

"눈에 보이지 않으면요, 아바마마가 뵙고 싶으면 어떻게 합니까?"

"눈을 감고 해를 향해 서 있으렴. 눈에 보이지 않는다고 없는 것이 아니란다. 아비는 산의 가슴에 태양처럼 타오를 것이야. 언제까지나."

"언제까지나?"

장차 왕이 될 사람은 눈앞의 일에 연연하기보다 멀리 바라보는 법을 익혀야 하며, 뒷날을 도모하기 위해 슬프고 괴로운 것도 참고 견뎌야 한다고 말했다. 만백성의 어버이가 될 사람이기에 작은 고통을 내색하지 않고 속을 감출 줄도 알아야 한다고 일러주었다. 아비는 그러지 못했기 때문에 임금님께 벌을 받는 거라고. 책을 많이 읽어서 실력을 쌓고 신하들에게 빈틈을 보이지 말라는 말에, 산이 그러겠다고 대답했다. 아비의 스승이었던 채제공이 좋은 가르침을 줄 거라고 하자 산은 그분의 가르침을 받겠다고 했다.

다급한 발걸음이 가까워졌다. 누군가 급히 뛰어오고 있었다. 대전에서 내관이 달려왔다. 임금이 산을 찾는다고 했다. 산이 아비의 손을 놓고 대전으로 불려갔다. 손등에 아직 산의 체온이 남아 있었다. 산의 발소리가 멀어지자 기다린 듯 혼이 몸을 떠났다. 깊은 잠 속에 빠져들면 이제는 누가 뭐라고 해도 잠을 깨지 않을 것이야.

산의 발소리가 멀어지자 기다린 듯 혼이 몸을 떠났다.

닫혀 있는 문 안에서 임금이 무엇을 하고 있을까. 산을 왜 불렀는지 궁금했다. 몸에서 벗어난 혼이 나비의 날개처럼 가벼웠다. 누구의 방해도 받지 않고 대전으로 들어갔다. 등이 훤히 켜져 있었다. 임금이 어린 산을 앉혀 놓고 효장세자가 누구인지를 일러주고 있었다. '이제부터 너는 효장세자의 아들이니라.' 했던 말을 하고, 또 하고. 임금은 취해 있었고, 산은 고뿔로 열에 들떠 있었다. 산이 졸음을 참으며 임금의 전교를 듣고 있었다. 산을 효장세자의 아들로 만들기 위해 임금은 밤이 늦도록 같은 말을 반복하고 있었다. 산은 졸음을 참지 못하고 고개를 끄덕거렸다. 정신 차리라는 호통에 산이 퍼뜩 잠을 깼다. 아비가 누구냐고 묻는 임금의 물음에 산이 얼른 대답했다.

"소자는 왕세자 이선의 아들이옵니다."

"이선은 세상에 없느니라. 다시 말해 보거라. 누구의 아들이라고?"

"효장세자…… 아들이옵니다."

산이 후두둑 눈물을 떨어뜨렸다. 임금이 흡족한 미소를 지었다. 대전을 나왔다. 대전 뜰에서 꽁꽁 언 몸으로 임금의 하교를 기다리던 것이 몇 날이더냐. '선위하겠다! 선위하겠다!' 꿈속에서도 나는 굳게 닫힌 문을 바라보며 선위의 뜻을 거두어 달라고 빌었다. 온몸이 꽁꽁 얼어붙어 말이 나오지 않는데도 문은 열리지 않았다. 끝나지 않을 것 같은 그 괴로운 꿈에 시달렸다. 나를 땅에 묻고 나면 임금은 더 이상 선위 소동을 벌이지 않아도 되리라. 그 자리를 지키는 일이 임금에게도 괴로움이었을 터, 편하게 해주리라.

뒤주 속으로 돌아왔다. 산의 눈물을 본 순간, 거품이 스러지듯 영혼마저 죽어 갔다. 임금이 뭐라고 하든 아무것도 보지 않고 들지 말 걸. 내 죄가 크다. 깊은 잠 속에 빠져들면 이제는 누가 뭐라고 해도 잠을 깨지 않을 것이야.

* 참고문헌 : 영조실록

춘향

박재희

박재희

세월호 앞에서 간신히 위로가 되는 말이 딱 둘입니다.

1. 누구나 죽는다.

2. 영원한 갑은 없다.

춘향을 그리워하는 남자의 건강한 감성을 무조건 손가락질하고 싶지는 않습니다. 그저 여자가 보다 단단해지기를, 들꽃처럼 고개 뻣뻣이 들고 살아남기를 기원합니다.

• • •

충북 제천에서 태어나 중앙대학교에서 공부하고, 1989년 『여성동아』 장편소설 공모에 『춤추는 가얏고』가 당선되어 글쓰기를 시작했습니다. 글이 풀리지 않으면 손가락이 뻣뻣해지도록 가야금을 탑니다. 인물들이 말을 걸 때까지.

나이가 어리다. 정순해는 16세. 고등학교 1학년이다. 지금까지는 오디션에서 고등학교 3학년이나 대학교 1학년을 선발해 왔다. 18세, 19세, 많아야 20세. 고등학교 3학년은 한국예술대학교 특례 입학이 가능하다. 대학교 1학년은 유럽 순회공연의 주연으로 합류하는 특혜를 준다. 남자 무용수에게는 특별히 병역 면제의 혜택이 있다. 그 때문인지 요즘 들어서 기본기도 안 되는 속성 무용학원 출신들이 부쩍 늘었다.

16세라니, 뭔가에 홀린 것 같아.

무용단 관례상 너무 나이 든 아이는 성장의 한계가 뻔히 보인다며 제외한다. 반대로 아무리 뛰어난 미모와 팔등신의 신체와 천부적인 재능의 무용수라도 너무 어린 아이는 성장을 더 두고 보자며 뽑지 않는다. 왜 열여섯 살짜리를 신춘 무대 〈대춘향전〉의 주연 무용수로 뽑자는 건지, 같은 심사위원으로서 마음 무거운 안홍기다. 심사위원 다수가 이진이를 추천하는데 굳이 연장전으로 갈 필요는 없잖은가.

얼굴도 별로고, 실력도 너무 떨어져.

오른쪽에 앉은 김근주가 고개 숙인 채 들릴 듯 말 듯 속삭인다. 정순해보다 이진이가 훨씬 낫다는 뜻이다. 또한 문화체육부에서 파견 나온 심사위원장이 한국 무용과는 거리가 먼 미술관장 출신임을 비꼬는 말이기도 하다.

미술과 무용은 색과 선과 농담을 이용해 아름다움을 조형한다는 점에서는 같습니다. 그림은 오래 남고 춤은 금방 사라진다는 점에서만 다를 뿐이지요.

낙하산 심사위원장의 궤변 같은 변명이었다. 그는 춤추는 아이들을 움직이는 그림으로 보는지 자주 탄성을 삼켰다. 젊은 아이들의 생기를 흡입하는 듯한 노인의 눈초리는 집요했다.

아름답구나!

음악이 끝나고 응시자의 치마꼬리가 사라지면 심사위원장은 좌우를 둘러보며 동의를 구했다. 같은 음악을 수십 번 듣고, 비슷비슷하게 생긴 아이들의 그렇고 그런 춤을 수십 번 봐야 하는 게 그에게는 곤욕이 아닌가 보았다.

아름다운 건 정말 아름답지요. 가난해진다 해도 아름다움을 포기할 수는 없어요. 한국의 전통문화를 보세요. 끼니도 어렵던 시절에 만든 건축물, 도자기, 옷, 음악, 춤을 보세요. 저 우아한 춤사위가 우리의 지옥 같은 현실을 위로하지 않습니까?

미치겠군. 노인네가 우리를 가르치려고 들어.

모두들 지겨움을 감춘 채 무덤덤한 표정으로 위원장을 외면했다.

위원장님, 화가시라서 잘 모르시는 모양인데요. 미술과 무용은 같은 시각예술이지만 전혀 다릅니다. 서른여덟 명이 전부 아름답구나하면 어떻게 한 명을 뽑습니까? 단점을 찾아야지요. 못한 점, 추한 점을 찾아서 잘라 버려야 한 명의 주연 무용수가 남지 않겠습니까?

이런 심사위원들의 속내를 들여다보기라도 하듯 위원장은 사사건건 무용 전문 용어를 들먹이면서 위원들이 지목한 무용수를 쫓았다.

춤사위가 음악에 겉돈다, 회전할 때 균형 감각이 부족하다, 춤선이 명료하지 않다, 엉덩이가 크다, 얼굴형이 비호감이다.

얼굴과 몸매는 춤꾼의 첫 번째 조건이지만 심사평에는 넣지 않는 게 불문율이었다. 자칫하다간 성희롱 운운으로 옮길 수 있음을 알 텐데도 위원장은 마구 써 넣었다. 뿐만 아니라 아홉 명의 심사위원들이 서로 자기의 제자나 아는 아이를 뽑고 싶어 하는 것도 아는 눈빛이었다.

너네끼리 내정한 거, 다 알아.

하긴 과히 틀린 말은 아니었다. 유치부 무용 경연 대회부터 뛰기 시작해서 여기까지 올라온 아이들이 누가 누군지 위원장은 모를 것이었다. 그렇지만 무용계와 평론계, 무용 대학 교수들로 구성된 전문 심사위원들은 아이들을 친인척처럼 가깝게 느꼈다. 아이들뿐 아니라 경연 대회 때마다 아이들의 분장, 의상, 심사위원들 간식까지 챙기는 학부모들을 모를 수가 없었다. 재능과 미모를 겸비한 데다 부모가 열성인 아이에게 도약의 기회를 주는 게 당연한 예술계 생리였다. 아이가 한 송이 장미라면 꽃 피울 때까지 만나는 스승은 광합성하는 이파리고, 부모는 뿌리였다. 시간당 수십만 원의 지도비, 작품비, 무용복, 분장, 미용……. 춤꾼 뒷바라지가 미국 유학비보다 더 든다는 말이 떠돌 정도였다.

쑥대머리 귀신 형용
적막옥방 찬 자리에
생각나는 건 임뿐이라

안홍기는 별 기대 없이 시간을 보내고 있었다. 예선에서 서른다섯 번, 본선에서 열두 번, 결선에서 네 번의 쑥대머리를 들었으므로 마지막 정순해가 춤출 때는 그저 귀를 닫고픈 마음만 남아 있었다.

　보고지고…….

　정순해는 왼쪽 어깨를 바닥에 닿도록 휜 채 오른팔을 허공으로 뻗었다. 과제곡은 미리 무용단 홈페이지의 〈대춘향전〉 공모란에서 배포했다. 다운 받아서 음악에 맞게 작품을 짜는 것이었다. 5분짜리지만 진행자가 3분에 초인종을 누르므로, 누구에게나 3분의 실력 발휘 시간은 공평했다. 이매방 류, 한영숙 류, 김백봉 류, 강선영 류……. 3분 정도면 대략 어느 춤맥을 공부했는지 드러났다. 준비복은 공통으로 흰 명주 치마저고리에 2미터 남짓한 흰 수건이었다. 과제곡에 따라서 춤이 크게 달랐다. 〈사랑가〉는 이도령과 사랑에 빠진 춘향을, 〈이별가〉는 이도령과 이별하는 춘향을, 〈쑥대머리〉는 감옥에 갇힌 신세를 한탄하는 춘향을 춤으로 나타내야 했다. 정순해의 춤에는 여러 류파를 적당히 섞어 놓은 것에 약간의 신기랄까, 무당춤 흉내가 묻어났다.

　보고지고…….

　정순해는 오른쪽 어깨를 바닥에 닿도록 휜 채 왼팔을 허공으로 뻗었다.

　보고지고…….

　정순해는 무릎 꿇고 두 팔을 앞으로 쭉 뻗은 채 엎드려서 움직이지 않았다. 한참을 엎드려 있다가 서서히 어깨를 올리고 윗몸을 일으켰다. 두 팔을 허공으로 쭉 뻗어 올려서 천천히 뒤로 젖혔다. 상체와 두 팔과 머리를 뒤로 완전히 젖혀 하늘을 우러러 보았다. 귓가에 눈물이 주르륵 흘렀다. 얼굴에 범벅인 눈물, 충혈된 눈, 통곡을 가둔 입술의 이지러짐이 드러났다. 얼굴이, 목덜미가, 옷소매 밖으로 나온 두 손의 열 손가락이 단풍잎마냥 빨갰다. 진심을 다하여 온몸으로 추는 춤이고 하소연이었다.

보고지고…….

정순해가 몸을 가누지 못하고 옆으로 맥없이 쓰러졌다. 심사위원장이 벌떡 일어났다. 다른 심사위원들도 일어났다. 안홍기도 일어났다.

저런!

기절하네!

슬픔에 겨워 정신을 잃는구나!

빨리 일일구를!

놔 두세요.

구급차를 불러요!

놔 두시라니까요. 춤추는 거잖아요. 음악에 맞춰 쇼하는 거잖아요.

박웅심의 날카로운 지적에 남자들은 스르르 앉았다. 음악이 끝나자 정순해는 몸을 바로 해서 인사하고 퇴장했다. 다섯 명의 결선 참가자를 놓고 심사위원들은 심사숙고했다. 여자 심사위원들은 정순해가 얼굴이 안 된다며 이진이를 밀었고, 남자 심사위원들은 이진이가 매너리즘에 빠져 있다며 정순해를 고집했다. 할 수 없이 연장전에서 다시 두 아이의 면접과 실기를 보기로 한 것이었다.

진행자가 연장전의 시작을 알린다.

이진이입니다.

이진이는 무용수로서 탐나는 몸매에, 눈,코,입이 전부 조각한 듯 단정하다. 멋쩍게 웃고 있지만 긴장해서 온몸을 떨고 있는 게 보인다. 심사위원들이 돌아가면서 질문을 한다.

동아 경연 대회에서 어떤 춤을 추었어요?

승무를 추었습니다.

가장 존경하는 무용가는 누구입니까?

국내는 정재만 선생님, 외국은 이사도라 던컨입니다.

꿈이 뭐예요?

유명한 무용가가 되어서 세계를 돌며 춤추고 싶습니다.

면접이 끝난 뒤 이진이는 춘향가 중의 〈이별가〉에 맞추어 춤을 춘다. 이몽룡에게 이별을 통보받고 아이는 절규하듯 무대를 휘젓는다. 몸을 솟구쳐 공중돌기를 두 번 한다. 바닥에 머리를 박고 헤드스핀을 돌자 머리카락이 엉망으로 뒤엉킨다. 이어 애절한 표정으로 살풀이 수건을 목에 걸고 조르는 시늉을 한다. 데리고 가지 않으려면 차라리 나를 죽이고 가시오, 이런 뜻이다. 한껏 찡그린 조각 같은 얼굴이 슬퍼 보이기보다는 교태로 보인다.

이별을 해봤어야지, 쯧.

바닥에 머리를 조아리며 큰절을 하고 아이가 퇴장한 뒤 누군가 중얼거린다. 모두들 서로 눈치만 볼 뿐 평가를 입 밖에 내지 않는다.

유연성이 뛰어나네요. 춤 선은 잘 살아 있는데, 연기력이 좀.

직제자라서 심사를 기권하는 외부 심사위원이 용기 내어 아이를 감싼다.

잘 하네요. 저 실력에 저 정도의 자연 미인은 요즘 드물지요.

그녀의 제자인 박웅심이 거든다. 여자 심사위원들은 이미 이진이에게 기운 듯하다.

그런데, 쟤, 왕쭈쭈, 뽕 같아. 맞지, 안 위원?

왕쭈쭈……김근주의 속삭임에 안홍기의 가슴은 내려앉는다.

방학 때 수술시켜 줘, 엄마. 창피해 죽겠어.

지난번에 딸 경서가 가슴 축소 수술인가 뭔가를 해 달라고 아내를 졸랐다. 이제 중학교 3학년인데 몸의 굴곡이 남달랐다. 특히 가슴은 독일제 브래지어로 조여도 젖살이 겨드랑이 사이로 삐져 나왔다. 허리는 잘록하니 길고 엉덩이는 살도 없이 푹 꺼져 있는데 가슴만 유난했다. 부끄러움을 모르는 건지, 아빠는 남자가 아니라고 생각하는지, 목욕 뒤 작은 수건 하나만 들고 거실을 오가는 딸이었다. 안 봐야지, 하면서도 궁금해서 안홍기는 슬쩍 딸의 알몸을 훔쳐 보았다. 좀 더 익으면 딱 춘향이었다.

가슴 큰 게 어때서 수술까지 하니. 가슴 큰 여자 중에 나쁜 여자 없다더라. 가슴 큰 여자는 뭘 해도 용서된대. 빈대젖인 여자가 잘난 척하는 걸 남자들이 제일 싫어한다잖니.

엄만, 참. 가슴 큰 여자는 무식해 보인다고 엄마가 그랬잖아.

옛날 말이지. 요즘은 가슴 큰 여자가 똑똑하고 남자한테 사랑받는대.

그런데 왜 엄마랑 아빠는 맨날 싸워?

싸우긴 누가 싸우니. 그냥 의견 충돌이지. 다 너 때문이야. 아빠 너 춤추는 거 반대래.

왜? 아빠도 추면서.

글쎄, 아무튼 하지 말래.

안홍기의 경험상 가슴 큰 여자가 무식한지는 모르지만 약간 멍청하긴 하다. 제1회 〈대춘향전〉의 주연 무용수로 선발되었을 때만 해도 아내 민혜리는 온몸에서 광채가 났다. 가까이 가기조차 어려웠고, 손을 대면 더러운 자국이 남을 것만 같았다. 그때는 이몽룡으로 뽑힌 안홍기도 춘향 앞에만 서면 쩔쩔 맸다. 〈사랑가〉 장면이 제일 난감했다. 열여섯 살의 남녀가 안고 업고 물고 빨고 노는 장면을 춤으로 표현해야 했다. 그런데 춘향은 몽룡을 똑바로 쳐다보려고도 하지 않았고, 몽룡 역시 눈을 바로 뜨지 못했다. 둘이 업고 노는 장면에서 몽룡은 나무토막처럼 굳은 춘향을 업으려다가 떨어뜨렸다. 둘이 나동그라져서 몽룡의 머리가 춘향의 허벅지를 베고 누운 모양이 되었다. 춘향은 울고, 몽룡은 얼굴이 빨개져서 도망갔다.

이것들이 공연 망치려고 작정했구나!

보다 못한 지도위원들이 나섰다. 여자 지도위원은 춘향을 데려갔고, 남자 지도위원은 몽룡을 자기 방으로 불렀다.

벗어. 팬티만 남기고 몽땅. 양말도.

가릴 것만 간신히 가린 안홍기 앞에 지도위원은 춘향의 대형 사진을 세워 놓았다.

너 몇 살이야. 여자 경험 없어? 스물두 살이나 먹은 팔팔한 남자가 열아홉 살의 아름다운 여자를 안고도 아무 생각이 없다는 게 말이 돼? 온몸의 피가 거꾸로 솟고, 물건이 하늘을 찌르는 느낌 없어? 로미오와 줄리엣을 봐. 연극도 영화도 뮤지컬도 모두 대박이잖아. 왜 그렇겠어? 수백 명의 경쟁자를 뚫고 오디션을 통과한 로미오와 줄리엣이 정말 사랑에 빠져서 작품을 만들잖아. 작품이 끝나면 결혼하잖아. 혼신! 영혼과 육체를 다 바쳐 감정이입을 해야지, 감정이입을! 춘향은 네 여자야. 네 여자로 만들란 말이야.

어떤 지도를 받았는지, 첫 연습 때 춘향은 천천히 몽룡을 올려다보았다. 수줍은 미소를 남기고 다시 천천히 고개를 숙였다. 얼른 다시 보고픈, 보고도 믿어지지 않는 뇌쇄적인 미소였다. 춘향은 변했다. 손이 살짝만 닿아도 연체동물처럼 몸을 비틀며 몽룡을 황홀경으로 이끌었다. 허리를 잡아당기면 순순히 안겼고, 목을 잡아당기면 달콤한 입내를 뿜었다. 건드릴수록 춘향은 몸이 달아 어쩔 줄 몰라 하면서 그 다음, 그 다음 동작을 기대하는 듯했다. 세상을 손에 쥔 듯, 우주라도 지배할 듯 자신감에 넘쳐서 몽룡은 그날 밤새 잠을 이루지 못했다.

날 좋아하는구나!

광채에 빨려 들어가듯 몽룡은 춘향에게 빠졌다. 〈대춘향전〉을 공연하는 내내 두 사람은 붙어 다녔다. 공연은 유료 관객이 반을 넘는 성황을 이루었다. 두 사람은 자연스럽게 서로의 원룸을 오가다가 임신하자마자 결혼했다. 결혼과 함께 무용단을 그만두고 아내는 살림과 육아에 재미를 붙였다.

재능 썩히는 게 아깝지 않아? 집에서 놀지 말고 무용학원이라도 해봐.

군살 하나 없던 몸매가 뒤룩뒤룩 변하는 게 안타까워서 하는 그의 말에 아내는 펄쩍 뛰었다.

춤? 미련 없어. 물 한 모금도 칼로리 재 가면서 먹는 거, 절대 안 해. 멋진 남자랑 결혼했으면 됐지, 무엇하러 또 그 고생을 해? 난 지금이 너무 좋아.

춘향은 늘 새로 뽑았지만 몽룡은 4회까지 안흥기가 했다. 그는 매번 새 춘향과 아슬아슬하게 놀았는데, 아내는 그가 새 춘향과 무슨 짓을 하든 자기만을 사랑한다고 굳게 믿는가 보았다. 그 역시 이십 대에 원 없이 놀아서인지, 사십 넘어서부터는 새벽에 눈을 떠도 여자가 그립지 않았다.

처녀와 첫사랑과 가슴 큰 여자는 골치 아파요.

김근주의 말이 맞다. 아내는 세 가지 다 해당되었다. 4회째의 춘향은 안흥기에게는 운명적인 만남이었다. 그러나 아내는 절대 이혼해 주지 않았다. 몸매는 점점 시장에 퍼질러 앉은 아줌마처럼 변했고, 등을 덮던 검은 머리 대신 이상한 폭탄머리를 얹고 다녔다. 십여 년 저쪽의 광채 찬란하던 춘향은 어디 가고 어느새 퉁퉁한 왕고집쟁이 월매가 그의 삶을 지배하는 것이었다.

진행자가 다음 출연자의 등장을 알린다.

정순해입니다.

일일구 소동을 일으킨 아이다. 강가의 미끈하고 긴 차돌멩이 같다고나 할까. 가무잡잡한 피부, 눈을 내리깔아야 보이는 쌍꺼풀, 보통 크기의 가슴을 가진 여자아이다. 외모만 보고는 어떻게 쟁 쟁한 경쟁자들을 젖히고 278명 중의 2명 안에 들었는지 의심스럽 다. 예술적 영감을 얻기 위해 더 어린 애, 더 예쁜 애를 찾는 심사 위원장의 취향도 아닌 것 같다. 안홍기는 이력서 파일을 다시 들 춘다. 스무 살 이신이의 이력서는 한 장을 넘어 두 번째 장의 중간 까지 빼곡하다. 한국무용의 유명한 경연 대회는 다 석권했고, 발 레, 현대무용, 연극에 참여한 경험이 있고, 뮤지컬 〈맘마미아〉의 주인공으로 더블 캐스팅 된 경력까지 화려하다. 그에 비해 정순해 는 비어 있다시피 하다. 남원초등학교, 남원중학교, 남원고등학교 1학년 재학중이 전부다. 경연 대회 수상 경력도 전무하다. 다소곳 이 선 정순해에게 먼저 김근주가 묻는다.

춤을 언제부터 췄어요?

아주 쬐깐한 때버텀요. 춤추믄 어른들이 잘헌다, 잘헌다, 함시 롱 돈을 주시니께 신나서 췄지라이.

와그르르 웃음이 인다. 아니 우리가 이런 촌뜨기 어린애한테 홀 려서 연장전까지 한단 말인가, 이런 분위기다. 쑥대머리에 맞춰 춤 추던 슬프고 우아한 춘향은 간 곳 없다.

누구한테 배웠어요?

함니요.

누구?

할무니한테 배웠당게요. 소고춤, 무당춤, 장구춤, 다 배웠당게요.

할머니는 뭐하시는 분인데?

무당이요, 큰무당. 지 맴 속을 환히 알고 할 일을 점지해 주시는 아주 신통방통한 무당이시랑게요. 우리 전라도 남원에서는 명성이 뚜루루헌 분인디, 선상님은 여즉 모르싱게라이.

모두들 질문할 말을 잃었다. 박응심이 나섰다.

아까 쑥대머리하면서 펑펑 울던데, 우는 거 배웠어요?

우는 거, 쉽지라이. 돌아가신 울 엄니 생각하믄서 눈 몇 번 깜박이니께 금세 눈물이 쏟아지데요.

손이, 온몸이 빨갛던데, 그런 건 어떻게…….

걍 집중했으요. 춘향이 이자 겨우 열여섯 살인디, 감옥에서 큰 칼 쓰구 머리 풀구 앉아 내일이믄 꼭 죽는구나, 생각허니께 참말로 기가 딱 맥히더만요. 그래서 숨을 참았으요. 참으니께 발바닥버텀 머리끝으루 불기둥이 확 솟으믄서 혼이 나가는 기분이 들데요.

허, 이승과 저승을 오가면서 춤을 췄다는 말이군. 그럼 춤을 볼까?

잠깐만요, 한 가지 더 물어볼게요.

위원장에게 안흥기는 양해를 구한다. 경서보다 한 살 위인 여자아이에게 꼭 물어볼 것이 있다. 도대체 무슨 생각을 하면서 춤을 추는지 알고 싶다.

어려서부터 지금까지 춤을 추면서 어떤 꿈을 키워 왔을 텐데, 꿈이 뭐예요?

꿈? 지가 그런 거 말씀 드리믄 죄 비웃으실 텐데요.

안 웃을게 얘기해 봐요.

지는 멋진 남자 친구를 만나구 싶어요. 지가 춤을 잘 추믄 멋진 남자 친구가 생길 테구, 멋지게 연애하구, 멋지게 결혼하구, 그기 소원이지라이.

음악이 나온다. 굵고 낮은 아쟁 선율, 그 위를 가벼이 나는 소금 소리, 이따금 애기 사과처럼 둥당둥당 떨어지는 거문고 가락에 맞추어 정순해는 팔을 올린다. 방금의 수다스러운 아이는 사라지고 더없이 순수하고 천진한 춤꾼이다. 사뿐히 옮기는 버선발, 조심스럽게 뻗어서 선을 만드는 춤 수건. 기교도 없고, 교태도 없는 단순 질박한 몸짓, 감성과 미감을 간지럽혀 일깨우는 편안하고 따스한 춤사위다.

사랑 사랑 내 사랑이야
어허 둥둥 내 사랑이지

두 팔을 벌려 심사위원 석으로 다가오며 아이가 잇몸을 드러내어 웃는다. 한 남자의 온전한 사랑을 받는 한 여자의 웃음이 눈부시다.

뼈가 녹는구나.

느릿느릿 발 하나를 들어 옮기는 모습을 숨죽여 지켜보며 안홍기는 자신도 모르게 침을 꿀꺽 삼킨다. 연체동물 같은 춘향을 마구 주무르던 십여 년 전의 몽룡이 된 기분이다. 통통한 월매 같은 아내도 오늘밤은 예뻐 보일 것 같다. 연애 세포를 마구 깨우는 느낌에 놀라서 그는 주위를 둘러본다. 모두들 멍한 표정이다.

아름답구나!

왜 조용한가 했더니, 드디어 위원장의 감탄사가 터져 나온다. 춤으로 열 명의 노회한 심사위원을 사로잡다니 대단한 흡인력이다.

날 좋아하는구나!

음악이 끝나고 정순해가 뒷모습을 보이자마자 위원장이 싱글벙글 웃는다.

노인네가 실성했지. 쟤는 날 좋아하는 거라구.

김근주가 어깨를 으쓱한다. 이혼으로 가족과 집을 잃고 월세를 전전하는 그에게 정순해는 봄의 향기를 선사한 모양이다.

봄의 향기, 춥고 외로운 사람들은 늘 춘향春香을 그리워한다.

망연히 아이의 뒷모습을 지켜보다가 안홍기는 화들짝 놀란다. 얼른 고개를 숙이고서 그는 아랫입술을 깨물어 기쁨을 감춘다.

정순해가 커튼 뒤로 사라지기 직전 고개를 돌려 안홍기에게 눈을
찡긋해서다.

　모두 꿈 깨서요. 쟤는 날 좋아한답니다.

고장난 엄마 기계

김정희

김정희

요즈음 엄마들은 지난 세대와는 다른 환경에서 아이를 키우고 있습니다. 아이를 많이 낳으라고 하면서도 세상은 모성을 보호해 주지 않습니다. 오히려 공격하고 무너뜨리려고 하지요. 괜히 저출산이 된 것이 아닙니다. 아이를 낳는 것이 젊은 세대에게 공포가 될 수밖에 없는 시절입니다. 이런 21세기에 엄마가 된다는 것은 어떤 의미일까요.

저는 이 짧은 소설을 통해 질문을 던져 보려고 합니다. 저 또한 21세기 엄마이기 때문입니다.

•••

1973년에 강원도 화천에서 태어났다. 이화여대 정치외교학과에 다니던 중 『여성동아』 장편소설 공모에 『작고 가벼운 우울』이 당선되었다. 『소설처럼 아름다운 수학 이야기』, 『수학 아라비안나이트』, 『인류의 어머니 마더 테레사』 등의 책을 냈다.

어떤 부부에게 아기가 생겼다.

　장애 판정을 받았으므로 아이를 낳는 문제를 두고 부부의 다툼은 끊이지 않았다. 여자는 아이를 낳겠다고 우겼고, 남자는 아이가 그들 부부에게 불행한 운명을 안겨 줄 거라며 씨앗부터 파괴해야 한다고 우겼다.

　두 사람은 불화를 이겨내지 못하고, 헤어졌다. 아이는 고스란히 여자의 몫으로 남았다. 남자는 떠나가면서 여자에게 악담을 퍼부었다. 여자의 남은 인생이 아이 때문에 망가질 것이며, 죽는 날까지 괴물 새끼를 낳은 죄에서 벗어나지 못할 것이라 말했다.

　여자는 울면서 아니라고 외쳤다. 아이의 팔다리가 온전치 못한 것은 어느 누구의 잘못도 아니었다. 여자는 모든 게 핵폭발 때문이었다고 말했다.

"네 맘이 편해진다면 계속 그렇게 생각해. 하지만 앞으로 모든 걸 네가 책임져야 해. 힘들다고 나한테 떼를 쓰거나 손을 벌리기만 해봐. 너의 어리석음이 모든 걸 폐허로 만들고 말 거야."

남자는 자유롭게 날개를 펴고 날아갔다.

어느 날 여자의 집으로 정보원이 찾아왔다.

"당신이 아픈 아이를 낳으려고 한다면서요?"

정보원은 바바리 깃을 세우고 중절모를 쓰고 있었다. 공허 속에서 날카로운 눈빛이 번뜩였다.

"우리는 앞으로 당신을 주시하겠습니다. 당신과 당신 아이가 국가의 관리를 받게 될 겁니다. 동의합니까?"

"내가 동의하지 않는다면 어떻게 되나요?"

"당신과 당신 아이는 반역자로 낙인 찍히게 되겠지요. 그러나 국가의 관리를 받는다면 당신은 여러 가지 보장을 받게 될 겁니다."

여자는 정보원이 내미는 서류에 사인을 했다. 여자는 다음 날부터 정보원이 알려 준 공장에서 일을 하게 되었다. 배가 불러오고 있었으므로 하루 12시간 이상 일하는 것이 고통스러웠다. 공장에는 여자 말고도 배부른 다른 여자들도 있었다. 그들 모두 벨트 컨베이어에 서서 로봇의 부품을 조립하는 일을 했다.

모두가 입을 꾹 다물고 있었지만, 그들은 같은 처지라는 것을 알 수 있었다. 뱃속의 아이와 함께 버려진 여자들. 말이 금지되어 있었기 때문에 그들은 눈빛으로 감정과 정보를 교환했다.

여자는 맞은편에 서 있는 붉은 머리 여자의 눈과 대화했다.

'당신 뱃속에도 괴물이 자라고 있나요?'

'네, 당신의 뱃속에도?'

'우린, 우리의 아이는 어떻게 되는 걸까요?

그들은 일이 끝난 후에 통근 버스에 실려 공동 주택으로 돌아갔다. 공동 주택의 복도에 줄을 서서 한 사람 당 하나씩의 칸으로 들어갔다. 임부들의 움직임은 기계들처럼 금속성을 낼 수가 없었다. 그들은 굼뜨게 뒤뚱거리며 자기 칸을 찾아 들어갔다.

'그래도 우리에겐 쉴 수 있는 한 칸이 있어요.'

여자는 붉은 머리 여자가 곁눈질로 그렇게 말했다고 생각했다.

여자는 어느새 만삭이 되어 있었다. 무릎이 부서질 것 같은 통증이 그녀의 몸 전체를 잡아먹었다. 괴물 아기는 뱃속에서 맹렬하게 자신이 살아 있다는 것을 엄마에게 전하려 애썼다.

칸은 말 그대로 한 칸일 뿐인 공간이었다. 침대 하나와 옷장이 전부인 협소한 공간이었다. 좁은 바닥에 들어서니 여자는 자기 몸을 생생하게 느낄 수 있었다. 다리는 코끼리 다리 같았고, 배는 고래 배 같았다. 여자는 자기가 짐승이 되어 간다고 느꼈다.

아기는 나날이 커져서 엄마의 내장과 뼈를 누르기 시작했다. 여자는 초음파를 통해 아기가 거꾸로 누운 채 발로 여자의 갈비뼈를 차고, 머리로 여자의 골반 뼈에 박치기를 하는 모습을 지켜보았다. 의사는 아기가 보통 사람과 어떻게 다른지에 대해 설명했다. 여자는 귓속에 바람을 일으키고 노래를 불러 의사의 말을 떨쳐 내려고 애썼다.

'내 아기는 괴물이 아니에요. 내 아기는 아기일 뿐이에요.'

여자는 공장으로 돌아가 벨트 컨베이어에서 계속 일을 했다. 여자는 임부들이 조립하는 것이 어떤 로봇인지 알고 싶었지만, 공장장은 아무것도 설명해 주지 않았다.

로봇이 완성되어 가는 모습을 보며 눈치가 빠른 여자들의 눈빛에서 어떤 단어를 읽어 낼 수 있었다. 여자들은 그 로봇이 엄마의 모습을 닮았다고 생각했다.

'이 로봇들은 엄마 기계예요.'

붉은 머리 여자는 그렇게 눈짓을 하며 눈물을 떨구었다.

'우린 어떻게 되는 걸까요? 괴물을 낳는 오염된 우리 몸은 이제 어디로 가는 걸까요?'

'우린 우리 아이의 엄마가 될 수 없나요?'

'지금 알 수 있는 건 우리가 노예라는 것뿐이에요.'

여자들의 눈빛이 충격으로 불타올랐다. 아무도 말을 하지 않았지만, 여자들의 술렁거림은 밤이 되도록 진정되지 않았다. 고된 노동을 마치고 공동 주택으로 돌아온 여자들은 그날 밤 쉬이 잠들지 못했다.

여자도 스프링 침대를 덜컹거리며 자주 뒤척였다. 여자는 엄마를 떠올렸다. 엄마에게는 병이 있었다. 엄마의 심장은 새까맣게 타 버렸다. 도시로 떠나간 남편과 아들이 죽었기 때문이었다. 비명횡사였다.

엄마의 시계는 그날로 멈췄고, 어린 딸을 돌보는 것을 그만두었다. 엄마는 청결함을 잃었고, 사랑과 지성을 잃었다. 엄마는 박제가 된 것처럼 꼼짝도 하지 않았다. 여자는 어린 시절 꼬질꼬질한 얼굴에 냄새나는 옷을 입고 다녔다. 바퀴벌레 들끓는 부엌에서 조막손으로 꿀꿀이죽 같은 것을 만들어 먹고 엄마의 입에도 넣어 주었다.

냉랭한 분위기 때문에 여자는 어린 시절 늘 추위에 떨었다. 집에서 숨을 쉬면 늘 입김이 새어 나왔다.

어느 날 갑자기 엄마의 이가 몽땅 빠져 버렸고, 머리카락이 하얗게 변해 버렸다. 엄마는 자기 가슴을 망치 같은 주먹으로 계속 치기 시작했다. 가슴이 움푹 파였고, 그 다음 눈이 감겼다.

엄마가 느꼈을 고통의 무게를 여자는 어렴풋이 짐작할 수 있었다. 케케묵은 기억이 되살아나자 여자의 가슴에도 깊은 우울이 자리 잡았고, 저녁 무렵이면 땅거미처럼 침묵의 가슴앓이가 시작되었다. 여자는 아이를 낳음으로써 자기 자신의 엄마가 될 수 있다고 생각했다. 아이와 함께 다시 자랄 수 있으리라 믿었다. 그런데 저들은 여자와 아이를 어떻게 하려는 것일까.

'이 아이는 내 아이야.'

아이가 양수 속에서 자세를 바꾸자 휘파람 소리가 났고, 배가 출렁거렸다. 누구의 아이도 아닌 그 여자의 아이가 탯줄로 연결된 채 엄마의 양분을 먹고 있었다.

섬세함. 여자는 엄마의 가장 중요한 덕목이 바로 섬세함이라고 믿었다. 아이가 똥을 싸면 엉덩이를 깨끗하게 닦아 주어야 했고, 음식을 흘리면 입가를 닦아 주어야 했고, 잠을 잘 때 이불을 걷어차면 수시로 깨어나 잘 덮어 주어야 했다. 아이를 잘 관찰하고 실족하지 않게 보살펴야 했다. 이 모든 일을 사랑이라는 가장 섬세한 감정으로 해야 했다. 그런 일을 사람이 아닌 기계에게 맡긴다는 것인가? 기계가 엄마처럼 섬세할 수 있겠는가? 만약 기계가 아이를 위험에 빠뜨린다면?

여자는 공포에 질려 덜덜 떨었다.

공장에는 불안의 그림자가 어둡게 내려앉았다. 붉은 머리 여자도 머리카락만큼이나 붉어진 눈동자를 위아래로 흔들며 눈물을 보이곤 했다.

'수술실에 가 본 적 있어요? 우리가 아이를 낳게 될.'

'아니오.'

'저는 잠깐 그곳에 가 본 일이 있어요. 아이가 나올 날이 멀었는데, 정보원이 실수를 한 거지요. 벽지가 10년은 더 된 것 같았어요. 누리끼리한 벽지에 피가 튄 자국이 많았어요. 아기를 낳는 여자들의 비명소리가 들리는 것 같았어요.'

'우리도 그곳에 가게 될까요? 곧? 괴물 아기를 낳는 건 보통 아이를 낳는 것보다 더 고통스러운 걸까요?'

여자는 비밀스러운 소문을 떠올렸다. 괴물 아기를 낳을 때, 아기가 엄마의 몸을 긁고 나오기 때문에 엄마는 고통 속에서 죽을 수도 있다고 했다. 의사는 엄마는 고통 받는 것을 내버려 두고 아무런 조치도 취하지 않는다고 했다.

몸은 점점 더 커지고 있었다. 괴물 아기를 낳으려면 엄마도 괴물이 될 수밖에 없는 건지도 몰랐다. 얼굴은 붉게 불타올랐고, 머리카락은 쑥쑥 빠졌다. 몸집이 거의 두 배로 부풀어 올라 터질 지경이 되었을 때, 여자의 진통이 시작되었다.

임신 40주를 꼬박 채울 때까지 공장에서는 일을 계속 해야만 했다. 공장장은 아침마다 말했다.

"당신들은 특별하지 않아. 아기를 가졌다고 특별 대접을 받길 원한다면 썩어문드러진 사상을 개조해야 할 거야. 너희는 일을 해야 해. 더 열심히. 그렇지 않으면 거리로 쫓겨나 아기와 함께 굶어 죽게 될 거야. 당신들은 특별하긴커녕 가장 미천한 여자들이지. 그걸 명심하고 열심히 일하도록. 우리는 항상 너희를 지켜보고 있다는 것을 잊지 말길 바란다."

진통이 시작되자 팔과 다리에 실핏줄이 두드러졌다. 배가 돌처럼 단단해지고, 뱃속의 아기가 위협을 느끼고 떨고 있는 것이 느껴졌다. 공장 천장의 경고등이 요란한 소리를 내며 돌아갔다. 임부들이 침묵 속에서 술렁거리는 소리가 들렸다. 진통을 한 여자들은 다시 돌아오지 못한다는 것을 알기에 임부들은 여자에게 작별인사를 했다. 아듀. 영원한 안녕을.

의료 요원들이 들것에 여자를 실었다. 여자는 공룡처럼 괴성을 지르며 몸을 뒤틀었다. 그래, 까마득한 옛날에 공룡들도 새끼를 낳았어. 별일 아니야. 나도 아기를 무사히 낳을 거야. 양수가 터지고, 배가 아기에게 흡착된 것처럼 쭈그러들었다. 여자는 고통이 심해질수록 정신이 아득해졌다.

'아기는 어떻게 되는 걸까? 난 어떻게 되는 걸까.'

수술실의 벽지가 보였다. 피칠갑이 된 그 누런 벽지는 거울처럼 새끼 낳는 여자의 모습을 비춰 주었다. 여자는 짐승처럼 네 발로 엎드린 채 새끼를 낳기 위해 몸부림을 쳤다. 아기는 엄마의 몸을 할퀴며 추위 속으로 뛰쳐나왔다. 기형의 아기는 조그맣고 빨간 몸을 바들바들 떨며 앵앵거렸고, 엄마의 정신은 낭떠러지로 떨어지며 암전되었다.

어떤 여자가 아이를 낳았다.

여자는 오래도록 붕 떠 있었다. 여자의 뇌는 유리병에 담겨 보존되었고, 인류 역사상 가장 위대한 실험에 쓰이기 위해 기다리는 중이었다. 여자는 문득문득 정신을 차릴 때마다 통증을 느꼈다. 팔이 잘려 나간 사람도 팔의 존재를 느낀다는 말을 들은 일이 있었다. 감각이란 놀라운 것이었다. 여자도 사라져 버린 자신의 몸을 느끼고 있었다. 아이를 낳은 몸이 고통에서 회복되려고 애쓰고 있다는 걸 알 수 있었다. 번쩍거리는 광선이 뇌 속을 파고들 때마다 쥐가 난 것처럼 없는 다리가 저릿저릿했다. 여자가 아기를 생각할 때마다 전기 충격이 가해졌다. 여자는 자신이 세뇌 당했다는 사실을 잊지 말자고 다짐하고 또 다짐했다. 기억을 남길 수 있기를 기도하면서 있는 힘을 다해 아기에 대한 기억 단자를 남겨 두려고 애썼다. 여자는 텔레파시로 물건을 움직이듯이 기억 단자를 뇌의 가장 구석진 곳에다 옮기려고 애썼다. 잊지 말지, 잊지 말자, 잊지 마, 잊지……잊…… 이……ㅇ…….

시간이 흘렀다. 우리는 완전해졌다. 우리는 엄마 기계다. 회사에선 우리에게 일련 번호를 주었지만, 우리는 스스로를 번호로 부르지 않는다. 인간들은 받아들이지 못할 테지만, 우리는 엄마라는 자부심을 갖고 있다. 우리는 육아에 필요한 모든 정보를 취합할 능력을 갖췄고, 아이의 정서적인 면까지 잘 돌볼 수 있을 만큼 감성적인 기계이다.

우리의 지능은 인공적인 것이지만, 뇌만은 인간의 것이다. 나에게도 인간의 뇌가 장착되어 있다. 몸은 기계일지라도 마음은 인간과 다르지 않다. 우리는 숨 쉬고, 우리는 살아 있다. 이토록 생생하게. 우리는 잊힌 시대의 유모처럼 모든 집에 엄마 기계가 놓일 거라고 믿고 있다. 가까운 미래에 우리는 상용화될 것이다. 회사는 앞으로 소비자들의 욕구를 수용해 엄마 기계가 영어와 중국어를 할 수 있도록 만들 것이다. 우리는 그 첫 번째 단계로 성능을 실험하기 위해 무상으로 인간들의 삶 속에 파견된 로봇들이다.

내가 맡은 아이의 부모는 유통 회사의 중역이다. 아이의 엄마는 아이를 낳고 바로 출장을 떠났다. 아이의 아빠는 국내에 있지만, 일을 하느라 집에 안 들어올 때가 많다. 아이의 이름은 루빈이다. 보드라운 볼을 가진 네 살짜리 꼬마다. 아이는 나를 처음부터 잘 따랐다. 내가 인간과 다른 존재라는 것을 아이는 알아채지 못했다.

나는 아이 엄마가 안심하도록 눈에 설치된 카메라로 아이의 모습을 온종일 찍어 아이 엄마의 통신기기로 전송한다. 집안을 청소하고, 요리를 만들어 아이에게 먹인다. 나는 음식을 먹을 필요도 잠을 잘 필요도 없다. 나는 밤새도록 아이의 옆에 앉아 충전을 하며 아이를 지킨다.

어느 날 밤 아이 아빠가 나를 물끄러미 보다가 말을 걸었다.

"당신, 그것도 해요?"

나는 아이 아빠의 의도를 눈치 채고 웃었다.

"미안합니다. 나는 그것을 위한 기관이 없습니다."

"유감이군요."

"로봇의 윤리입니다. 우리는 인간 고유의 삶을 침해하지 않습니다. 제가 그것까지 감당한다면, 인간 엄마들은 아이를 낳은 후에 추방당할 수도 있습니다."

"지금도 다를 게 뭐 있나요? 일이다 출장이다 매일 집 밖에서 사는데……."

그는 아내에 대한 불만을 토로하려고 했다. 나는 그에게 내 눈동자 속의 카메라에 대해 주의를 주었다.

"지금까지 말한 것, 삭제할 수 있나요?"

"사장님이 원하신다면."

나는 녹화된 필름을 되돌려 남자와의 대화를 지워 버렸다. 남자는 카메라를 의식해서인지 다음 날부터 내게 불필요한 말은 걸지 않았다. 나는 아이에게만 집중했다. 온종일 아이가 움직이는 방향으로 시선을 돌렸다. 아이들을 모아 놓고 교육하는 기관은 폐

쇄되었다. 각종 감염으로부터 아이를 보호하기 위한 국가의 방침이었다. 아이들의 면역 체계가 무너져서 각별한 보호를 필요로 했다. 하루 종일 아이를 돌보는 일은 인간 엄마들보다는 우리에게 더 적합한 일이다. 우리는 육체적으로나 심리적으로 절대로 지치지 않는다. 아이가 자는 시간 동안 충전을 하면 우리는 하루 종일 쌩쌩하게 엄마 노릇을 수행할 수 있었다.

놀이터에 나가면 인간 엄마들을 만날 수 있었다. 그들은 이질적인 나를 경계해서 자기 아이들과 루빈이 함께 노는 것을 싫어했다. 인간 엄마들의 표정이 미세하게 변하는 것을 놓치지 않는다. 나는 인간이 눈썹을 조금만 움직여도 어떤 뜻인지 알아챌 수 있을 정도로 지능이 높다.

인간 엄마들은 소독약을 가방에 넣고 다니며 자기 아이가 다른 아이와 놀고 난 후에 아이를 소독했다. 나도 루빈을 소독했다. 아이들은 대부분 정상인이었다. 불편해 보이는 아이는 아무도 없었다. 이 지역에서 아이를 돌보는 인간 엄마들은 돈을 벌지 않아도 되는 상류층에 속했다. 그들은 엄마 기계가 실험에 들어갔으며 얼마 뒤에 유통될 거라는 소식에 혐오감을 드러냈다. 그들은 내가 지나가기만 하면 뒤에서 수군거렸다. 그들이 아무리 속삭여도 나는 그들의 말을 똑똑히 알아들을 수 있었다.

루빈과 함께 장을 봐서 돌아오는데, 놀이터에 인간 엄마들이 앉아 있는 것이 보였다. 엄마들은 함께 이야기를 나누고 있었지만, 시선은 아이들 쪽으로 고정되어 있었다. 엄마들은 늘 그러기 마련이었다. 나도 놀이터 모래밭 쪽을 바라보았다.

아이들이 둥글게 한 아이를 둘러싸고 있는 것이 보였다. 누군가 가운데 있는 아이의 등을 때렸다. 한 명이 때리자 아이들의 주먹이 모두 그 아이에게 집중되었다. 나는 가슴 쪽에 정전기를 느꼈다. 뜨끔하면서 온몸을 전류가 통과했다. 나는 다른 아이들에게 간섭할 수 없었다. 루빈을 보호하되 다른 아이에게 손을 대거나 다른 아이를 훈육할 수 없었다. 나는 도움을 호소하며 인간 엄마들 쪽을 보았다. 엄마들은 분명 아이들 쪽을 보고 있었지만, 모두가 아무것도 보이지 않는다는 듯 가만히 있었다. 아이에게 쏟아지는 폭력 세례는 가혹하게 이어졌다. 나는 온힘을 다해 소리치고 싶었지만, 말이 나오지 않았다. 루빈은 나의 치맛자락을 꼭 쥐었다. 나는 아이의 머리카락을 쓰다듬어 주었지만, 놀이터 쪽으로 한 발짝도 움직일 수가 없었다.

그때 내 몸 속에서 철커덕 하는 기계음이 들렸다. 그 소리는 작았지만, 인간들의 귀를 거슬리게 하기에 충분했다. 아이들이 나를 돌아보더니 겁먹은 얼굴로 슬금슬금 벤치에 앉은 자기 엄마의 뒤꽁무니로 숨었다. 엄마들은 자기 아이를 소독하기에 바빴다. 아이들은 모두 다섯 명이었고, 엄마들도 다섯 명이었다. 나는 그제야 맞은 아이의 엄마가 그 자리에 없다는 것을 알았다. 아이는 늘 보호자 없이 혼자 나와서 노는 아이였다. 아이는 억울함을 호소해 볼 요량으로 벤치 쪽으로 가서 엄마들에게 말했다.

"아줌마. 애들이 날 때렸어요."

아이를 돌아보는 여자는 없었다. 아이는 똑같은 말을 몇 번쯤 더 말했고, 귀찮아서인지 한 여자가 돌아보았다.

"정말 지겨운 아이야."

한 여자가 눈을 부비며 말했다. 아이는 한숨을 푹 쉬더니 터덜터덜 걸어서 주택 타워 쪽으로 사라졌다.

나도 루빈과 함께 그 자리를 떴다. 몸이 울렁거렸다. 토할 것만 같았다. 집에 돌아와서 루빈에게 샌드위치를 만들어 주었다. 루빈이 작은 손에 샌드위치를 들고 오물오물 먹을 때면 나는 인간의 감정을 느끼곤 했다. 마음이 뜨거워지면서 머릿속이 텅 빈 듯 순간적으로 얼어붙었다. 아이는 사랑스러웠다.

나는 아이와 블록 놀이를 했고, 아이에게 옛날 이야기를 해주었다. 내겐 전 세계의 민담과 설화가 내장되어 있었다. 나는 하루에 몇 개씩 아이에게 매일 새로운 이야기를 들려주고, 새로운 노래들을 불러 주었다. 이제는 사라지고 없는 대륙의 전설에 대해 이야기하고 있을 때, 통신기기가 울렸다. 버튼을 누르자 화면이 떴다. 낯선 여자의 얼굴이었다. 정확하게 말하면 낯선 엄마 기계의 얼굴. 그 얼굴은 나와 똑같아 보였다. 넓은 이마와 좁은 턱, 날렵한 콧날, 조붓한 입술과 혀. 인간을 닮게 만들었지만, 전혀 인간과 비슷해 보이지 않는 이상한 인조인간이었다. 나는 모니터 속의 메뚜기처럼 두드러진 엄마 기계의 눈을 들여다보았다.

"미안합니다. 당신을 찾기 위해 애썼습니다. 당신, 나를 기억합니까?"

나는 기억이라는 말에 움찔했다.

"네? 혹시 저를 아세요?"

"네. 우리는 함께 있었지요. 우리 자신을 만드는 공장에서. 우리는 우리 자신을 만들었어요. 그리고 아기를 낳았고, 심장이 멈춰 버렸죠. 우리의 뇌가 기계에 심어졌어요. 아무것도 기억하지 못하나요?"

충격적인 이야기였다. 내가 기계가 되기 전에 다른 삶이 있었다는 생각은 한 번도 해본 일이 없었다. 본능적으로 무엇인가 있었을 거라고 느낀 적은 있었다.

"아, 당신은 아직 아무것도 기억 해내지 못했군요. 우린, 우린 아기를 낳았어요. 그 아기들은 죽었어요. 정보원들은 우리 같은 여자들이 괴물 아기를 낳다가 죽으면, 우리의 장기들을 분해해서 이런저런 실험에 쓰죠. 아기들은 굶어 죽게 내버려 두고요. 그들은 우리 아이들이 열등하고 불필요하다고 믿으니까요."

기계가 말을 더 하려고 할 때 전파가 차단되고 모니터가 꺼져 버렸다.

밤이 왔다. 나는 여느 때처럼 루빈을 재우고 그 옆에서 충전을 하며 앉아 있었다. 낮에 들은 말이 자꾸 귓가에 되살아났다. 나는 머리를 짜내서 기억을 되살리려고 애썼다. 그럴수록 머릿속이 정전이 된 것처럼 시커매졌다.

문득 가슴 한구석에서 돌출되는 감각이 있었다. 몸이 긁히는 생생한 통증이 전신을 찔렀다. 아기가 차가운 선반 위에 아무렇게 나 던져지는 영상이 떠올랐다. 그러자 뇌 속의 기억 단자가 폭발 하면서 아기의 울음소리가 터져 나왔다. 충전기가 번쩍 하고 터졌 다. 심장이 식어 가던 느낌이 되살아났고, 의식이 또렷해졌다. 금 속성 몸이 덜컥거리며 경련을 했다. 견디기 힘든 고통이 밀려왔 다. 나는 있는 힘껏 의식을 모아 생각하고 또 생각했다. 눈도 뜨 지 못한 아기는 주먹을 움켜쥐고 엄마 젖을 찾아서 입술을 내밀 며 필사적으로 고갯짓을 했다. 얼어붙은 공기가 아기의 입을 틀어 막았다. 아기는 힘찼다. 배고픔과 추위에 떨면서도 3일이나 버텼 고, 그림자같이 얼굴이 지워진 사람들이 "질려 버렸어!"라고 말하 는 소리가 들렸다.

나는 가슴을 주먹으로 내리쳤다. 스스로를 벌주듯이 내리치고 또 내리쳤다. 가슴이 찌그러졌다. 루빈이 겁에 질린 채 일어나 앉는 모습이 보였다.

"R-엄마, 왜 그래? R-엄마 어디 아파?"

눈에서 눈물이 불꽃처럼 터져 나왔다. 나는 고장나 버린 것이다.

우리 동네 금옥 씨

이근미

．

이근미

20년 넘게 기자로 일하면서 사람을 많이 만나다 보니 믿을 만한 사람인지 아닌지 좀 구분하게 되었다. 잘난 이력에 웬만큼 가졌으면서도 여유 없는 이들이 많다. 우리 동네에 잠깐 왔다 간 그녀가 생각나서 이야기를 만들어 봤다. 다시 한 번 그녀의 무규칙 마사지를 받고프다. 그녀가 거친 솜씨를 발휘하면 여기저기서 달라붙은 시름이 떨어져 나갈 것 같아.

• • •

중앙대학교 문예창작학과와 동대학원 문예창작학과를 졸업했다. 『문화일보』에 중편소설 (1993), 『여성동아』에 장편소설(2006)이 당선되었다. 장편소설 『17세』, 『어쩌면 후르츠 캔디』, 『서른아홉 아빠 애인 열다섯 아빠 딸』, 비소설 『프리랜서처럼 일하라』, 『대한민국 최고들은 왜 잘하는 것에 미쳤을까』를 냈다.

내 오피스텔에서 500미터 떨어진 피트니스클럽이 500리는 되는 듯하다. 며칠에 한 번, 심지어 한 달에 한 번 들를 정도이니. 비즈니스 건물에 둘러싸인 도심 한가운데 주상복합 아파트는 희소가치 때문인지 분양가보다 배나 올랐다. 비싼 동네임에도 지하 상가 피트니스클럽의 연회비가 저렴하여 제법 붐빈다. 아파트 주민뿐만 아니라 언덕 위 연립주택과 길 건너 시장 쪽 사람들, 비즈니스 빌딩으로 출근하는 이들, 오피스텔을 주거 겸용으로 사용하는 나 같은 이들도 많이 찾기 때문이다. 인근 클럽들보다 30% 정도 싸지만 입구 인테리어만큼은 아파트 주민들도 기죽을 만큼 화려하다. 내부로 들어가는 순간 껍질이 일어난 싸구려 목재 바닥을 보고 곧 실망하게 되지만.

"회원님은 오늘도 수건만?"

내가 고개를 끄덕이자 시도 때도 없이 가슴 근육을 움찔거리는 김 트레이너가 씩 웃었다. 그는 기억할지 모르지만 3년 전 등록하던 날, 나에게 운동 기구 사용법과 운동법을 가르쳐 주었다. 무엇이든 첫 경험은 강렬하니까. 그래서 그는 내게 조금 남다르다.

"오늘은 수건이 필요 없는 날입니다. 운동하셔야 해요."

엄연희라는 엄연한 이름 대신 여기서 내 별명은 '수건만' 이다. 가끔, 그것도 늦은 시각에 들러 반신욕만 할 때가 많다 보니. 민망함을 덮을 심산으로 한 음절씩 끊어 '수건만' 이라고 말하자 트레이너가 다시 실실 웃었다.

"오랜만에 오셨으니……. 이달 초부터 목욕탕 시설 보수하고 있잖아요. 뒤에 보세요. 내일 라면이랑 김밥 같은 거 파는 스낵코너도 오픈해요."

프론트 건너편 소파가 있던 자리에 탁자가 줄줄이 놓여 있다.

"어떻게, 운동하실래요? 땀 흘리고 다들 그냥 가세요."

보름 이상 결석할 때는 일시 정지 신청을 하면 되지만 일주일에 한두 번이라도 오자는 생각에 어영부영하다가 한 달 내리 결석한 게 한두 번이 아니다. 주변 다른 클럽과 달리 온탕 시설을 갖추고 있다는 점이 그나마 억울한 마음을 달래 준다. 클럽 주인은 자투리 공간조차 활용하려고 애쓰는 마당에 연회비 내고 결석을 펑펑해 대는 내가 한심해 각오를 새롭게 다졌다.

"운동복 주세요. 수건도 한 장 주시고. 어차피 땀을 닦아야 하니까."

"열 장이라도 드리죠. 그동안 못 쓰신 것도 많은데."

운동복을 받는데 볼이 터질 듯한 주인 여자가 들어오면서 반색을 했다. 뱅헤어에 짧은 단발이라니, 사십대 후반인 자신이 아직도 귀엽다고 굳게 믿는 듯하다. 투피스에 하이힐 차림으로 가끔 플로어를 오가더니 요즘 부쩍 자주 출몰한다. 도도 피트니스센터를 5호점까지 내고 요즘 6호점 개설 준비로 바쁘다던가. 온탕에서 아줌마들이 피트니스클럽 여섯 개면 회장님이지, 하나라도 제대로 할 것이지, 시설이 엉망이야, 회원들이 점점 떨어지는데 관리나 잘하지, 라고 떠들던 얘기를 주워들었다. 혼자 튀는 데다 회원들 앞에서도 클럽 직원들을 날카롭게 질책한다고 해서 붙은 별명이 송곳 여사다.

"열심히 하세요. 회원님."

뜬금없이 격려까지 하는 송곳 여사야말로 운동을 열심히 해야 할 듯하다. 볼살만큼이나 아랫배도 탱탱한 피트니스클럽 사장이 체지방 측정기 옆에 서 있으니 코미디가 따로 없다. 바로 직원들을 닦달했다.

"회원 가입 많이 받았어? 두세 달 남은 회원들한테도 디스카운트해 준다고 해서 미리 받으란 말야."

직원들이 웅얼웅얼 답하는 소리가 들렸다. 그러고 보니 나도 두 달 정도 남았다. 세 번 가입해서 몇 달 못 채운 내가 또 등록을 하는 건 저 여자를 기쁘게 하는 일이다. 기쁨을 줄 때도 신중해야 한다는 걸 그 순간 깨달았다.

따지고 보면 이 클럽의 모든 게 거슬린다. 출입문 밖에 다섯 평 정도를 확보하여 하늘이 보이는 마당을 조성하고 밖에서 바로 오르내리는 계단을 만들어 놨어도 어쩔 수 없이 지하 공간인 이곳. 원래 슈퍼마켓 자리였다는데 분양이 안 되어 계속 비어 있자 송곳 여사가 싸게 얻어 피트니스클럽으로 급조했다고 한다. 이 클럽의 최대 약점은 내부에 화장실이 없다는 것이다. 마당을 가로질러 이어지는 지하 상가로 들어가서 복도 끝의 화장실을 이용해야 한다. 땀 흘리고 운동하다가 난데없는 시베리아 체험을 해야 하니 피트니스클럽인지 극기 체험장인지 헷갈릴 때가 많다.

평소 구찌나 샤넬 로고가 새겨진 슬리퍼들이 뒹굴던 탈의실 현관에 진분홍 플라스틱 슬리퍼만 달랑 놓여 있었다. 행여 잃어버릴까 봐서인지 시커먼 매직으로 왼쪽에 '금이', 오른쪽에 '옥이'라고 써 넣기까지 했다. 사우나실 보수 공사 때문인지 평소 붐비던 탈의실에 아무도 없었다. 운동복을 갈아입는데 입술이 툭 튀어나온 데다 볼살이 하나도 없는 여자가 탕비실에서 나왔다. 새로 온

청소원인 모양이다. 마른 얼굴에 주름을 잔뜩 잡으며 여자가 함박웃음을 웃었다.

"어머, 교수님 운동하러 오셨어요?"

교수? 뒤를 돌아봤지만 아무도 없었다.

"내일이면 목욕탕 보수가 끝난대요. 다들 쉬고 계시다는데 교수님은 오늘 운동하시게요?"

비록 시간 강사이긴 하지만 내가 강단에 서는 걸 어떻게 알았을까?

"누구……."

"아 네, 금옥이에요. 내일부터 정식으로 출근할 거예요. 짐도 미리 갖다 놓고 분위기도 보려고 왔어요."

진분홍 슬리퍼와 딱 맞는 이미지다. 그간 청소원들은 나이가 지긋했는데 나와 비슷한 연배 같다. 마흔을 코앞에 두고 있는.

"근데 왜 교수라고 불러요?"

"가르치는 분 같은데요. 맞죠?"

나는 엉겁결에 고개를 끄덕였다.

3년째 강의를 나가는 대학의 학생들은 강사를 교수와 구분하기 위해 선생님이라고 부른다. 이번 학기 학점을 제대로 받기 위한, 딱 그만큼의 호의를 표하며. 학교에서도 얻어 걸리기 힘든 호칭을 목욕탕에서 누리고 있자니 웃음이 났다.

"결혼 안 하셨죠? 미스 냄새가 딱 나네요."

신통력이 있으시네요, 라는 말이 튀어나올 뻔했다. 그간 드나들면서 터득한 이 동네 사람들의 특징은 맞장구치지 않고 먼저 묻지 않는다는 것이다. 알고 싶은 마음을 알리기 싫은 마음으로 누르며. 금옥은 내가 대꾸하지 않는 데도 튀어나온 치아 위로 입술을 밀어 올려 히히 웃었다. 마침 두 사람이 탈의실로 들어왔고 금옥은 곧바로 사장님들 어서 오세요, 라고 인사했다. 다양한 호칭을 구사하며 넘치는 호의를 베푸는 금옥과 불편한 친절을 구사하기 시작한 송곳 여사, 재등록을 망설이게 만든다.

다들 일시 정지 신청을 했는지 쉴 새 없이 돌아가던 런닝머신이 반은 비어 있다. 케이블 방송을 보며 뛰는데 교수님이라는 호칭이 귀에 맴돌았다. 나를 떼어 놓고 멀리 가 버린 무정한 호칭. 일주일에 이틀은 학교, 하루는 문화예술 포럼, 하루는 자문위원실, 하루는 편집위원실에 들르는데 학교 외에 다른 곳은 프로젝트를 수행할 때만 보수를 받는다. 이것저것 직함은 많지만 딱히 내세울 만한 건 없는 셈이다. 교수 임용이 힘들어진 이후 부르는 데마다 달려가다 보니 정체불명의 인간이 되었다. 모호한 정체성을 붙잡아서 따지기라도 할 듯 점점 더 빨리 달렸다.

다시 피트니스클럽을 찾은 건 이주일 후였다.

"회원님, 재가입 안 하시나요? 할인 기간 지난 뒤 괜히 비싼 돈 내지 마시고."

송곳 여사는 도도함을 여전히 유지한 채 애매하게 웃었다. 여자의 터질 듯한 양볼이 씰룩였다. 아무 때나 불퉁대던 김 트레이너의 가슴이 잠잠한 것과 정반대로.

"보너스 기간을 좀 주셔도 될 거 같은데. 제가 워낙 결석을 많이 해서요."

송곳 여사가 볼을 파르르 떨자 김 트레이너가 끼어들었다.

"일시 정지를 활용하시지. 기간 연장은 어렵지만 재등록하시면 다시는 확실히 해드릴게요."

기대의 눈빛을 보내는 송곳 여사에게 기쁨을 헌납할 마음은 여전히 생기지 않는다.

목욕탕 수리를 다 했는지 탈의실이 붐볐다. 온탕이 콩나물시루가 아니길 바랄 뿐이다. 도도 피트니스클럽의 전체 면적은 웬만한 클럽 못지않지만 탈의실이나 목욕탕은 형편없이 좁다. 수납장이 부족해 바구니에 옷을 담아 놓은 적도 있다. 다행히 빈 수납장이 보였다.

목욕탕 입구에 '금이옥이 마사지 서비스'라고 쓴 진홍색 안내판이 붙어 있었다. 아로마 전신 서비스 7만 원부터 시작하여 기본 때밀이 2만 원까지 빼곡히 적힌. 피트니스클럽에 세신사를 배치

한 송곳 여사의 아이디어가 놀라웠다. 입구에 냄새 풍기는 라면집까지 유치한 마당이니 원.

목욕탕은 뿌연 수증기로 앞이 잘 안 보였다. 샤워 꼭지마다 사람들이 서 있고 온탕은 예측대로 콩나물시루였다. 슬쩍 넘겨다보니 황토방도 만원이다.

"어머, 사장님 어서 오세요."

금옥이 가리개 위로 얼굴을 내밀고 히죽 웃었다. 내가 시간 강사라는 걸 눈치챈 건가? 사장님이라니, 그건 전혀 연관성이 없는데.

"아, 교수님이구나. 처녀 교수님. 오랜만에 오셨네요. 기다렸는데."

온탕의 콩나물들이 일제히 나를 바라봤다. 모두가 벌거벗은 공간에서 처녀와 교수라는 단어가 결합하니 느낌이 묘하다. 그날 확실히 저지하지 않은 게 불찰이다.

"교수님, 이거 좀 들어주세요. 안 그래도 좁은데 가리개 때문에 답답해요. 옆으로 치우는 게 좋겠어요."

그녀는 한쪽을 잡고 눈짓으로 나에게 힘 좀 쓰라는 표정이다. 엉겁결에 가림막을 옮기는 일에 동원되었다. 콩나물들이 노골적으로 나를 감상할 걸 생각하니 얼굴이 화끈거렸다.

베드에 얼굴 가득 오이를 붙인 여자가 누워 있었다.

"고마워요 교수님. 자 여러 선생님들, 제가 위문 공연해 드릴까요?”

세신사에게 위로를 받다니, 부자 동네 사모님들 체면 구기는 일인 듯한데 제지하는 사람이 없었다. 다만 온탕에 있던 여자 둘이 밖으로 나왔다. 나는 재빨리 샤워기를 끄고 온탕으로 들어갔다. 물이 미지근했다. 온수를 틀고 물 속의 턱에 걸터앉는데 물이 배꼽 훨씬 아래 닿았다.

“어, 이거 왜 이러지?”

그때 금옥의 공연이 시작되었다.

“나쎙에 가면 편지를 띄우세요. 뚜리두바 뚜리두바. 안녕 안녕 내 싸랑아…….”

겨우 중요 부위만 가린 진홍색 팬티 차림의 금옥이 가슴을 꿀렁이며 노래하는 모습이 기이하고도 안쓰러운 가운데 부자 동네 사모님들의 표정은 크게 변하지 않았다. 머리가 하얗게 센 화이트 할머니만 박수를 치며 호응했다.

“2차 공연은 조금 있다가 또! 신청곡 받습니다.”

도도한 사모님들의 냉담한 반응에도 그녀는 전혀 기죽지 않았다.

물 속 턱에 걸터앉으면 배꼽 위까지 물이 찼는데 확 낮아졌다. 그러고 보니 탕도 좁아진 느낌이다.

“물이 많이 든다고 턱을 높이고 사방에 한 뼘씩 벽돌을 덧붙였다네.”

화이트 할머니 말에 옆의 할머니가 부연 설명을 했다.

"그렇다고 바닥에 앉으면 가슴 위까지 물이 올라오니 이래저래 반신욕은 틀렸어. 턱에 앉아서 몸을 비스듬히 누이거나 바닥에 바가지를 놓고 앉거나 그래야 한다니까. 보수 공사한대서 기대를 했는데 물 적게 들 궁리에다 때밀이 들이고 라면집 차리고, 돈독이 올랐어. 황토방에 드러난 시멘트는 그대로 두고 말야."

할머니는 회비가 좀 싸다고 아주 날림이야, 라며 혀를 찼다.

가슴 아래까지 담그고 있으면 10분 정도 지나서부터 땀이 나기 시작해 15분쯤부터 비오듯 쏟아지고 20분이 되면 몸이 가뿐해진다. 그것 때문에 결석해도 연회비가 아깝지 않았는데 규격이 다 깨진 온탕에서는 5분도 견딜 수 없다. 등록을 하지 않을 이유가 확고해졌다. 대충 씻고 나와 옷을 입는데 금옥이 말을 걸었다.

"교수님 왜 그동안 안 오셨어요? 기다렸는데……."

"그렇게 부르지 마세요. 아까는 사장님이라더니."

금옥이 씨익 웃었다.

"다른 분인 줄 알고. 참 교수님, 마사지 쿠폰 구입하실래요? 때미는 분이 생각만큼 많지 않아서 마사지 쿠폰을 발행하려구요. 10장에 20만 원인데 오일하고 오이 들어가고 마사지 확실히 해드릴 거니까요."

반신욕을 하기 힘들어진 마당이라 솔깃했다. 내가 망설이는 것처럼 보였는지 금옥이 재빨리 덧붙였다.

"10회 쿠폰 끊으면 11장 드려요. 마사지 받으면 살도 빠져요. 대신 매일 받아야 효과가 좋아요."

구입하겠다고 하자 금옥은 진분홍색 쿠폰 묶음을 내밀었다. 돈을 내고 받으려 했지만 막무가내로 안겼다.

"뭐든 진분홍색이네요."

금옥은 또 씩 웃더니 말했다.

"촌스럽지만 눈에 팍 띄잖아요. 좀 유치해 보이지만 섹시하잖아요."

금옥은 현관까지 따라 나와 진분홍 슬리퍼를 가지런히 맞추더니 나를 보고 점을 찍듯 말했다. 여자는 핑크죠, 라고. 회색이 짙어 가는 나를 향해 경고하듯.

마사지 쿠폰을 구입한 지 일주일 만에 클럽을 찾았다. 몇몇이 온탕에 오종종 앉아 있었다. 어떻게든 반신욕을 하기 위해 안간힘을 쓰는 표정들이다. 땀 빼러 왔다가 담 결릴 판이다.

"싼 맛에 다니는 거지 뭐. 결석해도 부담없고."

"나도 해외 자주 가고, 골프 치러 제주도 가고 그러니까. 지난달에 열흘도 못 왔잖아."

그런 대화를 나누던 부자 동네 사모님들 치고는 자못 결사적이다. 온탕에 들어서자 화이트 할머니가 내게 눈인사를 건넸다.

"금옥 씨 마사지 손님 많아지니까 공연도 안 해주네."

금옥이 오이만 붙이고요, 라고 소리치더니 온탕 쪽으로 왔다.

"신청곡 받습니다."

"그냥 나성에 가면으로 해줘, 엘에이 딸집에 갔던 생각이 난단 말야."

할머니 말에 금옥이 히죽 웃더니 밖에 나가서 밀대를 갖고 들어 왔다. 마이크처럼 부여잡고 몸을 살살 흔들기 시작했다.

"나성에 가면 편지를 띄우세요……."

할머니가 뚜비두바 뚜비두바라며 따라 했고 결사적인 사모님들은 입꼬리만 살짝 올렸다. 노래를 마친 금옥이 교수님이라고 부를까 봐 조마조마했다. 금옥은 노래를 끝내더니 나를 지목했다.

"선생님 푹 불리세요. 10분이면 끝나요. 때까지 밀면 두 장입니다."

어쩐지 싸다 했더니 두 장씩 받을 작전을 짜 놓았다. 치밀하게 돌아가는 세상이다

때 밀고 마사지 하는데 걸린 시간은 1시간 30분 남짓이었다. 쇠 수세미 같은 이태리타올로 힘껏 밀어 젖히는 그녀에게 몇 차례 항 변했지만 소용없었다. 이어지는 마사지 역시 있는 힘껏 눌러 대다음 날 몇 군데 피멍 자국을 발견했을 정도이다. 마지막에 오일

범벅이 된 베드에서 낙상할 뻔한 나에게 금옥은 히죽 웃으며 말했다.

"씨원하시죠. 다들 저한테 밀면 10년 묵은 때가 다 벗겨지는 것 같다고들 하시니까요."

온몸이 불에 덴 듯 홧홧했지만 확신에 찬 표정에 눌려 고개를 끄덕였다. 티켓을 두 장 떼어 주고 또 며칠 동안 클럽에 가지 못했다. 중간에 갈 기회가 한 번 있었지만, 피멍에다 얼얼함이 가시지 않았다는 핑계로 게으름을 피웠다. 치밀한 세상에서 나만 허술하게 산다는 자책을 하며.

그날따라 송곳 여사와 길에서 두 번이나 마주쳤다. 밖에서 보니 볼살보다 뱃살이 훨씬 튼실한 상태였다. 편집 회의 때문에 지하철로 종종걸음을 하는데 송곳 여사가 가로막았다. 여전히 도도함이 남아 있는 얼굴로.

"요즘 자주 안 보이시던데, 재등록 하세요. 그간 결석한 거 감안해서 특별 가격에 해드릴 테니까 오늘 꼭 등록하세요."

돌아오는 길에 또 마주친 그녀는 앵무새처럼 낮에 했던 말을 되풀이했지만 더 이상 얼굴에서 도도함은 찾아볼 수 없었다. 곧 원래 가격으로 돌아가요, 라고 할 때 잠깐 도도함이 살아나긴 했지만.

그날 저녁 갑자기 생긴 약속 때문에 클럽에 못 가고 말았다. 도도함이 완전히 가신 세 번째 요청을 들었더라면 넘어갔을지도 모르는데.

이틀이 지나서야 클럽에 들어서는데 송곳 여사는 보이지 않았다. 대신 김 트레이너가 묻지도 않고 수건만 내밀더니 재가입 하지 마세요. 보나마나 결석하실 거잖아요, 라고 했다. 뭔가 할 말이 있다는 표정으로. 결석이라는 단어 때문에 반박을 못하고 수건만 받았다. 그가 말하지 못한 건 뭘까, 잠깐 궁금해하며.

씨원하게 해드릴게요, 라며 베드에 눕기 전부터 수다를 떨던 금옥이 오늘 따라 말이 없다. 가열차게 때를 벗기던 것과 달리 힘없이 슬슬 밀기만 했다. 쇠수세미 같던 이태리타올도 미끈덩거릴 정도로 둔해졌다. 마사지 할 때도 대충 만지고 지나갔다. 너무 맹탕이어서 항의라도 할까 하는데 얼굴에 콧김이 슉슉 끼치더니 입까지 벌리고 숨을 쏟아 냈다. 역한 냄새에 고개를 돌리다가 본 그녀의 얼굴은 과도한 짐 때문에 주저앉은 여름날 나귀 꼴이었다. 입가에 침까지 부글거렸다.

"힘들면 그만해요."

금옥은 허리를 구부정하게 들더니 숨을 몰아쉬었다.

"아침부터 열두 분이나 했더니 힘이 좀 딸리네요. 교수님."

내 호의 때문인지 호칭이 다시 교수님으로 돌아왔다. 대충 몸을 씻고 나오자 금옥이 따라 왔다.

"때 미는 사람이 많을 거라더니 며칠 동안 파리만 날렸어요. 아줌마들 노리고 목욕탕 만들어서 회원 유치에 성공했다고 자랑이더니. 사장님이 미안한지 마사지 쿠폰 아이디어를 냈어요. 가격이 싸서인지 너무 많이 신청해서서 피로가 누적되었어요. 근데 사장님이 마사지 손님 늘었다고 다음 달부터 월세를 더 내라네요."

그새 볼이 더 패인 금옥의 말에 입꼬리만 살짝 올렸다. 비싼 동네 사모님들처럼.

"에휴, 금옥이가 볼이 쑥 들어갔어. 마사지할 때 너무 힘주지 말라니까."

화이트 할머니가 목욕탕에서 나오며 쯧쯧 혀를 찼다.

"오늘 제가 위문 공연 못 해드려 죄송해요."

"그만둬. 내가 금옥이 위문 공연을 해줘야 할 판이야. 뚜비두바 뚜비두바."

화이트 할머니의 너스레에 그녀의 얼굴이 좀 펴졌다.

도도 피트니스클럽 마감 기간 안에 마사지 쿠폰을 다 쓸 수 있을지 걱정이다. 연말이 되면서 회비 내고 참석하는 송년회가 연일 열리고 있다. 실속은 없지만 내년에도 여기저기 발을 걸치려면 눈도장을 찍어야 한다. 삶은 그렇게 오리무중이 되어 가는 거니까.

겨우 시간을 내서 클럽에 들어서는데 송곳 여사가 나를 흘낏 보기만 했다. 등록 안 할 인물로 분류한 듯하다. 요청을 들어주지 못하는 판에 건의까지 할 수 없어 참았던 말을 풀어놓았다.

"목욕탕 보수공사를 했다더니 온탕이 형편 없어졌어요. 반신욕하기 너무 불편해요. 치수를 재면서 공사를 해야 하는데 막 했나봐요."

쿵, 콧소리를 내며 송곳 여사가 팔짱을 꼈다. 다소 비굴했던 모습은 찾아볼 수 없었다.

"여기는 피트니스클럽이지 목욕탕이 아니라구. 온탕은 동네 아줌마들 생각해서 내가 선심 쓴 거라구요. 다른 데보다 싼 회비가 아까워 벌벌 떨 정도면 수건만 받아 가지 말고 운동을 하라구 운동을."

모욕으로 정점을 찍으려는 듯 한심한 아줌마야, 라고 덧붙였지만 오히려 속이 시원했다. 송곳 여사답게 아주 조금 남아 있던 재등록의 미련을 콕 찔러서 다 빼 주었으니.

온탕물을 계속 틀어 놓고 반신욕하는 걸로 복수할 생각이었는데 실속없는 약속들이 이어지면서 연회원 만료일이 딱 하루밖에 안 남았다. 아로마 서비스부터 시작하여 온갖 서비스를 다 받는 걸로 나머지 쿠폰을 감해야겠다는 계산을 하며 클럽으로 향했다. 송곳 여사와 마주치면 이 동네 사모님들 수준의 도도함으로 눌러 버리리라, 그런 유치한 각오를 다지며.

아주 조금 아쉽긴 했지만 재등록을 할 마음은 여전히 들지 않았다. 온탕을 원상 복구한다면 모를까. 계단을 내려가는데 클럽 입구가 껌껌했다. 가까이 가 보니 흰 종이가 펄럭였다.

'기간이 남은 회원님은 가까운 체인점으로 연락 바람' 이라는 글귀 아래 전화번호가 적혀 있었다. 그 옆에 전기 요금 체납 공간이니 함부로 개방하지 말라는 경고문도 붙어 있었다. 전화를 걸자 남은 기간 동안 그쪽 클럽에 와서 운동하라고 말했다. 그제야 송곳 여사가 기를 쓰고 재등록시키려던 의도를 알게 되었다. 한 사람이라도 더 가입시키고 철수할 심산이었던 셈이다. 욕심이 과해 보이긴 했지만 사기까지 칠 줄은 몰랐던지라 좀 허탈했다. 계단을 올라오는데 누가 반색을 했다. 화이트 할머니였다.

"맨날 결석하더니 오늘 왔나 보네. 그래 몇 달 남았수? 나는 두 달 전에 재등록 했잖아. 주인 여자가 하도 보채서. 요즘 사람이 많이 줄었다 했더니. 다른 데도 잘 안 되어서 두 군데나 문 닫았대. 이제 회장님도 아니지 뭐."

그러면서도 그렇게 화난 표정이 아니었다.

"저는 오늘이 마지막이에요. 결석은 많이 했지만 손해 본 건 아니니까요."

"다행이구려. 몇 달 남은 사람, 새로 등록한 사람들이 꽤 되나

봐. 누가 주인 여자 번호를 알아 내서 전화했더니 대책을 마련해 줬으면 고마운 줄 알라며 오히려 큰소리더래. 이 동네 사람들 뭐 그거 갖고 따지겠어? 두세 달 남은 사람들은 안 다니겠다고 하고, 나처럼 오래 남은 사람들은 애들한테 주고 그러면 되지 뭐. 여기서 20분 떨어진 곳은 샤워 시설밖에 없대. 온탕이 없다니까 갈 마음도 없어."

화이트 할머니는 좀 아쉬워하더니 금방 이 동네 사람답게 도도한 표정을 지었다.

어차피 등록하지 않을 생각이었으니까 저녁마다 산책하고 일주일에 한두 번 목욕탕에 가서 반신욕을 하기로 마음먹었다. 순간 내가 재등록을 미룬 진짜 이유가 나를 긁어 대기 시작했다. 곧 오피스텔 재계약을 해야 하는데 더 이상 비싼 월세를 낼 명분이 없기 때문이다. 함께 일을 도모했던 이들은 떠나고 모호함을 가중시키는 타이틀만 남은 마당이니. 마흔이 코앞인만큼 결석을 반 넘게 하는 피트니스센터 연회원 노릇 같은 비경제적인 일은 이제 정리해야 한다. 남에게 피해를 주고도 당당한 사람들 틈에서 살아남으려면.

결석을 밥 먹듯 했지만 3년 연회원 마지막 날을 이렇게 장식하다니, 유감이다. 무엇보다도 허술해 보이던 금옥마저 말없이 철수한 게 씁쓸했다. 금옥 역시 피해자일지 모르지만 나는 엄연히 그녀의 고객 아닌가. 입가에 부글거리던 침과 교수님이라고 불러 준 호의를 되살리며 몇 장 남은 쿠폰을 구겼다.

카랑, 깡통이 발에 채였다. 쓰레기통에 던져 넣는데 핸드폰이 울렸다.

"교수님이세요?"

나를 교수님이라고 부르는 여자, 금옥이다. 갑자기 설레었다. 앞으로의 삶에 아주 작은 가능성이 시작된 듯.

"주인 여자가 월세를 두 배나 올려 달라고 해서 그만두었는데 내가 철수하고 이틀 후에 문 닫았다면서요. 거기는 월세가 선불인데 나도 떼일 뻔했어요. 내리 잠만 자다 겨우 오늘 정신 차렸어요. 쿠폰 남은 분들 빨리 쓰시라고 방을 붙여서 코피 나도록 일했거든요. 남은 쿠폰을 돈으로 내드리려 했는데 친구 데려 오고 딸 끌고 오고, 다들 그렇게 소진해 주셨어요. 고급 동네라 그런지 다들 고급스럽더라구요. 얼추 다 해드렸는데 오늘 정신 차리고 보니 교수님 생각이 나잖아요. 회비 돌려 드리든가, 아니면 옮기기로 한 목욕탕으로 오시면 마사지 해드릴게요. 동네는 그쪽보다 후지지만 온탕은 훨씬 좋아요, 교수님."

제발 교수님 소리 좀 그만하라고 당부한 뒤 왜 다른 세신사들처럼 아줌마나 아가씨로 부르지 않는지 물었다.

"여자들은 네 개의 호칭이면 다 끝나요. 일하는 분들은 사장님이나 원장님, 아줌마들은 선생님으로 부르면 얼추 맞아요. 좀 고상해 보이는 분들은 교수님 호칭을 좋아하더라구요. 때 미는 다른 언니들이 금옥이는 그 호칭 때문에 손님이 많다고 그래요. 내 손님들한테 아줌마라고 할 순 없어요 저는."

금옥의 구수한 말투 속에 고도의 마케팅 기법이 숨어 있는 셈이다. 선생님이라고 부를 땐 내가 주부로 보였다는 건가.

"알겠습니다. 사장님. 그쪽 목욕탕으로 가죠."

내 말에 금옥이 교수님 왜 이러세요, 라며 히히 웃었다. 그러고 보니 김 트레이너가 나에게 가입하지 말라고 언질을 준 일이 기억났다. 그를 기분좋게 기억할 수 있어 다행이다.

누가 또 길바닥에 깡통을 버렸는지 밤하늘이 카랑, 울린다. 깡통을 우주로 차올릴 때 가슴이 '뻥!' 하고 뚫렸다.

햇빛 환한 창

권혜수

권혜수

인천의 연립에 사는 시댁 가족이 있어 이번 작품의 내용을 관찰할 기회가 있었다. 머릿속이나 상상력이 아닌 보다 리얼한 글을 쓸 수 있는 좋은 기회였다. 인생에 필요 없는 부분이 없다고 하지만, 작가에게는 정말 쓸 데 없는 경험이란 없다는 걸 다시 한 번 느낀다. 문제는 보는 걸 느끼고 생각하고 요리하는 조리사의 솜씨일 터.

• • •

1983년 단편 「제3의 성」으로 데뷔, 1987년 『여성동아』에 장편 『여왕 선언』 당선, 1987년과 1989년 KBS '중편문학상' 을 수상했다. 2007년 『할매꽃』으로 SBS 특집 드라마에 당선되어 시나리오 작업을 병행하고 있다.
작품집으로 『나는 왕이로소이다』, 『모독』, 『그네 위의 두 여자』, 『내 안의 먼 그대』, 『백 번 선 본 여자』 등이 있다.

서울 외곽의 A시로 이사 온 뒤, 그녀의 가난은 노인의 기침소리로부터 왔다. 아니, 가난이 갑작스레 왔다기보다 그녀가 새삼 가난하다는 걸, 가난이 이런 거라는 걸, 아주 가감 없이 확인케 했다는 표현이 옳겠다. 인간이 감출 수 없다고 말해지는 세 가지, 가난과 사랑과 감기 중에 그녀는 사랑도 감출 수 있고, 가난도 감출 수 있다고 생각했다. 스물넷에 한 남자를 만나 이십오 년을 숨겨진 여자로 감쪽같이 사는 선배도 보았고, 가난도 스스로는 많이 불편할지라도 어느 정도 보호색을 쓸 수 있었다. 그러나 감기는, 특히 기침 감기는 숨길 재간이 없다.

　새벽 다섯 시, 처음에는 노인의 기침이 감기 때문인 줄 알았다. 그러나 3일째 되는 날부터 그 기침이 기관지가 좋지 않은 노인이 부러 가래를 카악카악 올려 뱉어 내는 노인성 질환인 것을 알았다. 노인은 새벽마다 가래를 올려 일삼아 기침을 했고, 이어 퉤퉤 가래 뱉어 내는 소리가 들렸다. 가래가 시원하게 나오지 않은 듯 노인은 몇 번이고 가래를 올리고 뱉는 일을 반복했다. 몇 층 몇 호 인지는 알 수 없었다.

듣는 사람을 전혀 고려하지 않는 그 행위와 소리의 불결함도 불결함이지만, 그녀가 충격을 받은 건 소리가 너무나 적나라하게 여과 없이 그녀의 방에까지 들린다는 것이었다. 서민 아파트였지만 그녀가 십 년이나 살았던 서울의 아파트에서는 옆집이나 위 아래 층 집의 기침이 들린다는 건 상상도 못했던 일이었다. 맨몸을 드러내며 빌라를 울리는 소리는 노인의 기침만이 아니었다. 주인이 집을 비운 사이 유난히 앙칼진 목으로 끈질기게 짖어 대는 강아지 소리는 살의마저 느끼게 했다. 처음에는 짖는 소리가 뒷동에서 나는 줄 알았다. 가만 들어보니 바로 앞집인 102호였다. 지치지도 않고 짖어 대는 그 소리를 종일토록 묵묵히 듣고 있는 주민들의 인내가 경이로웠다.

"야, 시끄러. 너 가만 못 있어. 콱!"

참다 못해 문에 대고 한 마디 소리 치면 잠시 잠잠했다가 더 앙탈을 부리듯 아예 숨이 넘어갔다. 그래도 콱 죽여 버린다는 표현까지는 차마 못 썼다.

신고를 해야 하나, 아마 그녀는 열 번은 갈등했을 것이다. 신고를 하면 앞으로 이웃으로 살아가는 데 틀림없이 불편할 것이고, 누구와 불편한 관계가 되는 건 그녀에겐 정말 불편한 일이어서 강아지 주인이 돌아올 때까지 참는 수밖에 없었다. 그녀는 아직 그 집 신상을 다 파악하지 못한 상태였다.

주인 여자는 오후 늦게서야 돌아왔고, 계단을 오르는 제 주인의 발소리를 들은 강아지는 현관문까지 긁으며 좋아라 자지러졌다. 열쇠로 문을 열자마자 달려드는 강아지를 끌어안고 "아이구 엄마, 힘들다. 우리 딸 잘 있었졌여?" 하며 여자는 호들갑을 떨었다. 이 모든 광경을 그녀는 소리로 들었다. 소리로 보아 여자는 오십대 중반쯤 되어 보였다. 자기 개새끼가 낮에 얼마나 이웃에게 피해를 주는지, 그 새끼가 갓 이사 온 이웃집에 살의를 느끼도록 원수가 돼 버린 걸, 엄마라는 저 여자는 알기나 한 걸까. 이튿날 아침 여자가 강아지를 안고 나가자 여기저기서 '아이구, 가을이 나왔어?' '가을아! 가을아!' 하며 반기고 어르는 소리가 들렸다, 그 재수 없게 앙칼진 강아지는 어이없게도 빌라의 마스코트였다.

다음 소리는 오전 열 시가 안 된 시각, 아줌마들의 거칠 것 없는 호방한 웃음소리였다. 남편과 그녀는 아직 아침도 안 먹은 시각이었다. 촬영이 있거나 오전 일찍 외출이 없는 한 그들 부부의 아침 식사는 대체로 열 시 반이나 돼야 했다. 그러다 보면 점심은 두세 시, 저녁은 빨라야 여덟 시였다. 여자들의 그 웃음소리도 그녀에겐 기이하고 낯설었다. 이 코딱지만 한 연립에 살면서 저 여자들은 뭐가 저렇게 즐거울까, 그녀로선 그 즐거움에도 감정이입이 안 됐지만 아침 먹은 지 얼마나 됐다고, 시골 밭두렁도 아닌 땅바닥에서, 싶어서 더 황당했다. 아직 정리가 덜 된 이삿짐을 어수선하게 둔 채로 컴퓨터 앞에 앉았다가 창문 틈새로 가만히 내다보았다. 여자는 모두 넷이었다. 강아지를 끌어안은 102호 여자가 있었고, 비슷한 나이의 몸집이 뚱뚱한 여자, 그보다 나이가 좀 더 들어 보이는 아줌마와, 사십대 초반쯤으로 보이는 젊은 여자가 있었다. 젊은 여자는 첫눈에도 얼굴이 장애가 있어 보였다. 놀랍게도 그녀들은 그녀가 이사 온 4동과 바로 뒷동인 5동 사이의 그늘에 은박지 자리를 깔고 앉아 큰 스텐 양푼에 밥을 비벼 먹으며 깔깔대고 있었다. 그녀가 아는 아줌마들이란 남편이 조금 돈을 번다 싶으면 자녀 교육에 올인하거나, 무얼 배운다는 명목하에 문화 센터 등을 몰려다니며 맛있는 점심과 커피를 놓고 연예인의 가십 기사 따위로 우아한 수다를 떨거나, 기이하게 종교 활동에 열심이거나, 그랬다. 그리고 생활이 빠듯해 맞벌이로 사교육비를 충당하고, 오르는 전셋값을 걱정하고, 집을 살 때 받은 과도한 대출 이자를 갚느라 아등바등하는 또래 젊은 주부들이었다. 그런데 이 연립주택의 아줌마들은 그런 애씀이 전혀 없는 것 같은, 그런 아등바등에 전혀 매이지 않는 안빈낙도, 그 자체의 아우라가 느껴졌다. 말이 좋아 아우러지, 그것이 일찍이 꿈을 알아 버려 꿈을 놓을 수가 없고 무엇에 쫓기듯 그 꿈을 이루어야만 하는, 마침내는 허둥지둥 서울에서 이 초라하고 낯선 도시로 밀려온 그녀로서는 부럽기는커녕, 정말 코딱지만 한 연립에 살면서 싶은 생각밖에 들지 않았다. 그녀에게 가난은 오직 극복의 대상이었다.

"저거 봐. 저거 봐. 아줌마들 마당에서 밥 먹어."

그녀가 긴한 일이라도 되는 양 남편을 불러 이 신기한 풍경을 내다보게 했다.

"맛있겠다!"

남편의 대답은 즉물적이었다.

"배꼽도 있어."

뚱뚱한 여자를 그들은 배꼽이라고 불렀다.

배꼽 아줌마는 이사 오는 날, 그들이 가장 먼저 대면한 연립 주민이었다. 비싼 것은 없지만 비교적 깔끔하고 화분이 많은 그들의 짐을 살피며 '서울서 왜 이사 왔어요? 여기가 뭐 좋다고. 서울이 좋지.' 하며 젊은 그들을 드러내 놓고 탐색했다. 그러면서 비밀 하나를 알려 줬다. 지하 아저씨를 조심하라는 거였다. 아저씨가 평소에는 얌전한데 술만 취하면 온동네 집 문을 다 두드리며 다닌다고. 그럴 때 절대 열어 주지 말라고 했다. 그러는 아줌마의 앞 지퍼가 열려 있어 불룩한 아랫배를 감싸고 있는 꽃무늬 팬티가 얼핏얼핏 보였다. 애기를 해줘야 하나, 남편과 그녀는 마주 보며 말없는 고민을 했다. 끝내 무안할까 봐 애기를 못하고 엉뚱한 질문을 했다.

"이게 뭐예요?"

분위기 없이 플라스틱 뚜껑으로 덮여 있긴 했지만 블록 담 밑으로 장독대가 있고, 가지와 고추, 깻잎 등을 심어 놓은 터알도 있었다. 거기에 분명 대나무는 아닌데 소복한 댓잎처럼 자라는 낯선 식물이 있었다.

"이거요? 생강이에요. 잎을 이렇게 훑어서 냄새 한번 맡아 봐요."

그대로 했더니 손끝에서 정말 생강 냄새가 제대로 풍겼다.

실제 배꼽을 본 건 아니지만, 그 뒤로 그 아줌마의 별명은 배꼽이 됐다.

밥을 다 먹은 뒤 누군가의 집에서 믹스커피를 타 내왔고, 커피까지 마시고 나서야 아줌마들은 자리를 거두었다. 빌라 4동 앞은 바로 인도이자 찻길이었다. 일층이다 보니 집앞을 지나가는 사람들의 소리도 누가 옆에서 애기를 하나 착각할 정도로 가까이 들렸다. 당신 뭐라 그랬어?, 남편한테 몇 번을 묻기까지 했다. 이사한 사흘째 되는 날은 하루 종일 비가 왔다. 홈통을 타고 내리는 빗소리가 종일 또닥또닥 했다. 바람이 불자 방 안으로 비가 들이쳐 창을 닫아야 했다. 다행히 빗소리는 다소 낭만적이긴 했다.

전체 5동으로 이루어진 연립은 반지하를 포함해 4층짜리였다. 1호, 2호 라인은 두 개였다. 한 동에 여덟 가구가 살았다. 연립을 빌라라고 하는 건 거국적인 호칭이 돼 버렸지만, 이곳 사람들은 반지하를 살짝 지층, 일층 같은 지층, 심지어 일층보다 밝은 지층이라는 표현을 썼다. 햇빛 환한 창, 구조짱, 특올수리라는 표현도 꼭 들어갔다. 그녀가 이사한 연립은 24평이라고 했지만 실제 평수는 15평이 안 됐다. 이사를 하고서야 그 차이를 알았다. 서울에서 두 시간이 넘게 지하철을 타고 와 집을 보러 다닐 때는 당장 집 구하는 게 급해 평수에 비해 좁다는 생각만 했지 자세히 살필 겨를이 없었다. 퀸 사이즈의 침대를 어렵게 싣고 왔다가 4만 원이나 들여 버리고 나서야 이유를 알았다. 실제 24평이 아니라 '24평형'이라는 걸. 그 차이를 지금도 확실히 알지는 못한다. 아파트에 비해 반 토막 난 거실은 시선이 가기도 전에 벽에 부딪쳤다. 저만치 서 있는 벽에 익숙해서 바라볼라치면 벽은 중간에서 그녀의 시선을 무참하게 잘라 버렸다.

　그 뒤로 보니 이곳의 빌라 매매 광고는 다 그런 식이었다. 26평형, 29평형, 31평형. 이 동네는 거의가 빌라였고, 따라서 빌라 매매나 빌라 전월세 광고가 많았다. 급매로도 모자라 급급매로 비명을 지르는 광고들이 남의 집 담벼락은 물론 전봇대, 땅바닥에까지 널려 있었다. 희한한 건 7천만 원짜리 빌라가 현금 1천만 원에 살

수 있고, 6천만 원 융자가 가능하다는 식의 광고였다. 그것도 제1
금융권으로. 연립주택 단지 전면에는 거대한 새 아파트 단지가 금
방이라도 군홧발을 저벅저벅 울리며 쳐들어올 것처럼 버티고 서
있었다. 집이 좁다 보니 햇빛도 가차가 없었다. 빌라 앞은 공원을
만드는 공사가 진행되어 탁 틔어 있었고, 그 공터를 넘어 집 안으
로 들이치는 해는 사정이 없었다. 오전에는 앞으로 오후에는 뒤
로, 안방, 작은 방, 거실, 주방, 어느 곳도 그 햇빛을 피해 숨을 데
가 없었다. 서울에서는 플라스틱 통에 쌀을 담아 다용도실에 놓
고 먹었는데, 쌀통 놓을 자리까지 마땅치 않았다. 햇빛을 피해 쌀
통을 이리저리 옮겨 보다가 결국엔 벌레가 생길까 봐 빈 패트병마
다 쌀을 담아 마개를 막았다.

　이곳에서는 모든 것이 남루했다. 시든 화분들이 마당에 나와 있
었다. 아파트에서는 시든 화분을 봐도 주인이 꽃을 잘 못 기르는
가 보다 무심히 넘겼었다. 그러나 이곳에서는 가난이 그 시든 꽃
으로 더 남루해 보였다. 마당에 빨랫줄이 걸려 있어 빨래도 곧잘
널렸다. 후줄근한 이불이나 요도 나와 해 발이를 했다. 서울에 살
때는 등산을 가자면 원주민 달동네를 지나가야 했다. 그때 밝은
햇살 아래 널린 빨래는 뽀송뽀송 눈부셨다. 그녀도 저렇게 봄볕에
빨래를 널어 보고 싶다고 생각했었다. 그것은 그녀가 그 가난한
풍경 속에 있지 않을 때의 낭만이었다. 그녀의 위층에는 고물 줍

는 할머니가 살았다. 할머니는 고물을 모아 집 앞에 늘 쟁여 놓았다. 그 풍경이야말로 가난의 심화였다.

배꼽 아줌마 말에 의하면 할머니는 옛날에 냉면집을 크게 했다고 했다. 지금은 그 가게를 아들한테 물려주고 본인은 고물을 주워 혼자 산다고 했다. 할머니는 교회에 다녔다. 일요일 아침에는 찬송가가 그녀의 방까지 울려 왔다. 예배에 가는 할머니의 차림새는 고물을 줍는 할머니라고는 상상도 못하게 말끔하고 화사했다.

그녀가 혹시 읽을까 해서 미처 정리하지 못하고 가져온 책을 내놓자 할머니는 책이 더 없냐고 했다. 무게 나가는 책이 고물로는 인기인 모양이었다. 구두나 헌옷도 있으면 수거함 같은 데 넣지 말고 꼭 자기 달라고 했다. 신문지 1킬로가 60원인데 헌옷은 3백 원이나 한단다. 이불도 솜이불 말고는 고물상에서 산다고 했다.

"이불도 사요?"

"이삿짐 센터에서 사 가."

아아, 이삿짐 덮개용으로 사 가는 모양이었다.

하루는 뭔가 덜컥덜컥 하며 한참을 계단을 내려오는 소리가 들렸다. 무슨 소린가 은근히 짜증이 났다. 문을 열고 내다 보자 아주 세련된 새댁이 아기를 앞에 차고 유모차를 끌고 3층에서 내려오는 소리였다. 그녀는 갑자기 한 대 얻어맞은 느낌이었다. 가래 뱉는 노인과 고물 할머니, 주정뱅이 아저씨, 배꼽 아줌마, 강아지의 늙은 엄마만 보다가 젊고 세련된 새댁의 등장은 뭔가 이곳과 어울리지 않고 낯설었던 것이다. 문 사이로 눈이 마주쳐 그녀는 얼떨결에 목례로 새댁과 인사를 했다. 얼른 나가 유모차를 아래까지 내려다주자 새댁은 상냥하게 고맙다고 했다.

사람들은 자기 집 마당에 아무렇게나 꽁초를 버리고 다녔다. 퇴근을 하거나 일을 마치고 들어오며 거리에서 피우던 담배를 제 집 마당에 휙 버리고 들어가는 무례와 무신경이 그냥 생활화된 듯했다. 지나가던 사람들도 남의 빌라 마당에 태연히 담배꽁초를 던졌다. '아이고, 징글징글 해. 지 집이면 이러고 안 살 거야.' 가끔 배꼽이 긴 싸리비로 마당을 쓸며 궁시렁댔지만 마당은 항상 어수선 지저분했다. 벌어진 시멘트 틈새에 부추가 자라고 씀바귀가 자랐다. 씀바귀를 캐내려다 뿌리에 까맣게 개미가 달려올라 오는 바람에 그녀는 혼비백산 했다. 그것도 다 남루의 풍경이었다.

그 마당을 나름 멋을 내느라 한껏 교복 치마를 올려 입은 여중생이 학교에 가고, 초등학생이 학교 다녀오겠습니다, 인사를 했다. 그 풍경이 그녀에겐 슬펐다. 빌라 벽에는 유선 방송이나 이삿짐 센터 광고가 아예 제 집 마냥 붙박이로 덕지덕지 붙어 있었고, 매일 붙는 마트나 음식점 광고는 떼어 내도 떼어 내도 소용이 없었다. 서울에서는 단지 떼어 내는 게 좀 귀찮았을 뿐인 광고지도 이곳에서는 누추했다. 집 앞길에는 소액 대출과 일수 명함이 뒹굴었다. 알바생인 듯한 청년이 닭 모이 뿌리듯 양손으로 명함을 길에 줄줄이 뿌리며 지나갔다. 길을 가다 보면, 복 받게 생겼다며 얘기 좀 하자는 사람이 많은 것도 이곳 풍경이었다. 그것도 대형 백화점 앞에서 호객 행위를 했다.

　그녀가 사는 동은 5동이었다. 한 달 정도 지나자 대충 살고 있는 사람들이 파악됐다. 배꼽 아줌마는 터줏대감이었다. 20년을 이 빌라에서 살았다고 했다. 그때는 저 아파트 단지가 다 논밭이었다고 했다. 아파트 단지 옆으로 야트막한 동산이 있는데 그때는 그 산이 엄청 높고 멀어서 가기도 힘들었다나. 그 소리를 듣고 웃음이 나왔다. 산은 요즘의 공원 동산 정도였고, 5백여 미터나 떨어져 있을까 싶어서였다. 주정뱅이 아저씨는 일용직 노동자인 것 같은데 일이 없는 날은 아침부터 술을 먹었다. 옆골목 나들가게에서 검은 비닐봉지에 낮술을 사 오는 걸 그녀는 몇 번 보았다. 빈 소주와 막걸리 병이 수북하게 할머니 고물 유모차에 실려 있는 건 그 아저씨 작품임에 틀림없었다. 3층에는 유모차를 끌고 오던 젊은 부부와 한 아가씨가 마주 보고 살았다. 긴 생머리에, 남루한 빌라와 어울리지 않게 세련된 아가씨는 낮이면 강아지를 안고 빌라 입구 계단에 가끔 앉아 있곤 했다. 밤에 알바를 나가는 눈치였다. 아가씨로부터 교회 신문을 그녀는 두 번 받았다. 일주일에 신문을 다섯 부씩 가져와 누구에게든 돌려야 하는 게 교회에서 준 숙제라고 그녀에게 신문을 주며 말했다. 다행히 교회에 나가자는 말은 하지 않았다. 밤에 알바를 하고, 낮에는 강아지를 안고 가끔 계단에 나와 앉았고, 교회 숙제를 열심히 하는 세련된 아가씨. 그녀에게 직업의식이 발동했다. 뭔가 드라마의 인물이 될 것 같았다. 어느 날은 지하 아저씨 모습이 보이지 않자 102호 아줌마가 마당에서 전화하는 소리가 들렸다. '아저씨, 어디 있어요? 왜 요즘 코빼기도 안 보여요?……, 아, 그래요? 평택 있어요? 언제 끝나요?' 그 전화 소리를 듣고 나자 내가 사는 밑에서도 죽은 지 1년 만에 시신이 발견될 수도 있겠구나, 하는 공포가 덜컥 엄습했다. 배꼽 아줌마는 남편과 아침마다 으르렁댔다. '또 술 처먹고 올 거야?' '그래, 처먹을 거다. 여편네가 남편 일 나가는데 재수 없게.' '허구한 날 술타령이니까 그러지. 오늘 술만 처먹어 봐라. 집 구석에 들어오게 하는가.' '그럼 내 발로 들어오지. 니 발이 오냐.' '어이구, 저 웬수!' 그러다가도 저녁이면 두 원수가 두런두런 얘기를 나누며 함께 산책을 했다. 원수끼리 평생을 살아 낸다는 건 위대한 일이었다.

　"이리 와서 이거 한 잔 마시고 가요."
　나들가게에서 두부와 소주 한 병, 담배 한 갑을 검은 비닐봉지에 감추듯 들고 들어서는 그녀를 오후의 해를 피해 장독대 앞에 자리를 편 배꼽 아줌마와 102호 아줌마가 손짓으로 불렀다.

그녀가 가장 싫어하고 난감해 하는 일에 딱 걸렸다. 그녀가 외출할 때면 마당에 두어 명씩 앉아 있는 아줌마들과 마주치기 일쑤였다. 인사만 하고 얼른 지나치지만 뒤에서 수근대는 소리가 들리는 듯했다. 노년도 아니고, 인생이 어쩌면 저렇게 한가로울까, 기이했다.

그녀는 멈칫했다가 하는 수없이 장독대 앞으로 갔다.

"이거 한 번 먹어 봐요. 이런 거 먹어 봤어요?"

102호 아줌마가 걸쭉한 미숫가루 물이 든 종이컵을 내밀었다. 아줌마 품에는 예의 그 밉상 강아지가 안겨 있었다.

"미숫가루잖아요?"

그녀는 엉거주춤 은박지 자리 위에 앉으며 세상에 미숫가루 안 먹어 본 사람이 어디 있나, 생각했다.

"보릿가루여."

배꼽 아줌마가 말했다. 보기에는 미숫가루와 별반 다르지 않았다.

"진도에서 가지고 왔어."

"이 아줌마 친정이 진도야."

그러고 보니 몇 년 전 겨울 진도에 갔을 때 보리 잎이 새파랗게 자라고 있는 긴 밭이랑들이 인상적이었던 것도 같았다. 걸쭉하게 탄 보릿가루 물은 지나치게 달았다. 탁한 단맛에 그녀는 진저리를 쳤다. 더 먹고 싶지 않았지만 마시던 걸 남길 수도 없어 난감했다.

"어때?"

"맛있네요."

"근데 낮에 두 사람이 들어앉아 뭐해?"

배꼽이 물었다. 얼굴이 화끈 달아올랐다. 비교적 젊은 부부가 종일 붙어 있는 것에 대해 뭔가 야릇한 상상을 하고 있음이 분명했다. 남자가 직장에 나가지도 않고 집에 있는 것도 이해가 되지 않을 것이다.

"공부해요."

"무슨 공부? 고시 공부하나?"

"아니오……. 다른 공부요."

"아, 재택근무나 뭐 그런 거구나."

그들에게 직업을 설명할 수 없어 난감했다.

"뭐, 그런 거죠."

그녀는 얼른 종이컵을 비우고 잘 마셨다는 인사를 남기고 일어섰다.

그 여름은 끔찍했다. 극복이 쉽지 않은 이사 후유증에다 모기까지 극성이었다. 낮에도 현관문을 열어 놓을 수가 없었다. 베란다 창까지 열어 맞바람을 맞던 거실은 꿈 같은 얘기였다. 102호에서는 현관문을 열어 놓을 때면 뱅뱅 돌아간 모기향을 계단 입구에 피웠다. 그 향으로 쫓을 수 있는 건 고작 몇 마리였다. 밤마다 모기향을 뿌리고 모기약을 꽂아도 남편은 밤중에 잠이 깨 전기 모기채를 들고 일침을 놓은 놈과 한바탕 숨바꼭질을 하기 일쑤였다. 해가 들이치고 문을 열어 놓을 수 없는 좁은 집은 감옥이었다.

그 집처럼 그들 부부의 마음도 감옥이었다. 남편의 일은 막막했다. 선배가 감독을 준비하고 있던 또 한 편의 영화가 엎어지는 바람에 미술감독을 맡기로 했던 남편은 다음 작품을 기약할 수 없는 상태가 되어 버렸다. 그녀가 드라마 보조 작가로 참여해 진행되던 드라마도 방송국을 잡지 못해 언제 방영될지 기약이 없었다. 앙상한 꿈의 실체를 만지며 그들은 우리는 과연 꿈을 이룰 수 있을까, 이 꿈을 죽을 때까지 꿀 수 있을까, 이 꿈으로 먹고 살 수 있을까, 하고 회의했다.

그 속에서 저녁이면 매일 한 병의 소주를 나눠 마시는 것이 그들의 유일한 위안이었다. 하루가 끝난 뒤의 의식처럼 남편과 그녀는 말없이 술잔을 나눴다. 술이 그들을 더 침잠하게 만들 때도 있었다. 그들의 청춘은 이미 죽은 지 오래인 것 같았고, 함께 밤을 새며 얘기를 나누던 아름다운 시간도 망각의 저편으로 흘러간 것 같았다. 그들은 잘못 날아간 어느 무인도에 그냥 막막하게 앉아 있었다. 안과 밖이 모두 치열하게 더운데, 소리 없이 흐르는 적막한 밤의 강처럼 그들은 자주 침묵 속에 서늘하게 가라앉았다.

한여름을 넘기면서 그녀도 빌라 생활에 어느 정도 익숙하게 되었다. 자주 빨래를 마당에 내다 널었다. 특히 지리한 장맛비 사이사이 햇볕에 뽀송뽀송 마른 수건을 걷을 때는 행복감마저 느꼈다. 기세등등하던 더위는 어느 날 아침 문득 약해진 아버지의 등을 보듯 그렇게 기가 꺾였다. 서울에서는 TV의 일기예보로 가을이 왔다. 호들갑스러운 단풍 뉴스로 가을이 깊었다. 그러나 이곳에서는 하늘이 몇 뼘 서늘하게 높아진 것을 안방에 누워서도 볼 수 있었다. 높아진 만큼 하늘은 깊어지고 투명했다. 어느 날 외출을 하다 그녀는 문득 마당가에 멈춰 섰다. 장독대 위로, 생강나무 위로, 마당과 공터 위로 가득 쏟아지는 밝고 투명하고 따뜻한 햇빛 때문이었다. 햇빛은 마치 깊은 계곡물처럼, 깨끗이 닦인 유리창처럼, 하나의 티끌도 없어 보였다. 안톤 슈나크가 표현한 '초추初秋의 양광陽光'이 이런 햇빛이 아닐까 싶었다.

'정원의 한편 구석에서 발견된 소조小鳥의 시체 위에 초추初秋의 양광陽光이 떨어져 있을 때, 대체로 가을은 우리를 슬프게 한다.'

지극한 아름다움은 지극한 슬픔과 통한다고 하듯, 안톤 슈나크는 초추의 양광에서 슬픔을 보았지만 그녀는 이 초라한 연립에 사죄를 해야 할 것 같은 미안감을 느꼈다. 그녀는 주정뱅이 아저씨의 살짝 지층 창까지 아낌없이 비쳐드는 초추의 양광을 한참이나 바라보았다.

그 창이 슬프면서도 아름다웠다. 그녀는 지금 이 초라한 집을 사랑한다는 아름다운 고백을 하고 있는지 몰랐다.

장승포에서

우애령

우애령

가끔 삶이 쓸쓸하고 위로받고 싶을 때 누가 우리에게 손을 내밀 수 있을까.
불행과 고통을 견디는 힘은 과연 어디에서 오는 것일까.
어느 날 바닷가로 떠난 주인공이 자신의 이야기를 들려준다.

• • •

1968년 『이화여대 독문과 졸업.
1994년 『여성동아』 장편소설 공모에 『트루먼스버그로 가는 길』 당선.
2002년 창작집 『당진 김씨』로 이화문학상 수상.
창작집 『당진 김씨』, 『정혜』, 『골목길 접어들 때에』, 『숲으로 가는 사람들』
장편소설 『트루먼스버그로 가는 길』, 『행방』, 『깊은 강』

장승포 호텔은 회갈색 돌로 마무리한 3층 외관이 전혀 변하지 않은 채 그대로였다. 카운터에 앉아 있던 낯익은 주인이 반색을 하며 윤희를 맞아 주었다. 바다가 좋아 정년 퇴직하고 바닷가에서 산다던 사람이었다.

　"아이고, 무사히 오셨네예."

　"네. 다행히 비행기가 제 시간에 떠서요."

　"온다 캐 놓고 고마 못 온다고 다덜 취소했다 아입니까. 오만데서 곧 태풍이 온다고 떠들고 난리가 나서예."

　하기야 태풍이 아니라도 이곳이 오기 쉬운 곳은 아니었다. 오늘만 해도 진주 비행장에서 내려 통영까지 가는 버스를 타고 와서 다시 장승포까지 택시를 타야 했다.

　작년에 대학에 들어간 딸아이와 와서 묵던 방의 문을 열자 창

가득히 바다가 밀려 들었다. 푹 쉬시라던 호텔 주인의 말이 쓴웃음을 머금게 했다. 불면증 상태에서 쉬지 못하는 걸 주인도 알아본 것일까. 석 달 전 도저히 한 집에 살 수 없다고 윤희가 별거를 주장해 남편이 집을 나간 후 그녀는 밤에 깊이 잠들 수 없었다. 수면제를 먹고 조금씩 잠을 청해 보기도 했지만 그런 형태로 살아가는 삶이 두려웠다.

창가에서 한동안 바다를 바라보고 있던 윤희는 여행 가방을 열어 대충 옷들을 정리하고 가져온 빵을 꺼내서 냉장고에 넣었다. 자살에 관한 전문 서적 두 권도 꺼내 놓았다.

책상 앞 의자에 앉아 인터넷을 열고 이메일을 점검하자 상담소 이 소장님이 선생님 메일 주소를 알려 주어서 급히 상담을 청하는 글을 보낸다는 낯선 남자의 메일이 들어와 있었다. 여기까지 와서 불행하다고 호소하는 사람의 이야기를 듣고 싶지는 않았다. 윤희는 지금 지방에 내려와 있는 중이라 상담을 하기는 어렵다고 짧은 답 메일을 보내고 그 메일을 삭제했다.

상담소 일이며 집안일들을 모두 잊고 전에 함께 갔던 바닷가에 가서 한동안 쉬고 오라던 딸에게 밀리듯 떠난 길이었다. 휴대전화도 집에 두고 가라면서 장승포 호텔을 예약하고 비행기 표를 예약한 것도 딸 아이였다. 잘 도착했다는 간단한 메일을 써서 딸에게 보내자마자 새 메일이 들어왔다는 표시가 떴다. 메일을 열자

격한 어조가 들리는 듯한 말이 떠 있었다.

—사람이 죽어 간다는데 거절을 한다는 말입니까? 지금 누군가가 죽어 가고 있는지도 모르지 않습니까?—

남편의 가출과 맞물려 자살했던 내담자 때문에 받았던 충격이 되살아났다. 자살자 뒤에 남겨지는 사람들의 충격, 분노, 그리고 침울함과 상실감은 상상을 넘어섰다. 가족들 중에는 그 원망의 화살을 정신과 의사나 상담자들에게 돌리는 경우도 적지 않았다. 자살은 어떤 경우에나 삶과 믿음에 대한 모든 것들을 해체하고 뒤에 남은 사람들로 하여금 고통스러운 삶을 시작하게 했다. 이들은 자살이 일어난 이유와 뒤에 남은 자들이 그것을 어떻게 이해해야 하는지에 대해 감당할 수 없이 괴로운 질문을 스스로에게 묻게 되기 때문이었다. 한 사람의 자살에는 조용한 마무리나 경건한 임종의 자리가 없었다.

우울증을 극복하지 못해 상담을 중단하고 몇 달 동안 오지 않았던 그 내담자의 자살 이후 가족들의 비통함은 매서운 칼날처럼 윤희에게 다가왔다. 그러나 스스로 오지 않는 내담자를 강제로 끌고 올 수는 없는 일이었다.

그 후 죽어도 정신병동에 입원하고 싶지 않다던 그녀를 가족들은 강제로 격리 입원을 시켰고 감시가 소홀한 틈에 그곳을 빠져 나온 여자는 근처 빌딩의 옥상에 올라가 몸을 던졌다.

윤희는 가만히 삭제 버튼을 눌렀다. 뭐라고 대답을 할 수도 없고 하고 싶지도 않았다. 잠을 이루지 못하던 윤희는 새벽녘에야 겨우 조금 눈을 부칠 수 있었다.

아침에 간편한 옷으로 갈아입고 아래층으로 내려가자 카운터 앞에 서 있던 주인이 말을 건넸다.

"잠은 푹 주무셨어예? 식사는 우짜셨는지요. 여기가 작은 곳이라 식당은 없지만 시켜드릴 수는 있는데예."

"괜찮아요. 제가 조금 먹을 걸 가져온 게 있어서요."

윤희는 바닷가로 내려가 보고 싶었다. 돌계단 밑으로 제방을 사이에 두고 바로 바다가 맞닿아 있어 풍정이 넘치는 경치였다. 둑을 쌓은 아랫길에는 자동차가 다닐 수 있게 제법 큰 길이 나있었다. 막다른 길이라 자동차 길은 호텔 바로 아래에서 그쳐 있었다. 그 길을 따라 걷자 바른쪽으로 각종 이름이 붙은 횟집들이 눈에 띄었다. 하나같이 어느 방송에 나왔다는 이야기며 사진이 실린 선전물들이 도배하듯 문 앞에 붙어 있었다.

횟집들 끝에 붙어 있는 장어구이 집을 지나 내쳐 걷자 부두가 나오고 외도 유람선 타는 곳이라는 표지판이 보였다. 그 앞에 작은 수퍼가 눈에 띄었다.

들어가서 과자를 한 봉지 사고 혹시 이 근처에 도서관이 없느냐고 묻자 길 위로 따라 올라가 수협이 보이는 곳에서 오른쪽으로 쭉 올라가면 길이 끝나는 곳에 도서관이 있다고 일러주었다. 일러준 길을 따라서 십여 분쯤 걷자 오른쪽에 도서관이 보였다. 벽돌과 흰 돌을 섞어 분위기 있게 지은 제법 큰 집이었다.

현관문을 들어서서 안내를 보는 사람에게 외지 사람에게도 도서 대여가 가능하냐고 묻자 그건 안 된다고 대답했다. 타지 사람은 회원 가입이 되지 않기 때문이라고 했다. 혹시 책을 빌리고 싶으면 저 아래쪽에 있는 비디오 가게에 가 보라고 권했다.

길을 내려가 비디오 가게 간판이 있는 집 유리문을 밀자 카운터 안쪽에 서 있던 하늘색 블라우스를 입은 소녀가 상냥하게 인사를 건넸다.

"어서 오이소. 비디오 빌릴라꼬예?"

"아니, 책을 빌리러 왔는데요."

그러자 소녀가 만화와 비디오가 가득 찬 책장들 왼쪽에 있는 책장을 가리켰다. 그 안에는 오래된 소설이나 에세이집들이 꽂혀 있었다.

"신간은 없나요?"

윤희가 묻자 소녀가 고개를 저었다.

"새 책은 없습니다. 인자 소설은 안 할라꼬예, 그래서 다 빼고 있다 아입니까."

읽을 만한 책을 찾아보려다가 문득 여기서도 책을 대여해 주지 않을지 모르겠다는 생각이 들어서 물었다.

"외지 사람에게도 책을 빌려 주나요?"

"고마 빌려 가도 됩니더."

"책을 여러 권 빌려 가고 싶어서요."

"갠찮아예. 보증금 2만 원 주고예, 책 빌리는 값만 따로 주면 된다 아입니까."

윤희는 고개를 끄덕였다. 소설과 에세이집 4권을 대충 골라 카운터에 놓자 소녀가 제목들을 컴퓨터에 입력하고 책을 내어 주었다.

"홀빡 다 해서 이만 원 하고 한 권에 천 원씩 사천 원만 주이소."

윤희는 이만사천 원을 소녀에게 내어 주었다. 소녀는 웃으며 이만원짜리 영수증을 한 장 써 주었다.

"이거 이자삐면 이만 원 못 받습니더. 단디 챙기이소."

윤희는 영수증을 접어 지갑에 넣었다. 윤희는 따뜻한 미소를 보여 주는 소녀를 만난 게 마음에 좋았다. 집에 혼자 있을 딸아이가 생각났다.

방에 돌아온 윤희는 오는 길에 편의점에서 사 온 김밥으로 점심을 대신하고 저녁 무렵까지 책방에서 빌려온 에세이집을 읽다가 컴퓨터를 켰다.

메일 체크를 하자 어제 메일을 보냈던 남자가 보낸 메일이 떴다. 어제는 개인적으로 감정을 컨트롤하지 못해서 그런 내용을 보냈다고 사과하며 그냥 자기 메일을 다 삭제해 달라는 내용이었다.

윤희는 한참 동안 그 메일을 바라보았다. 열정적으로 사람들을 도우려고 들었던 마음이 이제는 사라진 지 오래된 것처럼 느껴졌다. 내담자들을 만나고는 있었지만 마음 속에 있던 따뜻함은 언제부터인가 사그라들어 소멸해 버린 것만 같았다.

내담자였던 중년 여자가 우울증을 극복하지 못해 자살한 이후 상담을 그만두겠다고 하는 윤희에게 중요한 건 이제부터 도움을 줄 수 있는 많은 사람들이라며 다시 한 번 생각해 보라고 이 소장은 간곡하게 당부했었다. 이번에 내려오는 길에도 푹 쉬고 돌아오라고 격려해 주었다.

과연 몸이 쉬면 마음도 따라 쉴 수 있는 것일까.

윤희는 아까 읽었던 작가의 에세이 한 편이 떠올랐다. 작가가 알던 중년 남자의 이야기였다.

그 남자는 평범하고 일상적인 생활을 영위하던 남자였고 두 아들이 있었다. 큰아들이 어렸을 때 갑자기 밤에 복통을 호소했지만 그냥 배탈이 난 것으로만 여기고 특별한 조치를 취하지 않고 소화제를 먹였는데 아이는 그날 밤 세상을 떠났다.

급성 맹장염이 복막염으로 진전되었던 것이다. 남자는 심한 자책감에 자기가 하던 일을 제대로 계속할 수가 없었고 아내와의 관계도 냉랭해진 채 아내는 병이 깊어져 세상을 떠났다. 그 후 그 남자는 둘째아들을 키우면서 일하기는 했지만 술에 취하지 않으면 건딜 수가 없었고 마침내 알콜 중독의 상태에까지 이르러 간암으로 세상을 등졌다는 소식을 들었다. 세상의 기준으로 보자면 아무런 일도 이루지 못하고 참담하고 불행한 패배자의 인생을 마친 것이다. 그리고 소식이 끊긴 지 십여 년의 세월이 흐른 후 작가는 새로 이사 간 집 앞에 사는 사람이 자기가 알던 남자하고 너무나 닮아서 어느 날 저녁 산책길에서 만난 그에게 혹시 자기가 알고 있던 분이 아버지가 맞느냐고 물었다. 그는 반색을 하면서 그렇다고 대답했다. 가끔 어떻게 되었을지 궁금했던 생각이 들었던 아이였다. 성격적인 문제나 어두운 그늘이 있게 성장하지 않았을까 하고 우려했던 것과는 달리 그 아들은 대학을 졸업하고 직장을 얻어 아내와 두 아이와 함께 잘 지내고 있었다. 오며 가는 길에 가족들과 나들이하는 그를 보면 아내와 두 아이를 극진하게 사랑하는 것 같았다.

그 후 가끔 산책길에 만나게 된 그와 이야기를 나누게 되면서 그런 어려운 사건들을 겪어 내고 이렇게 잘 지내고 있는 것을 보니 마음이 놓인다는 이야기를 하자 그는 말했다.

"아버지는 제가 열아홉 살에 돌아가실 때까지 매일 밤 술에 취해 돌아왔지만 내가 잠들기 전에 꼭 내 침대에 다가와서 '아버지는 너를 사랑한다'는 이야기를 진심으로 해주셨어요. 많이 안아

주기도 하셨구요. 아마 그래서 제가 용기를 잃지 않고 바르게 살 수 있었던 것 같아요."

작가는 남자의 이야기를 듣고 깊은 충격을 받는다. 그리고 그 아버지가 헛된 삶을 살고 세상을 떠난 것이 아니라는 것을 깨닫게 된다는 이야기였다.

윤희는 그 이야기를 간단히 적어 아무 부연 설명 없이 메일을 보낸 남자에게 보냈다. 어쩌면 사연을 들어보지도 않았던 그에게는 앞뒤가 맞지 않는 이야기일지도 몰랐다.

윤희는 컴퓨터를 끈 후 가벼운 긴 소매 윗옷을 찾아 입고 방문을 나섰다. 밤 바닷가를 좀 걷고 가볍게 저녁을 먹고 돌아올 생각이었다. 바닷가로 내려가는 길에 큰 돌들로 불규칙하게 쌓아올린 계단은 등이 없어 어두웠다. 어쩔까 잠깐 망설이고 있는데 주인이 등 뒤에 다가와 말을 건넸다.

"갯가에 갈라꼬예?"

"네. 그런데 좀 어두워서요."

"제가 훤하게 해주께예."

잠시 후 계단 입구와 바닷가 중간쯤에 서 있는 등에 불이 들어왔다. 윤희는 천천히 계단을 걸어 내려갔다. 계단을 다 내려간 윤희는 그 자리에 선 채 어두운 밤바다를 바라보았다. 여러 가지 생각이 스치고 지나갔다. 남편과 함께 지내던 시간들, 갈등, 그리고 별거…….

윤희는 조금 걷나가 민박횟집이라고 간판에 불을 밝혀 놓은 집으로 들어섰다. 홀 안에는 사람이 아무도 없었다.

"어서 오이소. 혼자 저녁 묵을라꼬요?"

앞치마를 두른 중년 여자가 부엌에서 내다보며 물었다.

"저녁보다도 그냥 모듬회를 한 접시 해주실래요?"

여자는 그러마고 하면서 조금 후에 쟁반을 들고 밖으로 나와 윤희 앞에 놓았다. 쟁반에는 갓 담근 김치와 취나물, 풋고추와 멸치볶음 접시가 놓여 있었다.

"아무도 안 오고 시간이 마니 돼서 이제 끝물인가 하고 김치 맹글고 있었다 아입니까. 곧 사시미 가져오께요."

"천천히 해도 돼요. 저 이 위에 혼자 묵고 있어요."

"아, 그래예? 거도 손님이 웁지예?"

"그런 것 같아요. 사람들 기척이 별로 없던데요."

"그기 다 그놈의 태풍 때문이라 아닙니까. 안 그래도 목구멍에 풀칠하는데 마니 죽겠거마는…….”

윤희는 여자가 부엌에서 회를 준비하는 동안 젓갈을 들어 풋고추와 멸치를 함께 집어 입 안에 넣었다. 그리고 망연히 검은 밤바다를 내다보았다. 흰빛 포말이 앞으로 곧 쏟아질 듯한 세찬 기세로 방파제 안쪽을 치고 지나가고는 했다.

여자가 커다란 사기 접시에 회와 상추며 깻잎을 함께 담아서 내왔다.

"오늘밤에 진짜 태풍이 오면 이 앞에 길도 엉망이 되겠지예. 오도 가도 못할 낍니더. 발만 동동 굴릴 낍니더."

여자는 회 접시를 윤희 앞의 테이블에 내려놓았다.

"순도 한 잔 무글랍니까?

"술을 잘 못해요……."

"아이고 무슨 사시미를 술도 없이 먼 맛으로 무글 낍니꺼. 내가 돈 안 받고 공짜로 소주 한 병 내께요. 친구삼아 같이 무까예?"

윤희는 슬며시 웃음이 나왔다.

"좋지요."

여자가 곧 소주 한 병과 잔 두 개를 들고 나왔다.

"일하는 아가 오늘 저거 집이 제사라캐서요. 태풍도 온다쿠고 손님도 오고 해서 집에 보내고요. 아들내미는 서울서 대학 댕긴다 아입니꺼. 손님도 아아들 있지예?"

"네. 있어요."

"손님은 마이 배완 사람 같은데 아아들도 다 잘 되었지예?"

"네."

윤희는 건성으로 대답했다. 엄마를 걱정하던 딸의 얼굴이 떠올랐다.

"그런데 물어바도 될란가 모르겠지만요. 이리 혼자 온 거 보믄요, 먼가 안 좋은 일이라도 있는가 배요."

윤희는 잠자코 여자에게 소주를 따라 주었다. 여자는 잔을 받아 마신 후 바로 윤희의 잔에 술을 부었다.

"그래 보이세요?"

"요래 혼자 오는 사람이 별로 읇거든요. 나이도 마니 잡사 보이고요. 아저씨하고 툭탁델 나이도 아니고 아아들 때문에 속썩을 나이도 아니고, 맞지예?"

윤희는 쿡 웃음을 터트렸다.

"속상한 게 어디 나이대로 가나요?"

"그렇긴 그렇지예. 하기야 나이 들면 힘 빠지는 일이 많아서 속 끓이는 것도 마니 죽겠다 아입니까."

"남편 되시는 분은……."

"아이고 혼자 사는 게 속 편하고 더 좋을 낍니더. 오만 가지 일에 여자꺼정……. 남정네들이 하는 나쁜 짓은 다 했지예. 속이 얼마나 썩어 문드러졌는지 압니꺼. 고마 말도 마이소."

여자는 속이 타는지 술을 단숨에 입에 들이부었다.

"새끼들 없으면 바다에 확 고마 뛰들어삐시 낀대."

"뛰어들 지경이면 헤어지시지 그러셨어요?"

"그기 말처럼 시븐가요."

여자는 한숨을 내쉬었다.

"인자는 마 성도 안나고 그 인간이 안대 보이기도 하고……."

문득 무섭게 분노를 토로하던 남편 생각이 났다. 다른 여자가 생겼었지만 자기가 딸아이 때문에 결혼을 포기하지 않으려고 하는데 네가 이혼할 뜻을 굽히지 않아서 분노를 참을 수가 없다던 그 사람……. 글쎄, 몇 살까지 기다리면 분노하기도 지친 거라고 이야기를 해주었으면 좋았을까.

주인 여자는 술을 한 잔 더 따라 주고는 부엌으로 가서 밥 한 공기와 끓는 매운탕 냄비를 들고 나와 윤희에게 권했다. 잘 마실 줄 모르는 술을 몇 잔 마셔서 홧홧해 오던 속이 매운탕을 몇 수 저 뜨자 시원하게 풀어지는 느낌이 들었다.

"지가 마음잡았다 캐도 누가 우찌 알겠습니까. 인자 힘 떨어지 고 돈 떨어지니까 자동으로 여자들도 떨어져 나가는 기지예. 그 래도 태풍이 온다캉께 쌔빠지게 장만한 쪼깐 배 우찌 델까 봐 단 디 챙길라꼬 나갔습니더."

여자의 말투에서 푸근한 심성이 느껴졌다.

"이제 가 봐야겠어요. 너무 늦어지는 것 같으네요. 오늘 벗삼아 주셔서 너무 고마웠습니다."

여자는 계산해 주는 횟값을 받으면서 고맙다고, 적적하면 또 내 려오라고, 다음에 오시면 더 맛있는 매운탕을 끓여 주겠노라고 말했다. 나이를 묻지 않았지만 그럭저럭 윤희와 비슷한 연배 같았다.

윤희는 아직 켜져 있는 가로등 불빛을 받으며 천천히 돌계단 위를 올라갔다.

계단을 올라가면서 갑자기 눈물이 솟구쳐 올랐다.

남편 연배의 호텔 주인, 딸과 비슷한 나이의 책방 소녀, 자기 나이처럼 보이던 횟집 아주머니……. 그들이 자기에게 나누어 주던 사람의 온기……. 내게도 아직 남들에게 나누어 줄 온기가 남아 있을까.

자리에 누워 윤희는 내일 딸이 기다리고 있는 집으로 돌아가야겠다고 생각했다.

파도소리를 꿈결처럼 들으면서 그녀는 오랫만에 깊은 잠 속으로 빠져들었다.

낮은 울타리

한수경

한수경

2005년 『여성동아』 장편소설 공모에 『그들만의 궁전』이 당선되면서 등단, 드라마와 시나리오까지 영역을 넓혀 전천후 글쓰기를 시도하는 작가다. 2013년 장편 『비너스의 서랍』으로 제9회 묵사 류주현문학상을 수상하였다.

이번 작품 『낮은 울타리』는 작가가 현재 집필 중인 연작소설 『술 배달 동이』의 세 번째 꼭지에 해당한다.

버스가 멈추어 선다. 푸른색 바탕에 가로로 노란색 선이 그어진 시외버스이다. 엄마가 동이를 업고 버스에서 내린다. 겨울바람이 뺨을 후려치듯 두 사람에게 달려들었다가 눈가루를 날리며 달아나는 버스를 따라간다. 버스 안에서는 바깥의 추위를 실감하지 못하다가 밖에 나오자마자 순식간에 체온을 빼앗긴 동이의 뺨에 오소소 소름이 돋는다.

　짧은 겨울 해가 지고 어둠이 내려앉아 있었다. 도로를 가로지른 엄마는 잡화점 ‘석교상회’의 미닫이문을 열고 안으로 들어간다. 자그마한 난로 위에 있는 노란색 양은 주전자 속에서 보리차가 끓고 있었다. 구수한 보리차 냄새가 실내에 가득했다.

　“새벽에 나가더니 이제야 오는갑네.”

　주인 할머니가 반색하며 일어난다. 엄마는 포대기를 풀고 주인 할머니가 앉아 있던 구들장 위에 동이를 내려놓는다.

"애도 어른도 이민지만 고생이 아니구먼. 이런 험한 날씨에 병원 다니느라."

주인 할머니가 자신이 덮고 있던 국방색 군용 담요를 동이에게 덮어 준다. 빵이 진열되어 있는 매대에서 엄마가 검붉은 강낭콩이 점점이 박혀 있는 백설기 두 개를 가지고 나온다. 주인 할머니가 밤색 도자기 컵에 뜨거운 보리차를 따라 준다. 보리차를 입으로 불어 대충 식힌 다음 엄마가 먼저 한 모금 마신다. 따뜻한 보리차의 온기가 온몸에 기분 좋게 번진다. 새벽에 길을 나서기 전 된장국에 밥을 말아 먹은 뒤 지금까지 아무것도 먹지 않은 빈속이다. 동이는 조금 더 기다렸다가 알맞게 식은 보리차를 마신다.

백설기와 보리차로 간단하게 요기를 한 두 사람은 함께 가게 뒤쪽에 있는 재래식 화장실로 가서 볼일을 본다. 그리고 다시 먼 길을 걸어갈 채비를 한다. 엄마는 동이를 업고 포대기 끈을 단단히 맨 후, 털 스웨터를 망토처럼 동이의 머리 위로 둘러 바람이 들어가지 않도록 여민다. 동이는 엄마 등에 납작 엎드린 자세로 옴짝달싹할 수 없게 되어 답답하기만 하다. 그러나 혼자서는 걸어갈 수 없으니 참을 수밖에 다른 도리가 없다.

"추운데 걸어가려면 욕 좀 보겠어."

"서둘러 걸으면 추울 틈도 없을 거예요."

두 사람이 거센 바람 속으로 나선다. 해가 져서 사방이 어둑하지만 눈빛 때문에 깜깜한 정도는 아니었다. 집으로 가는 길 위에는 눈이 카펫처럼 깔려 있었다. 길 양쪽도 온통 눈밭이긴 마찬가지였다. 군데군데 눈을 이고 서 있는 볏가리들이 없다면 그곳이 지난 가을, 벼들이 알곡을 품고 있던 볏논이라는 사실을 모를 지경이었다. 이제는 주인 없는 땅에서 겨울바람만이 주인 행세를 하며 자신의 분방함을 마음껏 뽐내고 있었다.

바람 끝이 청양고추처럼 맵다. 귀가 얼얼할 정도였다. 내일도 눈이 오려는지 기온이 더 내려간 것 같다. 새벽에 집에서 나올 때에는 발밑에서 눈가루가 포슬포슬 흩어졌는데 지금은 눈이 얼어붙는 듯이 단단해져서 눈 위를 걸어도 푹신한 느낌이 없고 발만 시리다. 졸음이 몰려오는지 동이가 연신 하품을 한다. 새벽부터 강행군을 했으니 피곤할 만도 했다.

등 뒤로 멀어지던 석교상회가 'ㄱ' 자로 굽어진 모퉁이를 돌아서자 더 이상 보이지 않는다. 이제부터는 소나무 숲 사이로 난 길을 가야 한다. 바람 소리가 더욱 요란해진다. 마치 성난 들소가 우짖는 소리 같다. 나뭇가지들이 이리저리 휩쓸리면서 힘든 숨을 토해내다가 자기들끼리 부딪쳐서 부러지는 소리가 난다. 인가도 인적도 없는 한적한 길이다. 어른일지라도 혼자 걷기엔 무서운 생각이 들만큼. 엄마의 발소리가 조용히, 그리고 규칙적으로 들려온다.

지나친 적막함이 신경 쓰인 걸까. 엄마가 스스로 소리를 만들어 낸다.

"우리 동이, 착한 동이. 어서어서 나아라. 어서어서 나아야 학교도 가고 친구들이랑 뛰어놀지. 우리 동인 똑똑해서 공부도 잘할 거야. 다리만 나으면 운동도 잘 하겠지. 열네 살엔 중학생이 되고 열일곱엔 고등학생, 스무 살엔 대학생이 되겠네……"

노래인지 기도인지 정체 모를 웅얼거림이었다. 엄마는 동이가 모르는 동이의 미래를 엄마만의 방식으로 동이에게 들려주고 있었다.

"소아마비입니다."

의사가 무릎 뼈가 하얗게 드러난 동이의 X레이 사진을 들여다본 후, 결론을 내렸다

"그럴 리가요? 건강하던 아이입니다. 뭐든 잘 먹고 달음박질도 곧잘 치던 아이예요."

엄마는 믿어지지 않았다. 아니 믿고 싶지 않았다. 삼일 동안 계속된 열은 내렸지만 동이는 일어서지도 걷지도 못했다. 왼쪽 다리는 멀쩡한데 웬일인지 오른쪽 다리만 디디면 힘없이 고꾸라졌다.

"조금만 기다렸으면 좋았을걸, 참 안됐습니다. 소아마비 예방주사가 나왔거든요. 서울 애들은 이미 맞고 있고 내년부터는 지방

보건소에서도 맞힐 수 있다고 하던데."

이미 나와 있는 예방주사를 몰라서 맞히지 못했다니 전혀 위로가 되지 않는 말이었다.

"그럼 우리 애는 어떻게 되는 겁니까?"

엄마가 물었다. 그 목소리가 심히 떨리고 있었다.

"걸을 수야 있겠지만…… 양쪽 다리 길이가 좀 차이가 날 겁니다. 병에 걸린 한쪽 다리가 성장을 멈춘 때문이지요."

의사는 시종 냉정함을 잃지 않는다.

"그럼 설마……. 우리 애가 설마……."

엄마는 입술에 침을 바를 뿐, 차마 다음 말을 잇지 못한다. 입밖으로 소리 내기에는 너무나 두려운 말이었다.

"치료를 빨리 시작해서 그나마 다행입니다. 훨씬 심한 아이들도 많아요."

위로가 되지 않기는 이번에도 매한가지였다. 엄마가 동이의 다리를 바라본다. 오른쪽 다리가 눈에 띄게 가늘고 짧다.

"제발 낫게만 해주세요. 할 수 있는 건 뭐든 다 하겠습니다."

엄마가 애원한다. 금방이라도 울음을 터트릴 것 같은 얼굴이었다. 그런 엄마의 시선을 피하기 위해 의사가 서둘러 처방전을 적는다.

"약을 드릴 테니 3일 후에 다시 오세요. 좀 더 경과를 지켜봄

시다.”

눈앞이 캄캄해지는 순간이었다. 엄마는 희망을 놓지 않으려고 기를 쓰고 버틴다.

“병이 나으면 오른쪽 다리가 정상으로 길어나지 않을까요? 그래서 양쪽 다리가 똑같아지는 거 아닌가요?”

의사가 짧게 고개를 흔든다.

“아픈 기간 동안 한쪽 다리는 정상적으로 성장을 계속하는 반면 병에 걸린 다리는 성장을 멈추기 때문에 다리 길이가 차이 나는 것입니다. 병이 낫는다고 그 차이가 줄어들기는 쉽지 않아요.”

병이 다 나아도 한쪽 다리가 여전히 짧다는 말이었다. 그러면 다리를 절게 되는 것이 아닌가. 주의 깊게 의사의 말에 귀를 기울이던 엄마가 고개를 거세게 내젓는다.

“안 돼요! 우리 애, 아직 여섯 살밖에 안 먹었어요. 앞길이 구만리 같은 아이라고요.”

결국 엄마가 눈물을 보이고 만다. 곁에서 지켜보던 동이도 덩달아 울음을 터트린다.

흰 고무신이 눈길에 미끈거린다. 털신을 신고 왔으면 좋으련만. 집 안팎으로 돌아다닐 때는 몸뻬 차림에 검정 털신을 즐겨 신기도 하지만 멀리 외출할 때 엄마의 패션은 늘 한복에 흰 고무신이었다. 고운 한복 맵시가 엄마의 오래된 자부심이기는 했다. 하지만 그보다는 외출복으로 삼을 만한 양장 한 벌도 제대로 갖추고 있지 않은 것이 그 이유였을 것이다.

엄마가 걸음을 옮길 때마다 한복 치마가 서걱거린다. 한복이 불편할 것 같지만 여러 모로 편리한 점도 많았다. 어차피 동이를 업고 포대기로 감싸야 하니 윗도리는 그리 중요하지 않은 반면, 겨울바람 속에서 먼 거리를 걸어야 했으므로 아랫도리는 보온성과 활동성을 동시에 고려한 옷차림이어야 했다. 그런 점에서 한복 치마는 무척 요긴한 옷이었다. 날씨에 따라 그 속에 얼마든지 속옷을 껴입을 수 있어서다. 보통 봄가을엔 속바지 위에 한복 치마를 두르다가 겨울이 오면 속바지 속에 빨간 내복을 하나 더 끼워 입었다. 그러다 날씨가 더욱 추워지거나 바람이 드센 날에는 내복을 두세 벌 더 껴 입고 두툼한 누비 속바지를 겹쳐 입었는데, 그 위에 한복 치마만 두르면 아무런 표시도 나지 않았다. 그러니 엄마가 병원에 갈 때 꼭 한복을 고집하는 이유는 멋을 내기 위해서가 아니라 두서없이 두껍게 껴입은 속옷들을 가리기 위한 용도였을 수도 있다.

그렇다고 해도 고무신은 한겨울 눈밭을 걷기에는 여간 불편한 신발이 아니었다. 양말을 두 켤레 겹쳐 신어도 발에 전해지는 고무의 차가운 질감을 피할 수가 없었고, 그보다 더 난감한 것은 신발 바닥이 미끈거려 넘어질 위험이 크다는 것이었다. 그렇다고 한복을 입고 투박한 털신을 신을 수는 없었다. 간혹 그런 차림을 하는 노인네들이 없진 않았지만, 그것은 이제 갓 서른을 넘긴 엄마의 감각으로는 도저히 허락할 수 없는 패션이었다.

엄마가 주의 깊게 길 한복판에 나 있는 소달구지 바퀴 자국을 따라간다. 낮 동안에 누군가 짐을 실어 나른 모양이다. 새벽에는 없던 바퀴 자국이었다.

포대기 밖으로 삐져 나와 대롱거리는 발이 피가 돌지 않는 것처럼 시리고 먹먹하다. 동이가 잠결에도 발가락을 오므려 엄마의 허벅지에 댄다. 엄마가 뒤로 깍지 낀 손을 풀고 한 손으로 동이의 발가락을 잡더니 쥐었다 폈다 반복해서 주무른다. 다시 더운 피가 돌아 발가락이 제법 따듯해진다.

동이가 병에 걸린 후 엄마는 얼핏 정신이 나간 사람 같았다. 집안일과 공장 일을 나 몰라라 하고 젖먹이인 옥이마저 떼어 놓고 하루 종일 여섯 살배기 동이만 둘러업고 동분서주했다. 엄마는 소아마비를 앓았다가 나은 사람이 있으면 어디든 찾아가 치료 방법을 물었고 용한 의사가 있다는 말을 들으면 아무리 먼 길이라도 찾아 나섰다. 양방 한방을 가리지도 않았다. 그러다 보니 오늘처럼 하루에 두세 군데의 병원을 순례하는 날도 많았다.

"……말도 안 되는 소리지. 어떻게 부모가 되어 가지고 지 새끼가 병신이 되도록 내버려 둘 수가 있단 말야. 할 수 있는 건 다 해 봐야지. 돈이야 있다가도 없고 없다가도 있는 건데 그까짓 빚 좀 얻어 썼다고 사네 못 사네 그 난리를 치느냐. 동이 다리 먼저 낫게 한 다음에 내가 갚는다고 했잖아. 뼈가 문드러지게 일해서라도 내가 다 갚아 주면 될 거 아니냐고. 어떻게 돈 때문에 멀쩡한 자식을 병신 만들라는 거여. 돈이 대체 뭐라고. 그럴 수야 없지. 죽어도 그렇게는 못하겠구면."

엄마의 중얼거림이 달라져 있었다. 자못 화가 난 말투다. 엄마는 어젯밤 할머니가 한소리 한 것 때문에 마음이 상한 모양이었다. 엄마가 동이를 데리고 병원을 순례하는 동안 집안일을 하고 젖먹이인 옥이까지 돌보아야 하는 할머니는 많이 지쳐 있었다.

"그 애 복이 그뿐이어서 그리된 것을 어쩌겠냐? 그동안 할 만큼 했으니 이제는 포기하고 다른 새끼들이나 잘 키울 생각해라."

엄마는 고개를 돌리고 대꾸도 하지 않았다. 그리고 날이 밝기도 전에 전주 행 첫 차를 타기 위해 동이를 데리고 집을 나섰다.

아버지는 아버지대로 고민이 많았다. 자식이 불구가 되는 것을 손놓고 지켜볼 수도 없지만 가망 없는 일에 언제까지나 매달릴 수도 없는 노릇이었다. 아버지는 그동안 나무로 만든 아버지의 돈통에서 엄마가 마음대로 돈을 꺼내 쓰거나, 할머니 몰래 빚을 내어 쓰는 것을 알고도 모른 척 눈감아 주고 있었다.

"아빠한테 와 보렴. 할 수 있지? 옳지, 오올치."

아버지가 동이를 팽나무 아래 내려놓고 서너 걸음 뒤로 물러나 팔을 벌렸다. 동이가 아기였을 때 처음 걸음마를 가르칠 때처럼. 동이가 한 발 내딛으면 아버지는 다시 뒤로 한 발자국 물러나 팔을 벌리는 식이었다. 여섯 살이 된 동이는 지금 두 번째로 걸음마를 배우는 중이었다.

동이가 아버지의 품에 닿기 위해 발을 떼려고 시도한다. 오른쪽 다리가 부들부들 떨린다. 동이가 자신 없는 눈빛으로 아버지를 바라본다. 그럴수록 아버지의 눈빛은 간절해진다. 동이가 그 눈빛을 보고 어떻게든 걸어 보이려고, 그래서 아버지를 기쁘게 하려고 기를 쓴다. 한 발을 땅에 디디고 서서 서서히 체중을 싣는다. 그러나 이내 무릎이 꺾이면서 고꾸라지고 만다.

"일어나. 일어나서 다시 걸어 봐. 할 수 있어? 할 수 있고 말고."

아버지는 동이를 일으켜 주지 않는다. 무릎이 깨져 피가 나는 것이 보여도 아빠는 일부러 엄한 표정을 짓고 한 발 더 뒤로 물러난다. 동이가 일어선다. 넘어질 듯 넘어질 듯 비틀거리면서도 끝내는 일어서서 아버지를 바라본다.

"그래, 그렇게 하는 거야. 장하다, 우리 동이."

아버지의 간절한 눈빛 때문에 동이는 다시 걷기를 시도한다. 하지만 또다시 힘없이 무너져 내린다. 아버지가 달려와 동이를 일으켜 세우고 무릎을 살핀다. 무릎이 까져 바지에 피가 묻어 있다. 아버지가 동이를 품에 안는다. 아무렇지도 않다는 듯이, 조금도 아프지 않다는 듯이 동이는 웃는데 아버지의 눈에는 눈물이 고여 있다.

아무리 많이 넘어져도 동이는 웃었다. 아프지 않아서 웃는 것이 아니라 어이가 없어서 자꾸만 웃음이 나왔다. 얼마 전까지만 해도 아무런 장애 없이 마음대로 걷고 뛰어놀았는데 어찌된 일일까. 동이에게 걷는 것은 숨을 쉬는 것처럼 밥을 먹는 것처럼 연습하지 않아도 저절로 되는 쉬운 일이었다. 그런데 왜 갑자기 이렇게 어려워진 것인지 동이는 답답하기만 하다.

동이는 아버지의 눈에 고인 눈물을 보면 마음이 조급해졌다. 아빠가 왜 눈물을 흘리는지 이유도 모르면서 그냥 가슴이 터질 듯이 아프고 미안했다. 그래서 넘어져도 벌떡 일어나 다시 걸어 보려 했다. 하지만 금세 또 넘어지고 또 넘어졌다. 무릎이랑 팔꿈치가 성할 날이 없었다. 동이는 이해할 수가 없었다. 소아마비라는 병도, 자신이 앞으로 제대로 걷지 못할 것이라는 것도. 동이로서는 도무지 실감할 수 없는 세계였다.

"잘했다, 동이야. 오늘은 어제보다 한 걸음 더 걸었어."

아버지의 칭찬을 들으면 동이는 저절로 힘이 났다.

낯선 손이 동이에게 다가온다. 물속처럼 실핏줄이 훤히 들여다보이는 손이었다. 동이가 그 손을 피해 엄마 품을 파고든다. 엄마는 동이의 머리를 품에 안아 그 손을 보지 못하게 했다. 몇 번인가 다리에 통증이 느껴졌지만 동이는 엄마의 허리를 끌어안고 울음을 참는다.

손이 물러가고 동이가 엄마의 품에서 떨어져 나온다. 눈물이 그렁하게 맺혀 있는 눈이 놀라서 더욱 커진다. 오른쪽 다리에 수십 개의 침이 꽂혀 있었다. 마치 엄마의 반짇고리 상자에 들어 있는 바늘꽂이 같았다.

"아야 야야, 다리, 엄마 다리 좀……."

동이가 비명을 지르며 꿈에서 깨어난다. 실제로 수십 개의 침이 꽂혀 있는 것처럼 오른 다리가 저려 오더니 이내 종아리 근육이 뻣뻣해지면서 경련을 일으킨다.

동이의 다급한 비명소리에 엄마가 즉각 반응한다. 포대기를 풀고 동이를 내려놓는 것과 동시에 쥐가 난 다리를 마구 주무른다. 한참을 주물러 주자 딱딱하게 굳어 가던 근육이 물렁하게 풀리며 경련이 사라진다. 갑자기 찾아온 고통이 또한 그렇게 갑자기 사라진 것이다.

"이젠 괜찮아요."

엄마는 그제야 동이를 내려놓은 곳이 차가운 눈밭이라는 것을 깨닫는다. 동이를 일으켜 세우고 몸에 묻은 눈을 털어 낸다. 동이가 몸을 떤다. 뒤늦게 한기를 느낀 엄마도 몸을 떤다. 엄마가 동이의 상기된 뺨에 두 손을 대고 말한다.

"우리 동이, 몸이 다 얼어 버렸네."

엄마는 서둘러 동이를 업고 포대기를 두른다. 엄마의 등과 맞닿은 동이의 가슴이 이내 따뜻해진다.

"엄마, 힘들지?" 동이가 묻는다.

"하나도 안 힘들어, 이렇게 예쁜 우리 딸이 있는데 엄마가 왜 힘들어?"

동이의 눈에 눈물이 고인다. 이상하다. 요즘엔 자꾸 눈물이 나오려고 한다. 동이가 아프고 나서 식구들 고생이 이만저만이 아니라는 것을 동이도 안다. 그래서 미안하다.

청이는 혼자서 머리도 잘 못 묶는데 학교에는 잘 갔는지, 온종일 엄마 젖을 못 먹은 옥이는 얼마나 배가 고플지, 그리고 관절염이 있는 할머니와 이래저래 힘들어 하는 아버지까지……. 갑자기 이런저런 걱정거리가 많아져서 동이는 마음이 무거워진다.

병원을 자주 다니다 보니 이제는 동이도 집까지 가는 길을 대강 알고 있었다. 집에서 시외버스 정류장까지의 거리는 꽤 멀다. 어른 걸음으로도 한 시간 남짓 걸어가야 할 만큼. 청이가 다니는 초등학교는 조금 전 지나왔지만, 동이가 아빠의 술 배달 심부름을 다니던 이웃동네 술도가는 아직 지나치지 않았다. 집에 도착하려면 아직도 한참을 더 가야 한다.

동이가 스웨터를 젖히고 하늘을 올려다본다. 별무리가 동이의 머리 위로 쏟아져 내릴 듯이 선명하게 빛나고 있었다. 그 아래 달도 떠 있었다. 달이 금방 세수한 것처럼 말간 얼굴을 하고 알맞은 속도로 동이의 뒤를 따라온다.

엄마는 추위에 마비된 것 같은 동이의 양쪽 발을 번갈아 가며 주무른다. 엄마의 손도 차갑기는 마찬가지다. 그런데 차가운 엄마의 손이 차가운 동이의 발을 주무르자 동이의 발에도, 엄마의 손에도 점점 열이 난다.

바람 소리가 다시 드세진다. 코끝이 싸해지도록 바람 끝이 차다. 동이는 추워서 눈물이 난다.

"감기 들라. 어서 쉐타 뒤집어 써."

엄마는 등에도 눈이 달렸나 보다. 동이가 스웨터 밖으로 고개를 내밀고 있다는 것을 보지 않고도 알아차린다. 동이가 스웨터를 머리 위로 뒤집어쓰고 납작 엎드린다.

동이는 생각한다. 자신은 엄마의 등에 엎드리면 바람을 피할 수 있지만 맞바람을 맞으며 걸어가는 엄마는 얼마나 추울까.

"이렇게 추운 바람은 어디서 불어오는 거야?"

동이가 엄마에게 묻는다.

"북쪽에서."

"거기도 사람이 살아?"

"그럼. 에스키모라고 하는 사람들이 눈으로 만든 집에서 산대."

"눈으로 만든 집? 북쪽 마녀가 사는 집이랑 같은 건가?"

"북쪽 마녀라니?"

"책에서 봤어. 도로시라는 애가 회오리바람 타고 날아가다가 오즈의 나라에 떨어졌는데 거기에 북쪽 마녀가 있었어."

"음, 그래?"

"또 허수아비랑 양철 나무꾼이랑 겁쟁이 사자도 있었는데 걔네들 넷이 친구가 돼. 엄마, 걔네들이 어디 어디로 모험을 떠나는지 알아?"

동이의 긴 수다가 이어진다. 엄마는 귓전을 때리는 바람 소리 때문에 동이가 말하는 내용을 전부 알아듣지는 못한다. 그러나 마치 자신이 도로시인 것처럼, 모든 것을 직접 눈으로 본 것처럼 신이 나서 떠드는 딸의 모습이 기특하고 대견하다.

"그게 다 책에서 본 거란 말이야?"

"응."

"우리 동이, 글씨도 읽을 줄 알아?"

"아니. 나는 그림만 보고 글자는 청이 언니가 읽어 줘."

엄마의 입가에 빙긋 웃음꽃이 핀다.

저만치 동네가 보인다. 어깨동무를 한 것처럼 사이좋게 불빛들이 모여 있었다.

"아빠다! 엄마, 아빠야. 아빠가 마중 나오셨어."

아버지가 옥이를 안고 신작로 가장자리에 서 있었다. 아버지가 엄마를 보고 마주 걸어 나오자 엄마의 걸음걸이가 더욱 빨라진다. 두 사람의 거리가 가까워진다. 엄마는 반가운 마음이 완연한 얼굴로 싫은 소리를 한다.

"추운데 뭐하러 마중 나와요? 옥이까지 데리고."

엄마 목소리를 알아들은 옥이가 울음을 터트리며 엄마에게 가겠다고 몸부림을 친다.

"애가 하도 보채서 집에 가만히 있을 수가 있어야지."

"분유는 좀 먹였어요?"

"조금 먹기는 했는데 금방 토하더라고."

어지간히 배가 고팠던 모양이다. 옥이는 엄마에게 손이 닿자마자 엄마의 옷섶을 파고들며 본능적으로 젖을 찾는다. 아버지가 옥이를 엄마에게 넘겨 주고 대신 엄마의 등에 업혀 있던 동이를 번쩍 안아 올린다.

"고생 많았네. 우리 딸."

아버지가 동이의 뺨에 입을 맞춘다. 아버지의 수염이 꺼끌꺼끌하다.

엄마가 스웨터를 조금 열고 젖을 먹고 있는 옥이를 아버지와 동이에게 보여 준다. 옥이는 눈을 지그시 감고 탐욕스럽게 젖을 빨고 있다.

"녀석 어지간히 배가 고팠나 보네."

아버지가 옥이의 볼을 살짝 꼬집으며 웃는다. 엄마랑 동이도 따라 웃는다.

"주사 맞을 때 울었어?"

아버지가 동이에게 묻는다.

"아니오."

동이가 고개를 내저으며 자신 있게 대답한다.

"착하기도 하지."

아버지가 또 뽀뽀를 하려 든다. 동이가 요리조리 고개를 돌려 피하다가 아버지의 가슴에 얼굴을 폭 묻어 버린다. 아버지의 심장 소리가 들린다. 바람 소리보다 더 크게 들린다. 동이가 가만히 손을 들어 수염이 많은 아버지의 턱을 어루만진다. 아버지의 수염은 구둣솔같이 꺼끌꺼끌하지만 만지고 있으면 이상하게 기분이 좋아진다.

동이와 아버지가 팽나무가 있는 굴 마당에 다다른다. 엄마와 옥이는 조금 뒤처져서 따라온다. 엄마는 옥이를 앞으로 업고 젖을 물린 채 걸어오고 있다. 아버지가 팽나무 아래서 잠시 걸음을 멈추고 엄마를 기다린다.

"졸리니?"

동이가 아니라고 대답하려는데 하품이 먼저 나온다. 자꾸만 눈꺼풀이 내려앉는다. 동이가 마을을 굽어 본다. 집들이 희미하게 불빛을 품고 눈 속에 파묻혀 있다. 낮은 지붕들이 더욱 낮게 보인다. 집들도 추워서 바짝 웅크리고 잠을 자나 보다.

팽나무가 동이에게 아는 체를 하는 건가. 팽나무 가지 위에 얹혀 있던 눈덩이가 땅에 떨어져 납작하게 이지러진다. 동이가 반쯤 감긴 눈으로 팽나무를 올려다본다. 팽나무 가지 끝에 이파리 몇 잎이 간당간당하게 달려 있다. 그리고 그 위로 이불처럼 넓게 펼쳐진 검은 하늘에는 수많은 별들이 돋을새김된 것처럼 붙박혀 있었다.

아버지가 습관처럼 동이의 아픈 다리를 만져 본다. 왼쪽 다리에 비해 오른쪽 다리가 훨씬 여윈 것이 옷 위로도 표시 나게 느껴진다. 아버지가 동이의 아픈 다리를 소중하게 쓰다듬는다.

"동이 자니?"

아버지가 가만 가만 소곤거린다. 대답이 없다. 숨소리가 작고 고요하게 가라앉아 있다.

"하루 종일 길에서 시달렸으니 피곤할 거예요."

엄마가 다가와 아버지 옆에 선다. 아버지가 점퍼의 옷깃을 바짝 끌어당겨 춥지 않도록 동이의 등을 감싼다. 동이를 안은 아버지와 옥이를 안은 엄마가 나란히 집으로 가는 내리막길을 내려간다. 귀를 기울이면 눈이 얼어붙는 소리가 들리는 겨울밤이었다.

만종

최순희

최순희

어느 늦가을 저녁, 성당 마당을 지나가는데 백 년쯤 묵었다는 낡은 종탑에서 댕댕댕, 종이 울렸다. 거기 종탑이 있는 줄은 알았지만 종소리를 듣는 것은 처음이었다. 그때 오래전 어느 먼 곳의 성당 안뜰에서 듣던 저녁 종소리가 생각났고, 같이 그 종소리를 듣던 한 사람과 그의 친구들과 그의 '아부지'와 함께 하던 시간들이 연이어 떠올랐다. 그들 대부분은 이제 이쪽에서 저쪽으로 건너가고 없다. 거기 잘들 계시나요, 모두?

• • •

장편소설 『불온한 날씨』로 『여성동아』 장편소설 공모 당선. 수필선집 『그 집은 그곳에 없다』로 현대수필상 수상. 단편 「피크닉」, 「칸나」, 「숨쉬기에 대하여」, 「주기도문」, 「수국」 등 발표. 산문집 『넓은 잎새길의 집, 그리고 오래된 골목들의 기억』과 『딸에게 보내는 편지』 외 번역서가 다수 있다.

하느님 만드신 땅에서 생명 있는 것을 키워 그 수확을 여러분과 함께 나누게 된 것을 기쁘고 감사하게 생각합니다……. 여러분은 오늘 배추를 얻으러 온 게 아니라, 우리가 잊어 가는 노동의 신성함과 매일매일의 일용할 양식이 결코 쉽게 얻어지는 게 아님을 다시금 깨우치기 위해…… 하느님이 주신 대로의 땅과 질서 안에 겸손되이 살아갈 것을 다짐하면서 감사한 마음으로 이 미사를 봉헌합시다…….

팔순의 신부님이 배추 농사를 지으시는 성남 한 자락. 밭가에 있는 허름한 식당에는 오륙십대 중장년 스무나문 명이 고개를 숙이고 앉아 있다. 11월의 바람은 차나 방바닥은 따끈하다. 부엌에서는 미사가 끝나기를 기다리며 구수한 시래깃국이 끓고 있다. 식당은 마당가에 서 있는 감나무를 베어 내는 대신 밑둥을 에둘러 온돌을 놓았다. 윗목의 나무는 비스듬히 지붕을 뚫고 올라가 겸손한 이 식당 위로 경건하게 가지를 벌리고 있다.

나는 지난 몇 해 11월마다 남편을 따라 이 자리에 와서 익힌 얼굴들을 슬며시 휘둘러본다. 그들은 먼 대학 시절 가톨릭 학생회 지도 사제로 있던 신부님을 만나 지금껏 영적으로 아버지와 자식 같은 인연을 쌓아 온 사람들이다. 민주화 운동 시절, 전국 가톨릭 학생회장이던 남편이 위태위태해 보이자 신부님은 어찌어찌 장학금을 뚫어 그를 벨기에의 루뱅 가톨릭 대학으로 내쫓아 버렸다 한다. 그는 한때 진지하게 사제의 길을 고민하기도 했지만, 먼저 유학 와 있던 또 다른 신부님 눈에는 별로 사제 재목이 아니었던 가 보다. 그분은 "아무래도 시릴로 씨는 세상에서 할 일이 더 많아 보입니다." 고개를 갸웃거리면서 "마침 파리에 참한 처녀가 하나 있으니, 신부神父는 관두고 신부新婦감이나 보러 갑시다." 꼬였다던가.

덜렁덜렁 처녀 사냥을 따라 나섰지만 파리의 처녀는 하필 로마로 휴가를 떠나고 없고, 사제의 길도 접고 처녀도 못 만난 남편은 대서양을 건너 미국 대학으로 옮겨왔다가 나를 만났다. 만일 그때 처녀가 파리에 눌러 있었거나 그가 사제의 길을 갔더라면 나도 지금 여기 배추를 얻으러 오는 일도 없었을 터다.

사실 오늘 아침까지만 해도 나는 올해도 내가 아무 일 없었던 듯 여기 함께 따라와 앉아 있게 될 줄 몰랐다. 딸아이 연이의 결혼, 아니 나의 일요일 미사 참례 문제를 두고 시작된 입씨름이 이십 년 결혼 생활 최악의 부부싸움으로 치달은 것이 지난 5월의 일이다. 그로부터 우리 둘 사이에는 다른 일상시는 평온을 유지하면서도 유독 교회니 미사니 그 주변 일들은 일절 금기어로 삼는 별난 긴장 관계가 이어져 왔다. 아니, 그는 무심한데 나 혼자 뿔을 세운 건지도 모르겠지만. 김장철이 다가오면서 나는 그럼 이제 신부님 배추밭 연례행사는 어찌 되려나 내심 신경이 쓰였는데, 아침부터 그가 수선을 피우는 걸 보고 오늘이 그날임을 알았다.

팔짱을 낀 채 나는 그가 은근히 신바람을 내면서 배추 뿌리를 자를 칼과 마대자루를 챙기는 모습을 묵묵히 지켜보았다. 그런데 허름한 작업복을 차려입고 신발장 서랍에서 목장갑까지 꼼꼼히 챙겨 넣은 그가 등산화 끈을 매다 말고 나를 흘끗 보며 채근하는 것이다.

"아, 안 가?"

"엇, 나도 가?"

그는 지루하게 여섯 달씩 끌어온 냉전을 이쯤에서 접고 이제 교회에도 함께 가자는 화해의 손짓을 배추밭으로의 초대로 대신하는 것일까? 천연스레 씨익 웃음까지 머금은 양이 분명 그래 보였다. 이토록 싱겁게 풀어 버릴 걸 아이고, 속알머리하곤! 싶어서 밉살맞았던 건 나중 일이고, 나도 얼결에 후다닥 신을 꿰어 신고 따라나섰다.

배추가 아쉬운 것은 전혀 아니었다. 오히려 그 정반대인 쪽이었다. 달랑 두 식구에 열두어 포기면 '떡을 칠' 김치, 좀 꾀를 부려 절임배추를 주문한다면 까짓 거 일도 아닐 김장일 건데, 이건 뭐 집에서 한 시간씩 걸리는 성남의 밭까지 달려가서 직접 배추를 뽑고, 배추값의 몇 배나 될 예물 봉투를 얹어 미사를 드리고, 남편들 보신탕 먹는 한 곁에서 아내들끼리 웅숭거리고 앉아 삼계탕이나 시래깃국을 떠먹으며 긴치도 않은 수다를 떨다 반나절은 좋이 버리고 돌아오면, 비좁은 베란다에 고무 대야들을 늘어놓고 찬물을 받아 혼자 흙 묻은 배추를 씻고 절이는 숙제가 고스란히 남았다. 그래도 내가 해마다 기꺼이 따라다닌 것은 신부님이 은퇴 후 운동 삼아 땀 흘려 키우신 김장배추를 고개 조아리며 나눠 받는 행사란 남편들이 아부지, 아부지, 모시는 신부님 아버지에 대한 일종의 상징적인 효도 잔치이기 때문이었다.

게다가 무엇보다 가장 중요한 이유로, 나는 일 년에 한두 번 이런 자리에서나 만나게 되는 선후배들을 통해 엿보는 그의 대학 시절의 면모가 적잖이 매력 있고 뭔가 애틋했다. 가뜩이나 시골 농군처럼 시꺼먼 얼굴에 4년 내내 검게 물들인 국방색 작업복만 입고 다녀서 늘상 쿤타킨테란 별명으로 통했다던가. 그래도 실력 있고 언변 좋고 패기 넘치는 쿤타킨테는 아무렇게나 생긴 외모에도 불구하고 여학생들에게 꽤나 인기 많았다는 전설도 있다. 그런 전설이야 믿거나 말거나라고 쳐도, 후배들이 "시릴로 형님은 그때 저희 우상이자 멘토였어요!" 추억하는 것을 듣는 것이 나는 내심 뿌듯하기도 하고 어째 좀 애석하고 미안쩍던 것이다. 뿌듯한 것은 나 역시도 첫 만남에 이미 남자다운 남자, 요즘 식으로 말하자면 상남자 스타일의 그의 카리스마에 반했던 터라 그들의 마음이 어떤 마음인지 알 것 같았기 때문이었다. 두 번째 만남에서부턴 당시 그가 처했던 모든 불리한 조건들에도 불구하고 이미 그가 이성으로 여겨지기 시작했었다. 철부지였던 나는 공부를 마치고 귀국하여 반골 인사가 된 그를 헌신적으로 옥바라지하는 나의 모습을 자못 낭만적으로 그려 보곤 했으니. 그런데 정작 십 년 유학을 마치고 돌아왔을 때는 그의 전공 분야는 더 이상 유효하지 않은 시대가 되어 버렸다. 나는 그가 이제 강성 구호보다는 온건하고 균형 감각을 지닌 지식인으로서 시간 맞춰 꼬박꼬박 귀가하는 미더운 가장이 된 것이 살짝 아쉽고, 더 많이는 다행스러웠으며, 그리하여 후배들의 옛 기대들을 위해 어쩐지 좀 애석하고 미안쩍었다.

몇백 포기 배추를 사랑하는 '자식'들에게 골고루 나눠 주고 나니 기쁘고 흐뭇해서일까. 신부님의 말씀이 좀 길어지고 있었다. 나는 그 목소리에 반귀를 팔면서, 나이 차이 때문이라도 별로 싸움이 되지 않는 우리 부부가 대체 어쩌다 반 년씩 이상하고 독한 냉전에 돌입했던가를 더듬었다.

　그 5월 주말, 우리는 함께 뒷산 오솔길을 걸으면서 외동딸 연이의 첫 남자 친구 이야기를 나누고 있었다. 보스턴의 기숙 고등학교에 다니는 연이는 밸런타인데이에 큼직한 꽃다발을 주며 고백한 한국 남자 애와 사귀기 시작했었다. 이성 친구랬자 그 나이엔 한두 달을 채 못 간다던데, 연이네는 석달을 넘겨 백일을 향해 가는 중이었다. 무덤덤한 일상을 보내는 결혼 이십 년차 '낡은' 부부에겐 조심스럽고 염려스러우면서도 한편으론 못내 귀엽고 흥미진진한 화젯거리가 아닐 수 없었다. 특히 처음 사귀어 본 남자와 고작 여섯 달 만에 프로포즈도 받아 보지 못한 채 내 쪽에서 졸라 결혼한 주제로서는, 연이의 풋풋한 첫사랑은 마치 나도 함께 연애를 하는 듯 간질간질 호습고 가슴 설레던 것이다. 그는 내가 주절주절 전해 주는 연이의 일상 얘기들을 빙긋 미소를 띤 채 주로 잠자코 듣는 쪽이었다. 그러다 주말에 연이와 통화를 하게 되면 온갖 잔소리를 늘어놓는 나와는 달리 딱 한두 마디만 했다.

　"연아, 건강하고 즐겁게 잘 지내는 거지? 아빠는 우리 딸, 항상 모든 것 다 현명하게 잘 할 거라고 믿어."

있는 듯 없는 듯 드넓은 울타리를 쳐 놓고 아내도 딸도 매사 자율에 맡기는 그는 군소리라곤 전혀 없는 가장이었다.

그러므로 그날, 내가 "남자애의 부모가 참 독실한 개신교인들인가 봐. 특히 그 어머니는 다문화 관련 단체나 요양원 같은 데서 봉사도 많이 하는가 보던데."라고 했을 때, "오, 그래?" 하곤 묵묵히 십여 미터쯤을 더 걸어가던 그가 대뜸 이렇게 말하는 바람에 나는 깜짝 놀라고 말았다,

"담에 연이 결혼은 가톨릭 신자랑 해야 해."

나는 이건 무슨 뚱딴지 같은 얘긴가, 눈을 껌벅거렸다.

"그건 왜? 물론 설마 걔네가 결혼은커녕 백일이라도 넘기면 지고지순한 셈일 테지만, 암튼 지금 결혼 얘기가 왜 나오는데?"

그러자 그가 되물었다.

"그걸 몰라서 물어? 연이가 지금 이 녀석이랑 결혼한다는 게 아니라, 이담에 결혼할 때가 되면 성당에서 가톨릭 신자와 혼배미사를 올려야 할 거란 얘길 하고 있는 거야. 최소한 당신처럼 가톨릭이 되기를 서약하고 관면혼배를 하던가. 그러니까 다음에 성인이 되어 본격적인 연애를 할 때는 이런 걸 염두에 두고 사람을 사귀어도 사귀어야 한다는 거지."

어안이 벙벙해서 내가 날카롭게 반박했다.

"만일 상대방이 불교신자나 개신교인이면? 그런 주장은 자기 종

교만 중요시하는 독선이고 폭력 아니야? 당신이 종교에 대해 그렇게나 편협한 생각을 갖고 있는 줄은 꿈에도 몰랐어."

"내 말은, 한 집안에선 가급적 한 종교를 믿는 게 원만하단 얘기야. 그런데 우리는 가톨릭이니 함께 성당을 다닐 상대를 만나 결혼해야 한다는 거지."

"그건 이담에 연이가 알아서 결정하는 거 아냐? 우리야 물론 이왕이면 가톨릭을 만나거나 상대가 가톨릭 쪽으로 와 주면 좋겠지만, 그건 상대방도 마찬가지일 테니까 둘이 알아서 하도록 놔두면 되잖아."

"그건 안 돼."

그가 단호하게 말했다.

"잊었어? 혼배성사를 받을 때 우린 이미 하느님 앞에 자녀를 가톨릭으로 키운다고 서약한 거거든."

그에게 반하여 오직 그와 결혼하기 위해 건성으로 교리문답을 외워 관면혼배를 하고 영세를 받은 나는 물론 내가 그런 서약을 했다는 사실도 잊었고 그 서약을 반드시 지켜야 한다는 생각도 들지 않았다. 게다가 연이가 결혼을 할지 독신으로 살지 알게 뭔가. 전혀 예기치 못한 단단하고 막막한 벽에 부딪치는 느낌이 나를 휩쌌다. 나는 그때까지 잡고 있던 그의 손을 탁 놓으며 내뱉었다.

"당신이 종교에 이토록 완강한 사람이라니 정말 뜻밖이야. 당신은 참으로 너그럽고 많은 세상 편견에서 자유로운 열린 사람이잖아. 이 신모계 사회에 더 이상 그런 단어가 유효한진 모르겠지만 여자보다 더 페미니스트이고 동성애며 낙태 등등 교회에서 금지하는 것들조차 대부분 다 찬성하는 편이면서."

"맞아. 그러니까 내겐 이게 낳고 기른 아버지로서의 마지노선이라고. 난 그 사람이 성실하고 바른 놈이고 연이랑 서로 신뢰하고 사랑한다면, 국적 학력 직업 집안 외모 몽땅 불문이야. 피부색도, 심지어 흑인이라도 난 상관없어. 하얗든 까맣든 노랗든 뭔가 연이가 믿고 좋아할 구석이 있으니까 고른 놈이겠지. 미래의 사윗감에 대한 내 조건은 딱 하나, 가톨릭 신자면 돼. 피리어드."

나는 어처구니가 없어 그를 쏘아보았다. 그와 나를 소개해 준 미국의 선배는 흑인 청년과 결혼하겠다는 딸 때문에 한창 골머리를 앓는 참이었다. 그 얘기를 전해 듣고 만약 연이가 그런다면 어떨 것 같냐고, 별 도리는 없는 일이겠지만 난 우리 연이는 그러지 않았으면 좋겠다며 그의 의견을 물었을 때, 그는 무르춤하니 생각에 잠긴 채 대답하지 않았다. 그런데 그는 지금 이 순간, 피부색 따위 전혀 상관없겠다고 결론 지은 모양이었다.

처음 경험해 보는 이상한 단절감이 가슴을 꽉 짓누르는 것을 느끼면서 나는 다시 물어보았다.

"만약 연이가 당신이 제아무리 그런 식으로 반대한다 해도 다른 종교 사람과, 가령 개신교 집안 청년과 개신교회에서 결혼하겠다면? 그럼 어쩔 건데? 어느 한쪽이 양보해야 결혼이 될 텐데, 종교를 빙자한 이기심과 독선과 아집 때문에 결혼이 깨진다면 말이 안 되는 거잖아? 가뜩이나 똑같은 하느님을 믿으면서.”

그는 잠깐 멈칫했으나 이내 결연히 대답했다.

“그럼 하라고 해. 하라 그러라고. 다만 아버지로서의 내 축복이나 결혼식 참석은 기대하지 말라고 해. 가톨릭으로 키운다는 서약을 지키지 못했으니 어차피 난 실패한 아버지일 텐데, 뭐.”

그의 마지막 말은 자못 비참하게 들렸는데, 그 순간 눈이 마주친 우리는 동시에 실소를 터뜨릴 뻔했다. 이 모든 일이 당장은 물론 앞으로도 십 년 가까이는 고민하지 않아도 될 쓸데없는 걱정이고 다툼임을 불현듯 깨달았던 것이다. 우리는 더 이상 산책을 계속할 의욕을 잃은 채 휙 몸을 돌려 걷기 시작했다. 평소에는 항상 손을 잡고 걸었으나, 갑자기 냉랭한 타인이 된 듯한 서름함에 나는 빠른 걸음으로 앞장서서 산을 내려와 버렸다.

따라서, 설사 날이 맑았더라도 다음 날 나는 함께 미사에 가기 싫었을 것이다. 봄비가 장맛비처럼 주룩주룩 내리는데, 전에는 날씨가 궂거나 몸이 안 좋거나 내가 오늘은 좀 빠지면 안 되겠느냐고 하소연을 하면 그는 혀를 차면서도 웬만하면 나를 내버려 두곤 했었다. 그러는 사이 내 안에 습관인 듯 신앙심이 자라나길 기다려 주려는 것이다. 그러나 이날, 그는 더없이 집요했다. 무슨 수를 써서라도 나를 교회에 앉혀 놓고야 말겠다는 듯이 막무가내 잡아끌려고 했다. 나도 완강하게 거부했다. 다른 모든 날은 다 함께 간다 해도 이날만은 가기 싫었다. 나는 혼란스러웠고, 무언가가 무서웠다. 제발 오늘만은 좀 내버려 둬 달라는 데도 그가 계속 잡아끌자, 내 안에서 준비한 적 없는 독실이 터져 나왔다.

"종교란 게 다 뭐야? 교회는 또 뭐고? 죽은 다음 세상은 난 관심 없어. 천국 지옥 그런 거 난 몰라. 제대로 된 신앙인이 맞다면 적어도 그리스도교 안에서라도 굳이 개신교니 가톨릭이니 나누지 말고 다 껴안아야 하는 거 아냐? 내 생각이 중요하면 남의 생각도 좀 들어보고 역지사지 가능해야 하는 거 아냐? 주중에는 온갖 편견과 아집과 독선과 이기심으로 나만 옳고 나만 선하고 나만 선택된 사람인 듯이 살다가 주일에 교회 가서 일주일치 '내 탓이오.'

'아멘!' 하고 나오면 다 되는 거야? 난 혼란스러워. 뭐가 뭔지 모르겠고, 다른 사람 다 그렇다 해도 자기같이 열린 사람이 이 문제에선 왜 그렇게까지 완고하게 그러는지 모르겠어. 하느님 예수님이 저 위에 진짜로 살아 계신다면, 진짜로 사랑이신 분이라면, 당신처럼 꽉 막힌 벽처럼 곧이곧대로 그러시진 않으실 것 같아. 여하튼 오늘은 날 좀 내버려 둬 줘!"

그는 나를 잠시 응시하더니 조용히 나가 버렸다. 나는 그냥 그날만 엎디어 있고 싶은 거였다. 마음은 혼란스럽고 그인지 그 무엇인지에 대해 아직 화가 나 있었지만, 비를 뚫고 나가기 싫다는 게으름과 투정도 얼마간 섞여 있었다. 다음 주에 그가 "오늘은 가?" 물어 주길 기대하며 옷을 입고 거실로 나갔을 때 그는 언제 나갔는지도 모르게 가고 없었다. 다음 주도 또 그 다음 주도 마찬가지였다. 설마 한 달쯤 지나면 물어줄 줄 알았으나 그는 나를 완전히 내버려 두기로 작정한 듯했고, 나도 어쩐지 따라나설 수가 없었다. 그러는 새 반 년이 지나간 거군, 나는 입속말로 중얼거리며 저만치의 그를 흘끗 바라봤다. 그는 복사 노릇을 하느라 신부님 가까이 앉아 있었는데, 햇볕에 탄 신부님 옆이라서인지 그의 얼굴은 더 이상 검지 않았다. 오히려 흰 편이었다. 아까 배추밭에서 백발의 어느 선배도 "어이, 킨타쿤테, 이젠 하나도 안 까만데?" 하곤 껄껄 웃었다.

그를 처음 만난 것은 학교 지하 카페테리아에서였다. 같은 대학에서 공부하던 나의 선배와 그의 친구가 마련한 일종의 소개팅이었다. 선배는 어느 날 캠퍼스에서 마주친 아는 남학생에게 "이번에 한국서 새로 온 대학 후배예요, 좋은 사람 있으면 소개하세요." 하며 나를 가리켰고, 남학생은 교통사고로 휴학했다가 방금 복학한 같은 과 친구를 떠올린 거였다. 어두운 조명 탓이기도 했겠지만 어찌나 얼굴이 검은지 처음 만난 날의 그는 사람은 안 보이고 하얗게 웃는 잇바디만 보였는데, 그게 참으로 인상적이었다. 그러잖아도 검은 살결에, 학비를 버느라 주말마다 벼룩시장의 땡볕에서 원도 한도 없이 선탠을 한 때문이라는 속내는 나중에야 알았다.

그날 그는 유머가 대단히 풍부했다. 주로 처음 유학을 떠났던 루뱅 시절의 좌충우돌 일화나 사제의 길을 접고 신부님을 따라 덜렁덜렁 처녀를 찾아 나섰다가 허탕친 실패담, 1년 전 대서양을 갓 건너왔을 때 흑인 동네의 한인 주유소에서 유학생 신분이라는 약점 때문에 최저 임금에도 못 미치는 주급을 받고 일하던 중 기름만 넣고 달아나는 흑인의 차에 치어 한 학기를 고스란히 병원에 누워 거의 죽다 살아난 이야기 등이었다. 듣고 보면 실상 슬프고 아프기 짝이 없는 이런 이야기들을 그는 다른 누군가에게 일어난 재미난 이야기처럼 아무렇지도 않게 유쾌하게 늘어놓았다. 입담이라면 누구에게도 뒤지지 않는 선배조차도 입도 한 번 벙긋하지 못한 채 웃다만 나왔을 정도였다. 나중에 그는 대학 시절 미팅도 한 번 안 해봤던 터라 그런 인위적인 자리가 너무 어색해서 되는 대로 떠들어 댄 거라고 말했지만, 어쨌든 나로선 첫눈에 매료되기에 충분했다. 그러나 그것은 이성으로서보다는 순전히 인간적인 이끌림이었다. 그의 농담 속에 묻어난 땀과 피의 흔적은 스무 몇 살의 내게 적지 않은 감명을 남겼으나, 이 만남은 꽤 인간미 있는 괜찮은 한국 유학생 한 명 알게 되었다는 정도로 끝나는 듯했다.

그러다 그 얼마 후 도서관에서 우연히 그와 다시 마주쳤다. 의례적인 인사 전화라도 생략한 채 그런 식으로 불쑥 맞닥뜨린 것이 그는 좀 당황스럽고 미안한가 보았다. 예의상 "차나 한 잔 할까요?" 하던 그는 "마침 금요일이니 학교 앞 빌리지에 가서 차 대신 맥주로 할까요?" 고쳐 물었다. 나는 선선히 고개를 끄덕였다. 혹시 내가 거절해 주기를 바랐던 것일까? 그는 살짝 미간을 찌푸리며 다시 궁리하더니 빌리지는 비싸니까 운전 걱정할 필요 없이 아예 맥주를 사서 자기 집에 가서 마시면 어떻겠느냐고 제안했다. 나는 그것도 괜찮겠다고 말했다. 그는 나보다 나이도 훌쩍 많았고, 그때까지 내가 만나 본 그 누구보다 못생겼으며, 더구나 그의 전공은 과거엔 물론이고 앞으로도 내가 손톱만큼도 관심 없을 듯한 분야여서, 분명 그는 매력 있는 한 인간이며 남자요 선배 한국인 유학생이긴 해도 전혀 이성이라는 긴장감이 들지 않았던 것이다. 그런데 남녀 사이의 인력 작용이란 참으로 묘한 것이어서, 아무 경계심이나 망설임도 없이 무심히 따라오는 철없는 내가 그에겐 그때부터 상큼하고 무구하게 다가들더라던가. 집 앞 편의점에서 맥주를 살 때, 안면이 있는 듯한 한국인 주인이 그에게 윙크를 던졌지만 나는 그 윙크가 무얼 뜻하는지 아무것도 몰랐다.

한인 타운 한복판에 있던 그 낡디낡은 아파트가 떠오른다. 3층으로 올라가는 가파른 층계에는 한때는 아름다웠을 붉은 무늬 양탄자가 퀴퀴한 냄새를 풍기며 깔려 있고, 다 꺼져 가는 마룻장은 발밑에서 삐걱거리며 신음소리를 냈다. 가난한 노총각 유학생의 방은 벽을 가득 메운 벽과 식기와 옷가지로 어지러웠다. 방문을 열던 그는 "이크!" 하며 문을 쾅 닫고는 나를 복도에 세워 둔채 한참을 허둥거리며 방 정리를 했는데, 인연이 되려고 그랬는지 내겐 그게 또 턱없이 귀엽게 다가들던 것이다.

그날 나의 질문에 그는 한때 사제의 길을 꿈꾼 것은 맞지만 평신도로서의 자신은 그저 주일 미사만은 빠지지 않으려는 정도이며, 주일 미사를 빠지는 것은 가톨릭에서는 큰죄에 해당한다고 설명했다. 또, 모든 가톨릭 신자들은 세례를 받을 때 성인의 이름을 따서 본명이란 걸 갖게 되는데 그의 본명은 시릴로라고 말했다. 베드로나 요한이나 바울은 나도 알지만 시릴로란 성인명은 처음 들어보는 것이었는데, 난로의 '로' 자에 인생의 무언가를 이미 많이 겪고 넘어온 듯한 그의 환한 웃음이 겹쳐져, 나는 옛날 옛적의 어느 먼 나라 성인보다는 엉뚱하게도 배가 붕긋하니 부른 따스하고 둥근 난로가 자꾸 연상되었다. 그는 또 내가 팔뚝에 드러난 상처에 대해 묻자, 주유소 사고 때 뺑소니차를 본능적으로 몸으로 막아서는 바람에 다친 훈장이라면서 "몸의 흉터는 이보다 훨씬 더 멋지고 휘황한 걸요." 하며 싱긋 웃었다. 그로부터 불과 여섯 달 만에 결혼식을 올리고 팔뚝뿐만 아니라 그의 장딴지와 옆구리와 잔등을 짓밟고 지나간 검은 자동차 바퀴 자국을 처음 보게 되었을 때, 나는 눈물을 흘리면서 오연한 정신세계의 소유자인 그가 다시는 그런 부당하고 하찮은 노동에 몸을 팔지 않아도 되게끔 발밑의 삶은 내가 책임지리라는 갸륵하고 허세 충만한 다짐을 하기도 했다. 물론 만약 내 딸 연이가 과거의 그와 같은 처지의 남자를 향해 물불 안 가리고 달려가면서 과거 내가 했던 것과 같은 다짐을 한다면 나는 분명 죽어라 뜯어 말릴 테지만 말이다.

종교란 그때의 내게는 그와의 결혼을 위해 필수적으로 건너가야 하는 하나의 징검다리 이상의 의미를 지니지 못하였다. 관면혼배에 앞서 주말마다 한인 타운 성당에 나가 교리 공부를 하면서도, 가톨릭 미사 의식은 왜 이리 엄숙하고 까다롭고 의미도 모르겠는 채 자꾸 일어났다 앉았다 해야 하는지 나는 영 낯설고 불편했다. 어서 이 과정이 끝나 아직 믿지도 않는 사도신경을 더 이상 거짓되이 달달 외우지 않아도 되기만을 바랄 정도였으니.

다만 어떻게 그가 가톨릭이 되었을까 하는 점만은 적이 궁금하고 신기했다. 온 가족이 가톨릭이고 엄마 뱃속에서부터도 이미 교회에 다녔다는 말을 듣고도 여전히 신기했다. 그때까지 가톨릭의 이미지란 내겐 어두운 낭하를 엄숙하게 움직여 다니는 검은 수단의 영화 속 사제들처럼 금욕적이고 폐쇄적이고 신비화된 것이 전부여서, 엄숙하거나 경건하기는커녕 이미 많은 것을 초탈해 버린 듯 소탈하고 호방하기 그지없는 고학생과는 도무지 줄긋기가 되지 않았다. 무엇보다 영화 속의 그 사제들은 하나같이 얼굴이 희고 잘생겼었고, 가까이로는 여러 해가 지나 한국에 돌아오면서 비로소 처음 만나게 된 그의 아버지 신부님조차도 로마 유학생 출신의 훤칠한 미남 신부였는데 반해 그는 스스로도 좋아한 별명처럼, 그야말로 킨타쿤테였기 때문이다.

그는 나의 교리 공부가 끝날 무렵 이른 저녁 미사 시간에 맞춰 달려왔다. 벼룩시장의 신발 장사라니 과연 마르크스 전공자다운 아르바이트구나 싶긴 했지만 그건 머리가 한 생각일 뿐, 낡은 청바지에 땀에 전 티셔츠 차림의 그가 땡볕에 발갛게 익은 얼굴로 헐레벌떡 달려와 옆에 앉을 때면, 나는 말쑥하게 성장한 교인들의 눈이 부끄러워 어디로든 숨어 버리고만 싶었다.

어느 날, 그가 모처럼 일찍 왔다. 장사도 안 되기에 미사라도 좀 차분하게 참례할까 하여 일찍 닫고 왔다는 것이다. 성당 안뜰에서 만나 막 몇 마디를 나누는데 때 마침 댕대앵, 저녁 미사를 알리는 종이 울렸다. 그 순간, 그가 소리 없이 성호를 긋더니 두 손을 모으고 짧은 감사 기도를 올리는 것이었다. 내 어린 날 이발소에서 본 그림 그대로 말이다. 검붉은 뺨에 소금기를 서걱이는 젊은 노동자의 기도라니, 그때의 내겐 그토록 겸손하고 아름다운 기도는 다시 없었다.

옛 생각을 더듬자 어쩐지 뱃속을 따뜻한 물이 출렁이며 흘러가는 듯한 느낌이 들었다. 나는 그의 희끗한 머리칼과 주름을 가만히 바라봤다. 그리곤 내가 아는 몇몇 기도문을 속으로 외워 보았다. 이따금 땡땡이도 쳐 가며 그의 성화에 못 이겨 주로 기계적으로 왔다 갔다 한 셈이지만, 이젠 자동으로 술술 외워지는 기도문이 생각보다 여럿이었다. 그 내용이 아직 온전히 내 가슴과 머리에 다가오지 않은들 뭐 어떠랴. 하나뿐인 딸은 멀리 있고, 더 이상 공유할 것도 별로 없어지고 사랑과 존경보다는 이제 어쩔 수 없이 점점 더 애끈한 연민의 대상이 되어 가는 옆사람과 함께할 몇 안 되는 일이 그것이라면, 그러면 뭐 굳이 아득바득 따지며 버팅길 것도 없는 게 아닐까 싶어졌다. 지금 이 순간은. 그러는 새 완강하고도 겸손한 그의 믿음이 내게 묻어와 나도 오체투지하며 스스로 투항할 날이 곧 다가와 줄지 누가 아는가.

그러니, 서로 사랑하십시오. 서로 얽혀 살아 가며, 무엇보다 오늘 함께 있음에 감사하십시오⋯⋯.

잠시 딴 생각에 팔린 사이 미사가 끝나가고 있다. 싸모바르를 품은 듯, 아니 아니 배가 붕긋하니 부른 둥근 난롯가에 앉은 듯 괜스레 가슴이 더워져 그를 건너다보니, 그는 그 언젠가처럼 두 손을 모으고 고개를 숙이고 있다. 덩달아 얼른 두 손을 모으며 나도 아멘, 한다.

황금 반지

조양희

조양희

오늘, 50매의 텃밭에다 치열한 삶의 편린들을 글로 심고 싹을 틔워 작품으로 열매 맺었다. 설레며 소작한 농사다. 가령, 일제 강점기를 지내면서 유년을 시간의 유리병에 넣고 흔들어 볼까. 책장을 넘겨 병마개를 따면 열세 살 효분이 첫 사랑의 향이 스노우 볼처럼 오글거린다.

• • •

가톨릭대 국문학과를 졸업하여 1988년 『여성동아』 장편 『겨울 외출』로 등단 후 『이브의 섬』을 비롯 4편의 장편과 『캄든 거리의 재봉틀』 등 5편 단편 출간. 친환경 도시건축 에세이로 『런던 하늘 맑음』 (시공사) 등 6편이며 그 중 『도시락편지』는 2002년부터 5학년 읽기 교과서에 『엄마의 쪽지 편지』로 수록. 2014년 출간한 아동 도서 『베드제드 가다』는 친환경 우수 도서에 선정.

그해 늦가을 저물녘, 빗물에 흐슬부슬한 과꽃들은 주변을 물들이듯 한다. 사슬랑거린 꽃대들을 멍히 바라보는 소녀가 대구에서 유년기를 보내면서 겪는 영롱한 사랑 이야기다.

1930년대 대구는 경제, 행정, 문화 도시의 면모를 갖춰 갔다. 역을 중심으로 복심 법원, 지방 법원, 시청 등 관공소와 예배당들도 솟아나고 도로변 조선은행도 우람했다. 5할 이상의 일본인들은 중심가에 모여 살았다. 그러나 조선인 마을은 애매한 민둥산을 밀고 기묘하게 이룬 언덕을 터전으로 눌러앉았다. 여기도 장은 있다. 곡식과 푸성귀와 저린 생선 따위를 팔고 짚단 밑으로 불씨가 잘 붙는 청솔도 거래한다. 소나무 송진은 전쟁 연료로도 사용하기에 아시아 전쟁 중에 송진에 젖은 가지는 눈치가 보여 거치적거린다. 장의 땅바닥은 흙탕으로 질척여 함석이나 가마니를 깔고 좌판을 여는 게 장터 풍경이다. 파장될 무렵 여남은 살의 얼굴 빛이 보유스름한 소녀가 서성였다. 꽃무늬의 흰 고무신을 신고서 진창을 기웃거린다. 우야꼬, 질색하여 그 발을 당긴다. 누군가 신을 치고 지나간 것이다. 소녀는 몸을 구부려 통치마 자락으로 고무신 꽃에 앉은 얼룩을 닦는다. 안 되겠는지 장터 가장자리로 비키는 소녀는 파랗고 반질반질한 무시가 어디있는 공 하며 냄새 맡는 시늉을 한다. 무 배추를 쌓아 놓고 고래고래 고함 지르는 아재 앞에서 오십 전이라꼬예, 흥정이다. 니가 이고 가겠나, 하며 장사아치는 무 한 개를 덧 끼워 동인다. 소녀는 개의치 않고 고개를 디밀고 무 단을 머리에 올린 후 등을 곧게 폈다. 발자국을 떼는 기세로는 자신만만한데 정수리가 눌린 성싶다고 느껴진다. 소녀는 바글거리는 장터를 벗어나며 집까지 간다는 생각만 집중한다. 시선을 눈썹 위로 물리고 발걸음을 옮기는 모양새로는 딱 사시 안이다. 바닥에 뭔가 밟힐 량이면 무 단이 송두리째 구를지 몰라 머리 위를 바싹 긴장을 할 수밖에. 귀밑머리를 종종 땋은 붉은 애기댕기가 저고리 도련 밑에 닿을 듯 말 듯 하고 빛바랜 비단 노랑 저고리의 자주 고름은 가을 석양 바람에 실려 팔랑거린다. 소녀는 팔소매가 흘러내려 팔목 살이 뽈그스름 드러났다. 두 팔은 바들바들 떨리고 황혼은 팔공산에 얹어져 싸늘하지만 그것보다 팔이 만만찮게 저려온다. 그러다 몇 발자국 못 가 비틀거리며 넘어질 뻔한다. 덤으로 받은 무 한 개가 스르르 내려와 시야를 가리더니 낯익은 전봇대를 더는 헤일 수 없다. 앗, 대롱이던 무가 그만 아래로 굴렀다. 파르스름한 무다. 버리고 갈 순 없지 아창거리며 서 있는데, 마침 효분아, 가만 있거라, 그 거 내가 들어다 줄 것이, 이리 도고. 한 소년이 그 앞으로 달려와 팔을 내미는 것이다. 이리 내라, 안 무겁나 하고 말 붙이는 소년은 검은 학생복에 고보高普라고 쓴 학생 모자를 쓰고 유인구라 쓴 명찰을 달고 있다. 효분이보다 키가 한 뼘이나 큰 인구는 이 무시 내 꺼재, 하고 습벅이며 무를 집어 올리는 것이다. 백지로, 참지 말고 이리 퍼뜩 내라 카이, 분아, 애원하는 인구에게 효분이 그라만 들어 주든지, 팔랑개비 같은 입김을 불 듯 분홍 입을 새치름 다문다. 분아, 마이 무거벗재 하는 인구는 효분이가 안쓰럽다. 그 손은 효분이 여리디 여린 팔목을 스치며 무 단을 한쪽 어깨다 메며 묻는다. 어무이 좀 어떠시노, 편찮으신데. 인구의 말이 끝나자, 효분이 방긋 한다. 어무이는 낙상하신 뒤로 허리가 삐꺽, 마이 편찮다고 할매가 카신다, 효분이 속눈썹 위로 타고 있는 석양빛이 내려왔다. 그라만, 오빠 책가방은 이리 도고. 내가 한 번 들고 싶다. 효분이 인구가 쥐고 있는 책가방을 쥐려 하자 치아라, 오빠 튼튼하다. 인구의 한 손이 효분 손을 살그니 끌어 잡는다. 오빠가 읽으락꼬, 준 책은 다 읽었재, 숙제는 꼭 해야 한데이, 말하고는 한참을 머뭇거린 후, 침을 꾹

삼키면서 분아, 니가 마이 보고 싶을 끼다 한다. 와, 그라는데, 오빠, 그게 무슨 말인공, 시내로 이사를 가는 기가, 분아 우리 꼭 만난데이. 나만 믿는다면 만나고 말고. 효분이 눈썹에 앉은 햇살을 사르르 받쳐 들고 의구심으로 인구를 올려다본다. 분이라고 부르는 다정한 오빠를 그제야 눈을 맞출 용기가 샘물처럼 고인 효분의 까만 동공은 그윽하고 해맑다. 만월처럼 커진 둥근 동공 안으로 인구가 가득 차 있다. 오빠야, 그게 무슨 말인공. 햇살을 털 듯 눈꺼풀을 깜빡였다. 저만치 잡화상점 반월당이 가까워지는 것을 보고 입을 뗀 것이다. 반월당만 돌아가면 비탈진 샛길이고 마지막 전봇대가 골목 모퉁이에 우뚝 솟는다. 송판 담 기와집은 인구 오빠 집이다. 그 골목을 돌아 막힌 곳에 해묵은 초가지붕이 효분 집이다. 동네 어귀까지 오는 동안 인구는 생각했다. 장래에 흠 없는 어른이 되기 위해 넘어야 할 운명의 산이라 깨닫지만 분이와의 이별은 힘에 부친다. 아까 오빠 말이 무슨 말이고. 효분이 거듭 묻자 이자, 우리 분일 못 볼 낀데, 인구는 이 말을 되뇌이며 비스듬히 열려 있는 판자 대문 사이로 같이 들어선다. 정지로 가야재, 무가 상하지 않게 잘 내려놓아야 할 끼구마 하며. 인구는 몸을 기울여 부엌 안으로 무 단을 살긋이 들여 놓는다. 효분이 손바닥으로 인구의 콧등에 묻은 흙을 살짝 털어 낸다. 오빠, 흙이 여기에. 잘봐라 또 있재, 효분이 두 눈동자는 보랏빛 포도 알처럼 새벽녘 샛

별같이 빛난다. 인구는 귓속말로 속삭이는 효분이 손을 다시 살며시 그러쥔다. 효분이 눈동자를 맞출 때면 가슴에서 콩닥콩닥 소리가 울린다. 오빠, 흙 묻어도 괜얀타. 무시 놓고 간데이, 인구는 기어드는 목소리를 그녀 이마에 입김으로 두고 사라졌다. 스쳐 간 순간이 꿈 같다. 한결 바람처럼 사라져 버린 인구 오빠. 아쉬움을 누르며 물동이에서 물을 떠 대야에 붓고 세수하며 손을 씻는다. 환자인 어머니 곁에는 청결해야 하니까. 마침 어머니가 분아, 부른다. 동그마니 나온 하얀 반달의 이마, 오도마한 콧등 그 아래로 보푼 효분이 입술은 정오에 피어나는 해당화 같다. 분아, 예 어무이 갑니더, 효분이 얼른 윗방 앞 툇마루에 올라와 문고리를 잡아당긴다. 어무이예, 부르셨어예. 효분이 밖에서 방문을 열고 살그머니 들어서니 안은 사뭇 어둑하고 아랫목에 깔린 이부자리만 어렴풋하다. 어머니 모습은 흐리마리 잘 보이지 않는다. 어머니는 할매 말인데, 말이 끊어졌다가 가냘픈 목소리로 할매한테 장에 가무 사 오라고 일렀는데 돌아왔는지 여태 모르겠구나 한다. 어무이, 무시는 내가 한 단 사 왔심더, 퍼떡 가서 할미 불러 옷까예, 어린 것이 무 한 단을……. 어이구……, 허리야……. 어머니의 아픔은 자신의 고달픔처럼 그 전율이 전신 뼈마디로 들어온다. 그런데, 이불을 들썩이면 설핏 피 냄새가 나곤 하는데, 젖 할미는 이틀 간 저녁을 물리고 피 빨래를 하였다. 어머니의 꾸덕한 월경대를 치대고 희읍스레 삶으며 시부렁 혀를 끌끌 찼다. 끓는 물에 삶아 내어 빨랫방망이로 서너번 토닥 치면 어떤 자국도 남을 리 없다. 허리를 삐꺽 하다 보면 속이 놀라 월경을 거슬고 하혈할 수 있겠지. 할미는 어머니 유모다. 어머니 강보에 쌓였을 적부터 자신의 젖을 어머니에게 먹이고도 깊은 사연과 함께 고락의 세월을 나눈 외할미 같은 젖할미다. 얼른 일어나야지. 할매가 넌덜머리 나겠지 싶으다며 어머니는 말한다. 얼굴에 코가 오뚝 서고 눈꼬리가 깻잎 같으며 어머니 입은 효분과 닮았다. 이리 아랫목으로 내려오너라 분아, 어이구, 이 손 좀 봐라, 어머니는 모로 누워 효분이 까칠한 손등을 쓰다듬으며 혀를 끌끌댄다. 무 한 단을 이고, 머리 잔등에 불 안 났나 보자, 어머니 손바닥으로 효분 머리를 살살 문지른다. 보자, 내 손은 약손이다. 뒤통수와 목줄을 어루만지는 어머니 손은 따습다. 문득 장판에 닿는 곳이 차다 생각이 들어 어무이, 아랫목이 찹네예, 불 쪼매 지필까예, 할매가 와서 저녁 할 때 고래에 불을 밀어 넣겠지, 저녁 때가 넘었는데예, 밥 할랍니더. 효분은 못에 걸린 행주치마를 당겨 허리춤에 두른다. 부엌 사이 쪽문을 밀고 내려와 바가지를 찾았다. 쌀독 뚜껑을 연다. 손바닥으로 쌀을 싹싹 긁었다. 한 바가지가 못 되는 쌀바가지를 들고 마당으로 나간다. 인구 오빠네는 미곡상을 경영한다. 장에는 싸전이 있고 시내 중심 거리에는 미곡상회까지도 가지고 있어 알부자로 소문이

자자 하다. 효분이 쌀독은 바가지만 닿아도 쟁그랑거린다. 아롱다롱 과꽃 송이들이 무리져 피어 있는 수채에서 쌀을 씻고나서, 뒷문에 맨 새끼줄을 쳐다본다. 통보리밥을 담은 대소쿠리가 걸려 있다. 주걱으로 두어 번 퍼 바가지에다 섞었다. 흰쌀밥은 생각도 못할 일이라 꽁보리밥보다는 양반이다. 쌀을 솥에 넣고 손목으로 물이 잠기면 넘치는 양만큼은 덜어 낸다. 쌀물에서 오빠 얼굴이 빙그레 흔들린다. 아궁이 안으로 덜 마른 청솔가지가 뭉긋이 연기만 뭉개뭉개한데, 효분의 눈살은 잔득 짓무르며 입도 여덟팔자 벌어진다. 손에 쥔 부지깽이로 불씨를 찾느라 요리조리 헤칠 때면 오만상 다 구긴다. 기침을 캥캥 하고서야 아궁이에서 바삭거리며 불씨가 탄다. 마침내 작고 작은 별 씨앗 같은 별똥별들이 투투 튄다. 효분이 눈썹 사이가 벌어지고 손길이 부산하다 싶더니 헴, 헛기침이다. 헴하고 헛기침이 불시에 튀어 나오면 어머니 꾸중이 내린다. 그 소리만 들으면 나쁜 버릇을 고치지 않는다고 역정이다. 헛기침을 하면 깜찍하고 고집이 센 계집아이라고 남들이 흉을 본다 하였다. 어머니가 좋다. 꾸중을 해도 역정을 내도 좋다. 어머니의 젖꼭지를 물고서 눈 마주쳤을 때부터 느꼈던 것이리라. 자비어린 눈동자 저변에는 다시 없는 기쁨을 심는 원동력이 출렁이기 때문이다. 효분이 지금도 어머니가 자랑스럽다. 무슨 사연으로 내 아버지, 지아비를 잃은 딱한 내 어머니, 미모에다 창창한 날들을 흡족히 보내기가 홀약하지 않을 것이다. 효분이 생각은 다시 인구 오빠에게로 온다. 한동네에서 진실하게 자기를 보살펴준 자상한 오빠가 고맙기 그지없다. 오빠는 배우고 난 교과서들을 효분에게 죄다 물렸다. 더더욱 책을 깨끗이 사용하여 새책 같다. 꼼꼼하게 정리한 공책까지도 챙겼다. 효분이 여의치 못하여 학교에는 못 가지만 인구는 효분의 딱한 환경을 마음 깊이 새겨 두기에 교과서를 즐거이 물려 주는 것이다. 효분이 웬만한 보통 학생보다 영특하다. 효분의 노력도 만만치 않고 인구의 살핌은 효분에게 배움의 열정을 일으키는 데 큰 힘이 되었다. 만약, 만약에 앞으로 오빠를 바라보는 기회가 없다면 허허하고 참담할 것이다. 오빠에게 물려받은 책 중, 역사책을 살피면 기발한 상상력과 흥미를 품게 한다. 조선은 지구 끄트머리에 자리하고 있다는 것, 나아가 반구의 얼음집의 에스키모 마을들로 지구 북반부를 자리하고 있다는 지리와 역사적인 사실도 알게 되었다. 북극과 남극은 여태 미지의 비밀에 묻힌 신비의 땅이 버티고 있다는 것과 오빠가 물려준 교과서를 받기 전엔 몰랐던 지식들이다. 국어가 사라지고 일본어를 조선의 국어다 강요하며 일본 교과서를 깨우치는 것은 우리 민족의 깊은 상처라는 것도 느껴졌다. 조선은 세계에서 소외되었고 일본국의 침략을 당하고도 주저앉아 있다는 것에 분노를 금치 못한다. 효분이 식민지의 상처 많은 우리 조선 민족에게 횃불 같은 역할을 하고 싶다.

어스름은 초가지붕을 훑고 내려와 멍석 모양으로 마당을 어슬어슬 덮는다. 효분이 눈길은 부엌의 모지랑 비 곁으로 둔 무 단에가 멈춘다. 저 무시 가지고 국 끓여야지, 말은 그렇게 해 보지만무를 어떻게 다뤄야 할지 망설여진다. 할매는 어디 갔는공, 입에서 뽀얀 한숨이 새어 나온다. 분아, 어머니가 부르는 소리에 움칠하며 예, 어무이. 할매는 어디 있는지 모르겠니. 예. 어머니는 앓는 소리로 걱정을 한다. 아궁이로 솔가지에 불꽃이 힘을 가해 타는 소리가 탁탁거린다. 그러다 어머니의 신음소리와 한숨이 그대로 효분이 가슴 폐부를 뚫는다. 그 신음소리에 지동 같은 한숨을 몰아쉬게 되었고 마음에 비친 어머니의 수심과 슬픔의 근원을 알수만 있다면 좋으련만. 그때 판자 대문 소리가 났다. 효분이 할매하고 뛰쳐나가 젖할미의 치맛자락을 붙잡았다. 분아, 저리 비키라보자, 이거 좀 내리구로. 할미의 치맛자락 잡은 손을 놓고 뒤로 물러서서 할미 거동을 살펴본다. 머리에 잔뜩 이고 또 한아름 안고온 것을 아랫방 툇마루에다 내려놓은 할미는 긴 숨을 내려 쉰다. 몇 포기의 배추와 여러 개의 무를 새끼로 묶은 것과 묵직한 쌀자루다. 할매 이거 다 누가 준 것고. 효분이 묻는데 할미는 옷을 툴툴 털더니 어무이 뭣 좀 해드릿나, 효분이 고개를 살랑거리는 것을 보자 할미는 혀를 끌끌 차며 부엌 쪽문을 열고 아가씨, 내 어디 좀 갔다 왔구마, 곧 저녁 해가지고 들어갓거시. 말하더니 소매를 둥둥 걷는다. 아가 니는 불을 달아 도고. 효분이 쪽문을 열고 방으로 들어가 어무이 전등불 내 갑니데이, 효분이 먼저 전등에 달린 똑따기를 눌러 전구 알을 밝힌다. 조심해라 다마 터질라. 예, 어무이. 한 손으로 전구를 꼭 거머쥔다. 다른 손으로는 전깃줄을 부엌 기둥 대못에 매다는 효분은 부엌에 있는 할매가 그지없이 고맙다. 이래, 환한 걸 가지고 와 진작 전깃불을 키지 그랬노. 할미는 줄곧 중얼대며 그 사이 국을 끓여 내고 배추 속과 싹독싹독 무생채를 썰고 버무려서 오목 중발에 담고서야 허리를 엇비뚜름 편다. 가물치나 한 마리 푹 과 잡사야 회복이 빠르고 기운을 차리실 낀데. 할매 가물치가 뭣꼬. 얼라 놓고 산후조리 시, 그게 최고 아이가. 어머니가 얼라를 왜 놓노, 허리를 삐꺽 하신 기지, 효분이 묻는다. 할미가 혀를 날름하다 손바닥으로 입을 가린다. 마치 비밀을 털고 난 것처럼, 할매, 하며 효분이 할미가 입을 틀어막는 손을 끌어당겼다. 어무이가 어디 아픈데에, 허리가 아프신데에, 효분이 재차 묻고 할미는 말머리를 돌렸다. 인구네 할매가 주더라. 이걸 다? 쉬잇, 가망가망 말해라. 어무이가 들으실라. 그 집에 김장 하길래 내 거들어 안 줬나. 그라만, 가물치는 어데 있는공, 효분이 궁금하다. 산후조리라고. 효분은 알 수 없어 고개를 살랑거린다. 동문시장에 가도 팔 끼인데. 동문 장은 일본인들이 살고 있는 시

내 중심부다. 할미는 밥상을 들고 방으로 들어가며 이른다. 아가, 쪼매 나가서 바둑이 불러오너라. 할미는 어머니캉 이바구가 있을 량이면 꼭 바둑이를 들춘다. 효분이 긴 전깃줄에 달린 전등을 도로 방에 달아 놓고 호롱을 부엌 살강에 둔다. 혹여 내가 엿듣기라도 한다면 마음 상할 일이라도 있단 말인가, 얼라 때문인공, 심상한 일이 있긴 있는가 배. 판자 대문을 밀며 삽작으로 나왔다. 바둑아 하고 외치며 저기 절마당으로 가 봐야지. 인구 오빠가 이 길로도 잘 다니니까. 저녁 으스름 물감이 풀어진 절 마당에는 놀고 있는 아이들도 온데간데 없고 지나가는 사람조차 눈에 띄지 않는다. 절 지붕 기와 속에서 옹크리고 있던 냉기의 서늘한 바람이 수잔하게 밀린다. 오빠야, 분명히 인구 오빠가 저만치에서 달려오지 싶다. 분이가, 이럴 때일수록 서로 마음이 통하여 한 마음이 되는 게 아닌가 하고서 신비한 이끌림이라 생각한다. 쓸쓸한 절 마당을 질러 가 오빠에게 덥석 안기고 싶을 정도로 반갑다. 아까 오빠에게 뭔가 석연치 않아 우리의 장래가 퍽 궁금했다. 효분아, 여기 와 나와 있노, 추분데. 내는 분이 집으로 가던 참이라 인구 오빠는 말을 잇는다. 이거 줄라꼬. 보자기의 무직한 무게가 효분의 팔에 와 닿는다. 헌책이라 생각 말고 단디 읽고 복습하거라. 크레용도 같이 넣었다. 내가 보고 싶을 때 그림도 그리구로. 분이는 아직 나이가 있으이까네 내가 일본으로 건너오라 할 그때까지 공부

단디 해 두거라, 열다섯 살이 되면 보통학교 졸업 시험을 보거라, 그라만 일본으로 건너와도 거기 고등학교에 입학을 하면 바로 될 끼다. 어둠 속에서 효분이 두 눈동자는 창공의 샛별보다 더 반짝인다. 그런데 인구는 고개를 끄덕이는 효분의 손에 뭔가 쥐어 주는 것이다. 이게 뭔데, 내 어무이 가락지다. 5년 전 폐병으로 돌아가실 때 내게 물려주신 기라. 내 색씨 주라 하몬서. 또 한 개는 쌍가락지라 아버지가 가지셨다. 효분이 가슴에서 소북 치는 북소리가 둥둥 난다. 몸이 달아올라 숨은 겹으로 차서 터질 것만 같다. 반지락꼬. 그래 우리 약속의 반지다. 오빠의 간절함이 묻어 온다. 당장 헤어져 있는 기 힘은 들어도, 어른이 되는 후재에 이해하게 된다, 그 눈부신 날을 위해서다. 단디 챙기라. 그동안 소소하게 챙겨 준 것만도 고맙기 그지없는데. 효분이 오빠의 사랑을 가슴속 깊은 샘에서 공글렸건만 하고 생각한다. 분아, 내는 내 달에 일본으로 떠날 낀데. 분이는 2년 후에 건너오너라. 효분이 설령 아니길 바라고 바라는데도, 그만 참으려는데 울컥 한다. 분아, 니 나이에 학생 아니몬, 지금 만주전쟁이라, 만주 방직공장으로 돈 벌러 소집해 데리고 간다더라. 그라이, 분이는 건너와야 방직공장 안 끌려 가고 오빠 만나는 기다. 분아 니 우나, 어? 절 마당 위로 아득히 창공을 뚫은 서너 개의 총총한 별들은 사연을 아는지 모르는지 파르르 떨고 있다. 분아, 약속하제? 내가 편지 줄 것이. 효분이 눈물이 턱밑으로 흘러 젖는다. 사위가 어둑하여 눈물어린 효분은 흐미끄레할 뿐, 슬픔 속의 이별은 말만 들어도 저미며 멍멍하다. 분아, 상황이 전쟁 중이고 차마 너를 두고 간다는 게 맘 부서진다. 그라고 어수선한 시기라, 아무데나 오라 칸다꼬 제발 쫓아가지 말거라. 나도 분이 보고 싶을수록 공부할끼다, 신신당부가 잠시 멈춘다. 인구는 효분의 귀밑 땋은머리 댕기를 살짝 제쳤다. 슬픔으로 젖은 분이를 달도 없는 별빛에 비춰라도 보고 싶어 머리를 매만지며 쓸어 본다. 다시 입을 떼고 내 달 간다 해도 열흘도 못 남았데이 한다. 옷고름에다 눈물 적시는 효분이 파도치는 어깨를 애써 누른다. 오빠 떠나몬 심심할 낀데. 바보야, 심심만 하나, 쌔가 빠지도록 보고 싶을 낀데. 효분이 고개를 끄덕끄덕 분명 그럴 것이다 여겨진다. 오빠를 사모하고 있어서인가, 예측 못한 이별, 같은 마을에서 든든히 버팅겨 주던 오빠를 지팡이로 삼고 의지하며 즐거웠던 날들, 충격은 그 이상의 아픔이다. 달리 말을 잃고 있는 효분에게 인구는 얼굴 좀 들어봐라, 니캉 당분간 못본다 생각하이 내 뼈 살이 오그러든다. 분아. 인구는 효분의 볼위로 뜨거운 입술을 갔다 댔다. 니, 보고 싶을 낀데. 짭쫄한 눈물이 입술 혀 끝으로 새어 들어온다. 눈물 맛이다. 효분의 볼 위에 입술을 포갠 채 이대로 바윗돌이고 싶다. 분이를 품으로 끌어안아서 슬픈 생각은 접는다. 분아, 고개 들고 오빠 좀 보거래이. 우리 아직 어려도 감정은 나이랑 무관하데이. 오빠도 처음이라 떨린다. 우리 접문 하자, 입맞춤. 얼굴 들어 보래이, 효분이 기다린 듯 얼굴을 들고 오빠에게 내어 맡긴다. 인구는 보드럽고 즙즙한 효분이 볼을 부비며 깊이 숨겨 놓은 효분의 그 흐벅진 입술을 더듬는다. 둘은 격렬하고 뜨거운 입김을 부볐다. 열열히 사부적거림 후에 앗, 아프다, 깨물린 효분이 모기 소리를 낸다. 미안타, 고마 니를 묵고 싶어서, 인구가 고개를 들고 효분을 본다. 그들을 두루고 있는 어둠의 베일은 서로를 묶는데 인구는 그 혀로 효분이 입술에 자꾸 바른다. 미안타. 절 마당 돌계단 위로 효분이 깔고 앉은 책들이 층계로 미끄러졌다.

절 마당에서 돌아온 효분이 살강 밑에서 무지러진 손 면경을 꺼냈다. 뒤집힌 멍게처럼 볼그름 보푼 입술은 호롱불에 비치는데 마치 향긋한 작약 향이 부엌 사위로 번지는 것만 같다. 오빠의 뜨거운 혀가 효분이 입술을 몇 번이나 가져다 대며 건네 준 이 반지를, 허리춤에서 끈 풀어 가락지에 꽈 매듭으로 묶는다. 효분은 한 손의 약지를 조용히 꺼내어 살폈다. 고요한 눈물은 반지를 녹일 듯 그 위를 적시며 떨어진다. 오빠 마음의 반지가 아궁이 불빛에 서려 황금 반지로 이글거리며 타고 있는 것이다. 콧물은 흐르고 숨을 길게 뽑아 내며 어떤 표적보다도 위로가 될 것 같다고. 젖할미는 어머니를 자리에 뉘는 모양이다. 하혈이 여태 비치구만. 얼라가 고마 떨어져 없어졌으이 애기씨 맴 단단이 묵고예, 일어서실 끼구마. 효분이 흐르는 눈물이 매여져 할미 씨부렁대는 소리가 멀다. 황금 반지는 빛나는데.

할미가 구해 온 가물치를 솥에다 콩물처럼 뽀얗게 고아 뼈까지 바심질 하며 먹은 그 이후로 어머니 화색은 날로 곱다. 한동안 머쓱하던 어머니 미소는 일품이다. 미소 지을 때면 입 언저리에 볼우물이 쏙 파인다. 근래 들어 어머니가 더욱이 사랑스러운 여인이라 여겨진다. 그런데, 가물치가 온 그 즈음이 되려나, 어머니는 약지에 뜬구름 없는 반지를 끼고 있는 것이다. 그것도 효분이 허리춤에 품고 있는 것과 똑같은 가락지다. "또 한 개는 아버지가, 어른 되면 분이에게 줄 것이." 오빠의 말은 가슴에서 서리 맞은 호박순처럼 뻗친다. 인구가 떠난 두 해 늦가을은 저물고 담 밑 잡초가 들쑥날쑥하여 어슴푸레하다. 효분이 고요에 잠긴 채 가무끄름한 장독대를 오빠인 양 바라본다. 이엉으로 흐르는 빗물은 물통으로 똑똑 떨어지는데, 송곳으로 가슴을 찌르는 오빠 그리움은 뼈골로 파동친다. 빗물에 알롱달롱 과꽃들의 꽃대들도 기를 꺾인 채 일렁이고, 시든 꽃물을 들이는 양 가랑거리며 장독을 쓴다. 쟁강거리던 빈 쌀독에 쌀이 채워질 때면 혹부리 같은 의구심이 커져 간다. 마을 싸전과 어머니 반지와는 무슨 일일까. 지아비가 없는 내 어머니의 반지를 보면 독 품은 복어처럼 의혹으로 부풀어

오른다. 이러다가도 효분이 꽈리 불 듯 입술 거스러미를 자근자근 깨물었다. 분아, 어머니 소리에 예, 어무이 하며. 아궁이 장작불은 도깨비 헛바닥처럼 너불거리는데 효분이 황금 반지를 끌어 매고 오빠 품듯 품는다.

웃음

노순자

노순자
아프면서도 웃음으로 떠오르는 이들,
그 영혼의 눈부심이 고맙고 아프고 따숩고 눈물겹다.

• • •

1974년 『여성동아』 장편소설 공모 당선. 『현대문학』 추천 완료, 소설집 『타인의 목소리』(1974), 『몽유병동』(1979), 『산울음』(1989), 『사춘기』(1989), 『진혼 미사』(1990), 『누이여 천국에서 만나자』(1991), 『백록담 연가』(2000), 『초록빛 아침』(2002), 『마음의 물결』(2002), 『기억의 향기』(2010) 등이 있고, 한국소설문학상(1990), 펜문학상(1998), 월간문학 동리상(2002), 손소희문학상(2010), 한국가톨릭문학상(2012) 등을 수상했다.

선배를 따라 나선 것은 반은 직업 의식이고 반은 우격다짐이었다.

　서울 복판 세검정 산동네의 그곳은 세상에 속해 있는 곳이면서도 세상이 아닌 듯하였다. 회원들은 배낭에서 허름한 작업복과 목 긴 장화를 꺼내 아주 삽시간에 갈아입고 신었다. 지수도 선배가 건네주는 대로 장화를 신고 고무장갑을 꼈다. 지수는 예비자 신참 회원으로 소개되었고 그 또한 우격다짐이었다.

　"빨래를 세탁기로 안 하고 손으로 해?"

　선배가 쿡 찌르는데 실눈의 아주머니가 설명한다.

　"세탁기로 하면 이렇게 많은 인원이 올 필요가 없지. 자, 이걸 봐요. 이런 덩어리를 어떻게 세탁기로 하겠어."

　"그게 뭐예요? 아 냄새."

　빨래를 비눗물에 담그기 전 오물을 털어 내는 과정에서 멋모르고 누런 덩어리를 확인하려던 지수는 코를 쥐며 물러섰다. 신체적 정신적 중복 장애를 가진 이들이 나이와는 상관없이 보살핌을 필요로 한다는 점에서 어린애들과 크게 다르지 않다는 걸 10년 경력의 월간지 기자는 헤아리지 못했던 것이다.

빨래 봉사는 성서 공부도 좋지만 일 년에 한 번쯤 복음 정신을 실천해야 하지 않겠냐는 말이 씨가 되었다고 한다. 엊그제 시작한 것 같은데 어느덧 7년이 되었고 1년에 한 번은 봉사가 아니라 생색이나 내겠다는 것이니 거절이라는 수도원 처사에 오기傲氣로 시작한 것이 월례 행사가 되었다는 얘기다. 수사들이 운영하는 장애 시설은 성당에서 소개해 주었다.

"말이 봉사지 실은 우리가 복을 받으러 오는 거라우. 하느님께서는, 누구에게는 복을 주시고 누구에게는 안 주시는 게 아니거든. 누구한테나 골고루 똑같이 주시는데 받는 사람의 그릇이 다른 거지. 접시 같은 믿음, 간장종지만 한 믿음, 사발만 한 사람, 함지박만 한 사람. 각자의 믿음만큼 받는 거예요. 복을 못 받는 건 믿음 부족이라는 걸 여기 다니면서 절실하게 실감해요. 전엔 노상 툴툴거렸지. 하느님은 왜 나한테만 복을 안 주시냐고. 여기 와 보니까 받는 사람의 문제인 게 보여요. 아마 7년 동안 꾸준히 계속할 수 있는 것도 성서 공부로 내면이 다져지면서 실천을 하기 때문일 거예요. 무엇보다 수사님들이 대단하시거든. 오픈된 상황에서 장애자들 데리고 씻기고 먹이고 입히면서 사시니까. 우리는 고작 한 달에 한 번 와서 대여섯 시간 정도 빨래나 하고 가지만 수사님들은 생활이시잖아. 그야말로 멀쩡한 꽃미남 수사님들이 밥 한 숟갈 제 손으로 못 떠먹는 장애자들 거두며 사시려니 오죽 하겠냐고. 천사들이 따로 없지. 처음엔 봉사라니까 내가 뭔가를 해주는 걸로 알았는데 천만의 말씀이더라고."

머리를 커다란 검정 장미로 묶고 가슴에도 헝겊 꽃을 단 선배의 친구 은목의 얘기였다. 인원은 연세 지긋한 아저씨가 세 분 여회원이 다섯 명이다. 쌓인 빨래가 엄청나지만 손이 많으니 산더미 같은 빨래거리가 쑥쑥 줄어든다. 선배가 땟국과 비눗물을 말끔히 헹구느라 시간을 끌자 삶아야 하니 애벌빨래는 대충하라고 누군가 일러준다. 선배는 성서 공부는 오래했지만 봉사활동은 얼마 안 되었단다. 그들은 나이 상관없이 서로를 형제자매라며 영세명을 부르는데 지수는 그게 근질거린다.

애벌빨래를 마치고 일일이 비누를 칠해서 빨래 솥에 고르게 펴앉혀 가스 불에 얹은 후엔 장애 아이들을 씻기거나 얘기를 들어주거나 바느질할 것들을 만져 준다. 놀림깨나 받는 은목의 휴대전화가 거의 3분 간격으로 운다.

"어서 받지 뭐해? 안드레아 숨 떨어지겠네."

"일하는 줄 알지요. 내가 자기만 보러 온 것도 아닌데."

"속으론 애가 타면서 내숭은. 그러지 말고 어서 가 봐요."

"누군 좋겠다! 님도 보고 뽕도 따고!"

지수는 잘하면 취재가 되겠다는 욕심을 부리며 은목 옆을 지킨다. 그러잖아도 선배의 우격다짐 속에는 친구 걱정이 먼저지만 미담 기사로도 쓸만하다는 언질이 들어 있었다. 예비자 신참 회원이라니 이러다 코를 꿰고 말지 하면서도 차츰 물 위의 기름 같던 거북스러움이 적어진다.

다시 은목의 휴대전화가 울자 까르르 웃음이 터진다. 은목이 무안도 안 타고 따라 웃는다. 그가 성서 모임에 들어오면서 빨래 봉사가 시작되어 봉사 동아리 멤버 중엔 고참이란다. 취미로 만드는 헝겊 꽃을 옷깃에도 장식하고 머리에도 달고 실내장식에도 활용해 인기가 높더니 로맨스의 주인공이 되었다. 은목은 곱상한 용모에 말도 조근조근 잘하고 성격도 밝고 상냥해 보인다. 대체 선배가 무엇 때문에 그리 걱정을 하는지 아직은 감이 안 잡힌다.

"날 성모님처럼 봐 주는 사람인데 어떤 땐 하루에도 몇 번, 어떤 땐 며칠 만에 한 번 그러니까 누군가 휴대전화를 가지고 봉사 오면 그 휴대전화로 걸어 달라고 부탁해서 사랑을 고백하는 아저씨예요. 처음엔 황당했는데 이제는 아무렇지도 않아요."

지수를 바라보는 눈은 담담한데 살짝 볼을 붉힌다.

"어떤 분인데요?"

지수가 관심을 보이자 망설임 없이 설명한다.

"전혀 움직이지를 못해요. 척추마비라 목을 못 움직여서 사람을 거울 속으로 비쳐서 봐요. 거울 속으로 시선을 마주치고 표정을 읽으며 대화를 하는데 정신은 아주 말짱하고 굉장한 독서가고. 얼마나 해박하고 까다롭고 예민한지 말도 못해요. 몸만 그렇지 정신 세계는 아주 풍부하고 화려하고 찬란할 정도죠. 호호. 얼굴은 차인표를 닮았고. 이따 같이 가 봐요. 전화 하나를 맘대로 못하고 누워서만 살지만 장난꾸러기예요. 내 몸의 힘과 자유를 반만 나눠 줘도 좋으련만. 호호."

헛웃음에 애절함이 느껴져 공연히 지수의 가슴이 찌릿해진다. 장애인들보다도 은목에게 궁금증이 쏠린다. 숙소는 기숙사처럼 복도를 사이에 두고 여러 명이 거처하는 넓직한 방들이 있고 한둘이 거처하는 작은 방도 섞여 있고 봉사자와 수사들의 방이 붙어 있다. 안드레아의 방은 초입이다. 들어가려다 은목이 속삭인다.

"여긴 아래 옷 벗은 분들 많으니까 놀라지 말아요. 사내아이들 기저귀 덜 쓰려고 벗겨 놓는 셈 치면 되요. 본인들이 아무 의식 없이 담담하니까 일쑤 벗기도 하고. 처음엔 민망한데 차츰 익숙해져요."

지수는 알아요라고 가볍게 응대한다. 경험이 있다. 시골 장애인 시설에 갔을 때, 견습 뗀 지 얼마 안 돼서였다. 비포장 도로를 한참 달려 숲속 외진 시설에 들어섰을 때 아래를 벗은 우람한 남자가 어정어정 걸어 나와 혼비백산했다. 나중에 알고 보니 마구 벗어 대는 남자들은 그리 천진무구할 수가 없지만 좀처럼 적응할 수는 없는 일이었다. 선배가 그때 적응 안 되는 게 정상이지 남근을 덜렁이는 사내들 나체에 익숙한 거야말로 애브노멀이라고 해서 사무실이 뒤집어질 뻔했던가.

침대에 벗은 남자가 누워 있고 방바닥에는 뇌성마비로 보이는 청년이 머리와 팔을 흔들며 찡그리듯 전신의 웃음으로 반긴다. 이제 뇌성마비는 지수에게 낯설지 않다. 그들은 사지가 멋대로 흔들리고 발음이 덜 명료하고 대화에 시간이 걸릴 뿐 전혀 이상한 게 아님을 익히 안다. 청년과 눈을 똑바로 맞추고 천천히 반갑다고 악수를 하며 이름을 말하자 그는 수줍어하면서도 몹시 기쁜 듯 제 이름을 밝힌다.

"베드로 씨 뭐 했어? 우리 안드레아 이불 좀 덮어 주지."

지수의 인사에 기분이 좋아진 그가 여전히 지수를 바라보면서 띄엄띄엄 머리와 손을 흔들며 전한다.

"은목 씨 안 와서 안드레아 화났어요. 화나서 이불 안 덮어요."

말이 어눌하고 동작이 부자연스럽지만 베드로는 전신마비의 안드레아에 비하면 정상인에 다름 아니다. 그래서 베드로는 누워서만 살고 있는 안드레아의 일차적인 보호자랄까 간병인인 셈이기도 하다.

은목은 안드레아에게 붙어 앉아 어린 아이 달래듯 오늘은 인원이 적기 때문에 빨래에 빠질 수가 없어서 옆에만 있을 수 없다고 양해를 구한다. 대꾸는 없는데 은목은 그동안 잘 지냈냐며 이불은 홑이불이 좋으냐 겹이불이 좋으냐 자상하게 묻고 있다. 아닌 게 아니라 그는 손바닥만 한 거울 속으로 눈동자만을 굴린다. 지수가 거울 속 그의 시선에 눈을 맞추고 안녕하세요, 지수라고 해요 인사하자 그도 쉰 듯한 목소리로 안드레아라고 한다.

"우리 안드레아 씨 많이 피곤하구나 목소리가. 피곤하면 말 안 해도 돼요. 안 보는 동안 더 미남 됐네. 이불 안 덮는 게 좋아요? 그래도 오늘은 새 친구 왔으니까 얇은 거 하나 덮어요. 안 무겁죠? 밥은 먹었어요?"

안드레아는 대답을 하는 둥 마는 둥 새 얼굴 지수에게 관심을 보인다. 쉰 듯한 목소리에 힘을 싣는지 그러잖아도 아기의 분홍색 피부를 닮은 얼굴이 조금 더 붉어진다.

"신입 회원이십니까? 이렇게 만나게 되어 부끄럽습니다. 저도 한때는 사지가 멀쩡한 대한민국의 청년이었지요. 군복무도 마쳤습니다."

"아이고, 지금도 내 눈에는 우리 최성준 씨 사지 멀쩡하고 정신은 세상에서 최고로 풍부하고 멋진 꽃미남이라니까 내 말을 안

믿네."

은목이 거울에 잘 비치도록 지수를 침대 앞 의자에 앉히고 거울의 각도를 맞추어 준다. 거울에 비치는 안드레아의 눈빛이 섬찟하도록 맑다. 그리 맑을 수가 없다. 검다 못해 푸른빛이 도는 듯한 눈빛이 깊다. 세파에 시달리지 않은 탓일까. 약간 쉰 듯한 목소리도 분홍색 피부처럼, 표정처럼 곱고 연하다. 은목은 차인표를 닮았다는데 지수 보기엔 아니다. 그래서 제 눈에 안경이라는 말이 생겼는지 모른다. 차인표를 닮은 건 아니지만 아주 가냘프고 여리고 아이 같은 그가 드물게 곱상하고 식물성의 순수함이 느껴지는 건 사실이다. 그 독특한 아름다움은 동작을 잃어버린 채 영혼만으로 사는 때문일까.

안드레아가 붕어회를 먹어 보았냐고 엉뚱한 질문을 한다. 고개를 젓자 어느 사람이 붕어회에 가자 해서 먹어 볼 욕심으로 따라갔다가 예수님께 반해 목사가 되었단다.

"그럼 그 붕어회에 예수님이 오셨단 말예요?"

은목의 반문에 안드레아가 능청스레 해명한다.

"부흥회를 붕어회로 잘못 들었다잖아."

은목도 지수도 웃음을 터뜨리고 베드로도 크게 웃는다. 성준이 말을 잇는다.

"그래서 그 목사는 붕어회 먹으려다 예수님 빤쓰 빨면서 산대."

"뭐라구요? 그게 무슨 소리야?"

성준은 시침을 떼고 베드로가 손과 머리를 마구 휘저으며 하는 설명은 '예수님 말씀 따라서'를 그리 말한다며 다시 전신으로 웃는다.

방을 나오면서 은목이 한숨을 쉰다.

"오늘은 몸이 더 오그라든 것 같아요. 밥알 씹는 힘이 있다 없다 하는 게 저 이의 컨디션 기준이니까. 보통 사람 아니 장애 가진 사람 중에서도 심하죠. 몸만 저런 게 아니라 예민하기로도 둘째 가라면 서러운 사람이에요. 이불이 아주 얇은 것부터 밀리미터 차이의 두꺼운 순으로 일고여덟 장 돼요. 그걸 온도에 따라 바꾸어 덮어야 해요. 워낙 힘이 없으니까 아주 가벼운 무게도 감당을 못하죠. 이불이 무거우면 온몸이 저리대요. 근데 그걸 남의 손 빌려 덮어야 하니 얼마나 힘이 들어요. 그래도 오늘처럼 골내는 건 드물고 대개는 아주 명랑해요. 맨날 웃고 살아요."

성준의 사랑은 아마도 이불 때문일 거라고 은목은 회고한다.

재봉사 은목이 기저귀를 만들어 줄 때 안드레아는 유난히 딱지를 놓더란다. 보통 길이가 60센티인데 안드레아에겐 58센티가 맞더라는 것. 재료는 병원에서 기증해 주는 낡은 침대보를 사용하는데 두께도 보통이 네 겹이면 안드레아는 세 겹으로 만들어야 맞더라는 것. 그런데 규격이나 크기가 잘못되면 마구 화를 내고 시위에 들어간단다. 그의 시위는 알몸으로 아무것도 안 덮고 안 먹는 것으로 어서 감기 걸려 하느님 앞으로 빨리 가고 싶은 때문이라고.

은목은 가벼운 무명이나 누비 천을 사다가 만들어 주었는데 사람 성의도 모르고 걸핏하면 퇴짜를 놓아 애를 먹었다. 하도 퇴짜를 맞아서 일부러 5밀리 두께로 누빈 것 중 가벼운 천연섬유를 찾아 시장을 헤맸는데 너무 비싸서 망설였노라고 지난날을 더듬는 표정이 된다. 그런데 어느 순간 예수님 이불을 만들어 드린다면 가격을 따질까 싶어 눈 딱 감고 비싼 본견 명주를 사다가 원하는 사이즈로 재단해서 정성을 다해 만들어다 주었더니 불평이 없더라는 것이다.

"우리 집엔 저이한테 퇴짜 맞은 이불이 수두룩해요. 겹치고 이어서 내가 쓰죠. 그리고 차츰 불평하고 퇴짜 놓고 그러는 게 반가워지더라고. 수사님 말씀이 전엔 통 말이 없었대요. 움직이지 못하니 주면 주는 대로 먹고 덮고 하는 게 당연한 줄 알았는데 내가 봉사 다니면서부터 얘기도 하고 부탁도 하고 사람이 달라졌다네요. 나는 진심으로 안드레아가 덜 불편하기를 바라니까 마음에 들 때까지 말하라고 했거든요. 본견 명주나 유똥이 비싸도 내가 다른 가족이 있는 것도 아니고 못할 게 아니더라고. 저이가 조금이라도 안 아파하면 난 그것으로 좋으니까."

전용 재봉사처럼 까다롭게 구는 그에게서 어느 날 휴대전화로 전화가 왔다. 그라는 건 낯선 번호와 숨소리로 안다. 봉사 오는 사람들 휴대전화 빌리고 손도 빌려서 귀에 대주어야 하므로 여간 복잡한 순서가 아니다. 그에게서 오는 전화는 대부분 기저귀가 크니 작게 해달라 이불이 무거우니 가볍게 만들어 달라 거즈 수건이 떨어졌다 등의 타박 섞인 잔소리가 대부분인데 그날은 한참 아무 말이 없다.

"안드레아 씨? 바실라예요. 뭐 잘못되었어요? 아니면 필요한 거 있어요? 말해요."

대답은 없이 목에서 그륵그륵하는 소리만 나더니 아주 한참 만에 모기 같은 목소리로 "바실라 씨 사랑합니다." 하더란다.

"그때가 이천구 년 봄이에요. 처음엔 얼마나 놀랐는지. 진짜 놀랐어요. 지금은 감사하면서 들어요. 그렇게 어려운 처지의 사람에게 사랑의 감정이 생겨나고 남에게 부탁해야 하는 번거로운 절차 거쳐서 고백하는 거 눈물겹잖아요. 주위에서 나 미쳤다고 하는 거 알아요. 근데 생명이 사랑으로 잉태되는 거라면 안드레아 씨의 그 지고지순한 사랑, 사랑한다는 고백만으로 생명을 가질 수는 없을까 요즘은 그런 꿈을 꿀 때가 있어요. 기자시니까 이해할 수 있을 것 같아요. 이해되죠? 사랑의 맘만으로 생명을 가질 수 있었으면 좋겠어요. 그냥 눈빛만으로 그게 정말로 간절하고 절실한 사랑의 바람이라면 마음과 눈빛만으로 아기를 가지고 싶어요."

사랑의 마음, 고백의 말만으로 생명을 가질 수 있기를 꿈꾼다
는 은목의 얘기는 지수에게 충격이었다. 물론 안드레아는 존재만
으로도 놀랍고 은목에 대한 사랑도 사뭇 외경스럽다. 몸을 전혀
움직이지 못하면서 그렇게 많은 책을 읽고 그토록 풍부한 정신
세계를 가지고 있는 자체가 그러하다. 그런데 왜 선배는 그게 안
드레아만의 일방적인 마음이고 은목을 희생자로 여기는 것일까.
그 드물고 귀한 사랑을 어쩌자고 정상이 아닌 질병 쪽으로 보는
것인가.

　"멀쩡한 애가 정신병자 되는 거 구경만 할 수는 없잖니. 상대가
뇌성마비라면 또 몰라. 근데 그 사람은 아니지. 제 손으로 밥 한
술 못 먹는데 무슨 사랑이야. 아무튼 네 눈으로 보고 그 친구 상
처 덜 받게 얘기 좀 해주라. 그 환자는 물론 딱하지. 딱하지만 수
명도 얼마나 기대할 수 있는지 늘 불안 불안인데 사랑이라니. 요
즘은 잠이 안 온다. 은목이 더 가여워지면 안 돼. 오죽해야 신자
도 아닌 너한테 이런 사정을 하겠니."

　지수는 선배의 얘기를 들을 때부터 친구는 친구고 애정 문제는
개인의 몫이라고 의견을 밝혔다. 그런데 사랑의 말만으로 생명을
가질 수 있기를 소망하는 여인의 마음에는 전율이 느껴진다. 지
수야말로 신자는 아니지만 상식으로 성서는 좀 아는데 요한복음
이던가. 한 처음 말씀이 계셨고 말씀은 생명이고 빛이었다란 구절

이 떠오른다. 그 뜻 아닐까. 바로 은목의 소망이. 한 처음 계신 말씀. 그 언어로 인한 생명, 언어로 인한 빛. 생명이고 빛인 사람. 사랑. 그보다 더한 아름다움이 있을까.

그 남자는 마치 이슬로 살아가는 연하면서도 강인한 풀을 연상시킨다. 은목의 애잔한 목소리도 오래도록 한결같은 모습을 지니며 이따금 향기로운 꽃을 피워 내는 동양난처럼 지수의 뇌리에 살아 있다. 식물들의 생명.

어떻든 그곳을 잊을 수가 없다. 독특한 반김도 잊히지 않는다. 그들은 사람을 엄청 반긴다. 늘 사람을 그리워하는 때문이기도 하고 무조건 사람을 좋아하는 때문이기도 하다.

지수는 그곳에서 한 눈과 입이 비뚤어지고 다리가 성치 못한 총각에게 순식간에 붙들렸다. 어떻게 뿌리쳐 볼 틈도 없이 총각은 지수의 얼굴이며 머리며 몸을 마구 만지고 더듬었고 수사님이 놀라지 말라고 시각장애라 반가운 의미에서 바라보는 대신 만지는 거라고, 시각장애인에게는 촉각이 시각이라고 일러주었지만 지수는 난감했다. 알아듣기 어려운 발음의 말과 비뚤어진 얼굴 가득 담기는 웃음이 반가움의 표현이라는 짐작은 간다. 하지만 완력이 느껴지는 건장한 체구의 남자가 아무리 장애인이라 해도 느닷없이 껴안고 아무 데나 만지며 침까지 튀기는 데는 당황하지 않을 수 없었다. 솔직히 말하면 질색할 노릇이었고, 낯설고 당혹스러운 감촉에는 절로 비명이 나올 지경이었다. 그러나 수사님들과 장애인들과 동아리 회원들이 서로 어우러져 반기는 분위기여서 지수도 인내심을 발휘할 수 있었다.

수사님이 총각을 달래어 떼어 놓으며 '안녕하세요?' 하고 인사하라고 반복해 가르친다. 하루에도 열두 번씩 기회 있을 때마다 가르치지만 다운증후군이나 뇌막염 등으로 지능이 성장을 멈춘 경우에는 기억의 지속 시간이 아주 짧아 금세 잊어버리는 게 그들의 특징이라고 수사님은 나직히 반복한다. 그 특징만 기억하면 그들은 조금도 이상한 게 아니라는 것이다. 그때 어디선가 사지가 뒤틀린 청년이 웅얼웅얼 고함을 치며 굴러 오듯 내달아 나와 수사님 품에 안겨 역시 알아들을 수 없는 발음으로 장황한 이야기를 침 튀기며 늘어놓는다. 사지는 뒤틀렸어도 청각만 정상이어서 수사님의 목소리를 들으면 하루 열두 번이라도 그렇게 달려 나와 반긴다는 것이다. 그는 구면인 회원들과도 반갑게 인사를 나눈다. 장애는 가졌지만 기억의 지속 시간이 긴 경우다. 늘 사람이 그립고 워낙 사람을 좋아해서 하루에 몇 번을 만나건 번번이 그리 반갑고 기쁜 것이 그들의 거짓 없는 마음이라고, 그들은 도무지 귀찮거나 짜증스러운 걸 모르고 아이들처럼 오로지 기쁘고 재미있고 신이 날 뿐이라고 그 점에서 천사들과 다름이 없다고 수사님이 대변한다.

지수에게 그것은 놀라운 발견이었다. 귀찮거나 짜증스러운, 고쳐 말해 우울함이나 권태로움을 모른다는 것. 어쩌면 우울증 환자들은 신체의 장애와 바꾸자고 하면 선뜻 바꾸지 않을까. 지수의 소견으로도 결국 파국으로 이끄는 권태로움이나 우울보다는 신체 장애가 가볍게 여겨진다. 물론 감히 사람을 비교할 수는 없지만.

그래도 무엇이나 재미있고 기쁜 상태라면 그건 최상의 축복이 아닌가. 달리 말하면 영혼 상태는 정상인들보다 오히려 건강하고 사랑이 풍부하다는 뜻인 것이다.

안드레아 이야기도 가끔 곱씹어지곤 한다.

은목은 지수를 안드레아 앞에 앉혀 놓고 그 사이에 방을 정리하고 베드로를 씻기고 옷을 갈아입히고 과제 검사를 해주었다. 안드레아가 중증장애여서 베드로는 거의 성한 사람 취급을 받으며 안드레아를 돌볼 의무와 책임이 따른다. 또한 안드레아에게는 대화로 베드로를 가르쳐 성장을 돕는 교육의 책임이 있다. 그들은 서로 보완하며 살아가는 것이다. 두 눈 성한 앉은뱅이가 시각 잃은 사람에게 업혀 길을 인도하듯 서로 필요한 부분이 되어 주는 생활이다.

"교통사고로 이런 처지가 되었습니다. 막 제대해서 취직 시험 보러 가다 사고를 당했으니까 이렇게 산 지 20년입니다. 처음엔 이렇게 내동 살게 되리라고는 생각 못했죠. 수술도 여러 번 받고 나을 줄 알았습니다. 사람이라는 게 어떤 경우건 희망을 가지는 존재니까……. 근데 수술도 소용없고 홀어머니마저 이 아들 돌보다 돌아가시자 암담해지더군요. 치료 받을 길도 막막하고 사방을 둘러봐도 암흑뿐이었습니다. 살아야 할 이유가 없었어요. 살 수도 없었고. 이렇게 벌레만도 못한 상태로 숨만 쉬면서 살아 있는 것이 무슨 의미인가? 이렇게 살아야 할 이유가 있는가? 아니다 살아야 할 이유도 가치도 없다 이러면서 매일 죽음을 생각했습니다. 그땐 죽음만이 희망인 것 같았어요. 그래서 벌레만도 못한 목숨 이렇게 있으면 머지않아 죽겠지 그러며 기다렸습니다. 근데 기다리는 죽음 대신 어찌어찌 수도원에 연줄이 닿아 이리 오게 되었어요. 처음엔 고마운 줄도 몰랐지요. 차츰 교리를 배우고 수사님들하고 얘기하면서 새 인생을 찾았습니다. 하느님께는 제가 벌레만도 못한 존재가 아니라 하느님 모상 따라 지음 받은 존엄된 존재입니다. 하느님을 드러내는 건 팔다리를 움직이는 것과는 상관이 없더군요. 하느님과 함께 숨쉬고 생각할 수 있는 것만도 굉장한 은총이었습니다. 차츰 살아 있는 것이 기쁘고 고맙고 내가 할 수 있는 게 수없이 많다는 걸 알게 되었습니다. 다치기 전에도 산다는 게 이렇게 기막히게 신기하고 좋은 건 줄은 몰랐습니다. 지수 씨도 교리 열심히 해서 반드시 영세하십시오. 다른 세상을 만날 것입니다."

사람 목소리가 나비의 날갯짓처럼 은밀할 수도 있음에 지수는 마음이 떨렸다.

지수는 가끔 눈물이 난다. 마음은 더할 수 없이 고운 비단결 같은 이들을 생각하면 마음이 떨린다. 지수가 눈물을 보이자 수사님은 건강한 사람들이 짓는 죄를 그들이 보속하는 거라고 일러주었다. 이해가 안 간다. 대체 그들이 건강한 이들의 죄를 보속하다니 왜 그래야 한단 말인가. 왜 그들은 건강하게 보고 듣고 자유롭게 움직이고 분명하게 말하면서 살 수 없다는 말인가.

그들을 보면서 건강하다는 사실이 축복임을 깨닫는 것은 잔인하다. 그런데도 결코 그들에게 물질이나 시간을 조금 나누어 줄 수는 있지만 그들을 대신해서 이를테면 그들과 처지를 바꾸어 십자가를 져 주는 건 생각만으로도 안 된다. 마음이나 생각을 나눌 수는 있을지언정 한 번의 호흡도 몸을 움직일 한 방울 기운도 나누어 줄 수 없는 그게 인간의 한계이다.

선배는 몹시 말할 수 없이 화를 냈다. 지수는 침묵했다. 취재가 꽝이 된 것도 상관 안 한다. 인간이 왜 귀하고 아름다운가에 겨우 눈 뜨는 그거면 족하다. 그거면 됐다. 사랑한다라는 언어에 생명이 깃들기를 바라는 영혼 상태의 사람이 존재하는 것만으로 삶이란, 세상이란 살아 볼 만하지 않은가. 다시 눈물이 고인다.

너무도 슬픈 당신

유춘강

유춘강

아직은 봄이었을 때 반짝반짝 빛나는 인생이 기다리고 있을 거라 생각했던 적이 있었다. 아주 오래 전에. 지금은 적당히 톤다운 된, 심하게 광이 나지는 않지만 수수한 인생 자체가 감사이며 빛처럼 소중하다고 생각한다. 느닷없이 닥친 계절풍이 지나간 이후 그 시간이 'Memento mori, Carfe diem'의 시간이었음에 감사한다.

이제는 시간을 두고 더 이상 꿈을 꾸지 않는다. 그래서 나는 고요하다.

• • •

서울 출생. 한국외국어대 서반아과 졸업.

1996년 『여성동아』 장편공모에 『29세』 당선.

장편 『29세』, 『노랑나비』, 『만제리 클럽』이 있고, 단편으로 「결혼에 관한 가장 솔직한 검색」, 「러브레터」, 「쇼윈도 패밀리」, 「옥춘」 등이 있다.

서태지가 컴백했다. 그리고 그날 시어머니도 나의 집으로 컴백홈 했다. 둘은 눈꼽만큼의 연관도 없지만 공통점은 있다. 이제 더이상은 절대적이지 않다는 점이다. 90년대 추억이 컴백함과 동시에 나의 악몽도 졸지에 컴백을 한 셈이다.

　서태지가 〈크리스말로윈〉이란 해괴한 이름의 앨범을 발표하던 날 내 아름다운 정원의 장미넝쿨 위에 까마귀가 앉아서 울었다.

　가을비가 내린다. 가을, 겨울, 봄 나의 세 딸은 아직 가 보지 않은 수많은 인생의 풀밭 길을 탐험중이라 아침 일찍 사라지고 집에는 남편과 나 그리고 이층에서 〈그 겨울의 찻집〉을 부르고 있는 시어머니뿐이다. 일요일이면 리모컨의 연인으로 변신하는 남편은 눈을 뜨자마자 TV를 켠다. TV속의 개그우먼 박지선과 오나미가 아홉수 타령을 한다. 하지만 그들의 아홉수 타령이 나만큼 절망적일까? 결혼 안한 그들에게는 일말의 희망이라도 있는 아홉수지만 20세기 말에 사랑에 빠져 그 시대에는 드물게 아이까지 혼수로 챙겨 약관 스물의 나이에 결혼하고, 21세기 초까지 한 남자와 살고 있는 마흔아홉인 나의 아홉수는 치명적이다 못해 절망적이다.

나이 마흔아홉을 목전에 두고 암 수술을 한 덕분에 자궁, 난소, 림프 삼종세트를 날렸고, 3개월에 한 번씩 정기검진을 받으며 전이 검사를 받는 지경이다. 설상가상으로 문과형 DNA가 충만한 남편과 나는 달리 전형적인 이과형 인간으로 커서 수련의 과정을 밟는 큰딸 가을이 홍대에서 인디 록밴드를 하는 세 살 연하의 남친과 도둑 연애를 3년씩이나 하더니 이젠 결혼을 하겠단다. 물론 남편은 까맣게 모르는 일이다. 아마 바보를 넘어 '딸 천치' 수준인 그가 이 사실을 안다면 쓰러질 것이 자명하다.

스무 살에 소설가로 등단을 하고 사랑에 미쳐서 결혼을 했기에 딸의 연애에 유구무언이다. 적어도 가을은 나처럼 스무 살에 사고를 치지는 않았으니까. 갑자기 시집 가기 전날 평평 울며 '나쁜 년, 너 같은 딸 꼭 낳아라' 했던 친정엄마의 얼굴이 비 내리는 창가에 겹친다.

출발은 나와 같이 했으나 지금은 나보다 백 배쯤 잘나가는 작가가 일본 영화배우 오다기리 조와 인터뷰 한 기사를 신문에서 봤다. 어느 개그맨의 말처럼 결혼도 안 하고 달인 정신으로 매진한 그녀와 일찌감치 결혼해 애 셋 낳고 돈이 되는 글은 다 쓰면서 정작 쓰고 싶은 글은 5년에 한번 낼까 말까로 산 나와 엄청난 차이가 있다는 것을 진즉에 인정은 했지만 오다기리 조와의 인터뷰 기사는 나를 절망의 방석 한가운데로 한방에 날렸다. 하지만 나는 그녀의 재능을 질투한 것이 아니라 배우 '오다기리 조'와 만난 그 순간을 질투했다. 한때는 그래도 개성 만발의 꽃처럼 피어나는 세 딸과 휴일이면 집에선 소파에 누워 리모컨과 사랑에 빠지는 중년의 남자지만 회사에서는 그래도 잘나가는 축에 속하는 남편이 있어, 라고 스스로를 위로했던 때가 있었다. 그러나 지금은 치매에 걸려 컴백홈 한 시어머니 때문에 불면증과 한숨이 내 안에서 버무려지는 중이다. 난소를 제거한 후 아침저녁으로 한 알씩 먹는 호르몬 약으로도 해결되지 않는 시어머니와 함께하는 일상 때문에 그야말로 맨붕이다.

혈관성 치매에 걸려서 '과거는 몰라요'가 되어 버린 시어머니와 달리 나는 눈만 뜨면 '나는 지난여름에 네가 한 일을 알고 있어'라는 표정으로 시어머니를 본다.

아주 오래전 시어머니가 지배하던 야만의 시대에 동서가 그리학수고대하던 아들을 낳던 날 '길가에 풀도 씨앗은 남기는데 내장남은 제삿밥도 못 먹게 생겼다.'고 한탄을 하시더니 젓갈 장사로 모은 모든 재산을 다 싸가지고 동서네로 가시던 날 붙잡지 않는 나에게 글줄이나 쓴답시고 잘난 척하는 며느리보다는 아들 낳은 며느리 효도 받으러 간다고, 작은애 없었으면 큰일 날 뻔했다며 입이 벌어지던 시어머니가 나를 보며 한 말을 아직도 기억한다.

'싸지르면 딸이니, 내가 그 수탉의 불알을 먹으라고 할 때 먹었으면 아들 낳아도 바알싸 낳을 게다!'

그날 나는 20세기에도 야만의 시대를 달리는 시어머니의 정신세계에 경악을 금할 수 없었다. 막내 봄을 가졌을 때 장안동 어느 곳에 태아 성 감별을 해준다는 산부인과가 있다면서 돈을 줄 테니 딸이면 당신 아들 등골 빼지 말고 지우라고 했을 때는 느낌이 보나마나 딸이니 그럴 필요 없다고 불같이 화를 냈지만 시어머니가 경멸스럽지는 않았다. 하지만 그놈의 수탉 이야기를 듣는 순간은 경멸의 경지를 넘어 구토가 나오려고 했다.

그런 시어머니가 지금은 치매에 걸려서 나의 집 이층에서 매일 노래를 부른다. 나를 암으로 한 방 먹이고 치매 걸린 시어머니로 아예 넉다운을 시켜 버렸으니 역시나 인생이다. 암으로 인한 강제 폐경 때문에 아침에 일어날 때마다 관절이 비명을 지르고, 밥솥만 봐도 화가 치밀고, 인생을 리셋해 보겠다는 가을이 하나도 벅찬데 늦둥이를 가졌던 동서의 갑작스런 유산으로 인해 몸조리 하는 한 달 동안만 시어머니를 모시겠다는 남편의 효자놀이 코스프레를 보는 것은 더 부아가 치민다. 신체 장기 다 있는 덕에 효심까지 충만한 그를 보면 이단옆차기를 날리고 싶을 때가 한두 번이 아니다. 평생 네 밥은 얻어먹지 않겠다고 큰소리 쳤던 시어머니와 적어도 90번의 밥을 먹게 생겼으니 말이다. 하긴 시어머니도 맨 정신이었다면 절대 그럴 수 없었을 것이다. 평생 마음에 들지 않는 소설가 며느리와 뒤늦게 밥을 먹게 될 줄은 아마 꿈에도 몰랐을 것이다. 여름이면 오이지 씻어서 찬물에 밥 말아 먹는 시어머니 앞에서 할라피뇨가 더 맛있다면서 오이지 담그는 법을 배울 생각도 안 하는 며느리와 마주 앉아 풀무원에서 나온 오이지를 잘라서 먹을 줄은 상상도 못 하셨을 것이다.

개그콘서트가 끝나자 남편은 조인성과 공효진이 나오는 〈괜찮아 사랑이야〉를 보고 있다. 요즘 그는 공효진 홀릭이라 아주 TV 속으로 들어갈 기세다. 리모컨을 꼭 끌어안은 남편은 중간에 대사도 미리 쳐 준다. 이쯤 되면 여성 호르몬 과잉이다. 하지만 웬수 같은 나의 사랑들은 괜찮지가 않다. 리모컨의 연인이 되어 버린 남편도, 내 딸 아니랄까 봐 뜰 가망이 전혀 없을 것 같은 얼굴만 반지르르한 로커와 사랑에 빠진 딸도, 치매와 함께 돌아온 시어머니도. 나는 더 이상 그들을 감당할 수 없을 것 같다.

나의 아름다운 정원에 장미가 활짝 피었다. 11월을 목전에 두고 피는 장미는 오월의 장미보다 아름답고 강하다. 그동안 '나의 아름다운 정원'을 위하여 들인 공은 이루 말할 수가 없다. 시어머니가 나의 집을 떠나고 난 직후부터 키우기 시작한 정원의 장미들은 이제 붉은 벽돌담 전체를 휘감고 있다. 손으로 일일이 진딧물을 잡고 사다리를 타고 올라가 가지치기를 하다가 떨어져 기브스를 한 내게 오죽하면 남편이 세 딸들에게 들인 공보다 대문을 멋지게 타고 오르는 넝쿨장미에 들인 공이 더 많을 거라고 한소리를 했을까.

문득 그런 생각이 든다. 어쩌면 내 안에서 실종된 낭만과 서정 시대가 저 넝쿨 장미로 피어난 것인지도 모른다고. 오월의 정원에 장미꽃이 만발하면 가을과 등려군의 〈첨밀밀〉을 들었고, 또 어느 여름밤 장미 향기가 바람에 실려 집안으로 들어오면 신해철의 〈아주 오랜 후에야〉를 들었다. 가을은 기억할까? 저를 등에 업고 무한궤도의 콘서트를 보러 가서 비명을 지르며 〈내 마음 깊은 곳의 너〉를 떼창으로 부르던 그 번쩍번쩍 빛났던 엄마의 밤을 말이다.

칼갈이가 칼을 갈듯 매일 감수성의 날을 세워도 시원찮은 소설 가면서 나날이 무디어 가는 감수성을 어찌 해 볼 도리가 없어 울고 싶다. 부활은커녕 복원도 불가능한 지경에 이른 나의 감수성은 그놈의 혈연주의와 패밀리즘이 다 말아 먹었다. 그럼에도 불구하고 나는 매일 아침 영웅본색의 주제가 〈당연정〉을 들으며 노트북을 켠다. 내 인생 전성기의 주제가였고, 홍콩 액션 르와르 전성기에 아카시아 꽃처럼 해사한 남자 장국영과 함께한 시간을 추억하며 잃어버린 나의 낭만 시대를 아쉬워하며. 사랑도 때론 변질되어 한없이 곤혹스러워질 수 있다는 것에 배반감을 느끼고, 그 사랑이 사돈의 팔촌오빠 같은 먼 존재로 변신을 해버린 일상에 묵념을 하며. 카톡과 이모티콘 만으로 마음을 날리고 전하는 일상은 이제 극사실주의를 달린다.

일요일은 치매 간병이 오지 않는다. 간병인이랑 치던 고스톱을 못 치게 된 시어머니가 불안한지 남편 주변을 맴돈다. 남편은 여전히 TV 속의 공효진에 빠져서 눈을 뗄 줄 모른다. 나는 싱크대 서랍에서 화투를 꺼내 남편에게 건넸다. 화투장을 본 시어머니의 눈이 밝아진다.

"왜?"

"어머님이 고스톱 칠 시간이야. 오후 3시부터 5시까지."

"당신이 엄마랑 같이 쳐 드려."

"나 고스톱 칠 줄 모르거든."

오랫동안 젓갈 장사를 해온 시어머니는 유난히 셈에 밝았다. 간병인과 고스톱을 칠 때의 눈빛을 보면 치매 노인이 아니었다.

시어머니가 눈치를 채고 냉큼 남편의 맞은편 소파에 앉아 버리는 바람에 남편은 꼼짝없이 두 시간 동안 고스톱을 치게 됐다. 시어머니가 또 '바람 속으로 걸어갔어요. 그 겨울에 그 찻집' 이라고 흥얼거리며 화투장을 펼친다. 순간 나의 머릿속으로 바람이 훅 하고 불어 왔다. 나는 아찔한 현기증을 느끼며 식탁 의자에 주저앉았다. 집안 어디엔가 블랙홀이 있어서 나를 삼킬 것만 같아 주변을 둘러봤지만 일요일 오후의 풍경이 그냥 흐르고 있을 뿐이다. 남편은 시어머니와 고스톱을 치고, 공시족의 나날을 보내느라 정신없어서 이젠 엄마가 암 수술을 했다는 사실조차 잊은 듯 유령처럼 12시에 집에 왔다 새벽에 사라지는 겨울, 이름 탓인지 늘 누군가와 소소한 봄날이어서 공부할 시간이 부족한 고3 수험생 봄, 그리고 나의 최측근이었다가 최근에 사랑의 배반자로 등극한 가을이가 혹시 블랙홀은 아닐까? 갑자기 늪에 빠진 기분이다. 이 모든 것이 날이 밝기 전 새벽에 잠깐 꾸는 꿈이었으면 좋겠다.

며칠 전 휴가를 낸 남편이 갑자기 페인트를 칠하고, 시어머니를 위해 욕실의 타일을 미끄럼방지 타일로 바꾼다며 하루 종일 인터넷 서핑을 하고 블로그를 뒤지는 모습을 보고 있자니 화가 치밀었다. 역시 호르몬 약 두 알로도 해결되지 않는 강제폐경 후유증이었다. 참다 못해 나는 그에게 미친 듯이 화내며 쏘아붙였다.

"당신이 무슨 로빈슨 크루소야? 아니 왜 죄다 자급자족을 하려고 하냐고! 타일도 당신이 붙이고 도배도 당신이 하면 미장공이랑 도배공을 어디 가서 벌어? 현대사회가 분업인데 어떻게 당신은 죄다 돈 아깝다고 혼자 다 하냐? 왜 그냥 집 무너져 파묻힐 때까지 그냥 살지."

"삼분의 일 가격으로 할 수 있다잖아!"

"당신 인건비는? 아주 동전으로 탑을 쌓으셔!"

그놈의 실사구시 정신에 넌덜머리가 나서 난리를 친 지 얼마 지나지 않아서 이번엔 치매 시어머니를 위해 남편이 집안 곳곳에 CCTV를 설치했다. 회사에 근무하면서도 어머니의 동태를 살피겠다는 눈물겨운 효심인데 내가 보기엔 그동안 못한 장남의 효심을 듬뿍 발현해 보이겠다는 오버 헐리우드 액션이며 엽기다.

점점 잠을 잘 수가 없다. 모두 잠들고 홀로 깨어 있을 때는 거실에 앉아서 영화를 본다. 암 수술 후 처음 본 것은 대만 영화 〈그 시절 우리가 사랑했던 소녀〉였다. 뒷자리에 앉은 소녀는 앞자리에 앉은 소년의 등에 관심과 사랑의 다른 표현으로 푸른 볼펜을 찍어 댄다. 먼 훗날 등 뒤에 푸른 볼펜 자국의 흔적, 아니 아련한 사랑의 흔적이 남은 교복을 간직한 어른으로 성장한 소년의 모습을 보며 눈물을 흘렸다. 이루어지지 못했기에 더 아름답다는 말은 정확하다. 내 경우를 보더라도 말이다. 그 밤에 나는 난소와 자궁과 림프를 한방에 날리고도 흘리지 않았던 눈물을 흘렸다. 암에 좋다는 브로콜리와 당근을 먹으며 울고 있는 거실 유리창에 비친 내 모습은 그야말로 엽기 코미디였다.

믿었던 딸에게 연애 사기당하고, 치매 시어머니는 하루 종일 내 주위를 맴돌고 회사로 출근한 남편은 그런 나와 시어머니를

CCTV로 본다. 이 또한 엽기이며 일상이 혼수상태라 단 한 줄의 글도 쓸 수 없고, 사유할 시간조차 나에게 없다. 그런 내게 오랫동안 함께 일한 허 편집장이 로맨틱한 연애소설을 내보자고 제의를 했다. 하지만 지금의 나에게 남녀상열지사는 지긋지긋하다. 이런 내가 예전의 감으로 돌아가 연애소설을 낸다는 것은 거의 불가능이다. 하지만 허 편집장은 3백년 전의 연꽃도 꽃을 피우는 마당인데 까짓 죽어 버린 연애 바이러스와 서정성은 살리면 된다고 큰소리다.

간병인 아주머니가 사정이 있어서 오후에 온다고 전화를 했다. 덕분에 내가 시어머니를 치매 노인을 위한 노래 교실에 모시고 가야 했다. 오후엔 그놈의 연애소설 건으로 허 편집장과 만나기로 했기에 시간이 빠듯했다. 갑자기 발밑부터 뜨거운 열기가 올라오더니 가슴골 사이로 김이 올라왔다. 시어머니는 벌써 준비를 다 끝내고 이층 계단에 앉아 있다. 10분 전의 일도 잊으면서도 노래 교실 가는 것은 본능적으로 기억하는지 이미 준비를 다 끝냈다. 분홍스웨터 단추를 목까지 끼운 시어머니의 모습에서는 땟자국이 번들거리는 국방색 앞치마를 두르고 목청을 높이던 과거의 시어머니 모습을 찾아볼 수가 없다.

"아줌마 안 와?"

"오후엔 오니까 고스톱 칠 수 있어요."

그제야 분홍 스웨터를 곱게 입은 시어머니가 조용히 따라 나섰다.

집 근처 치매 센터의 노래 교실에 시어머니를 들여보내고 난 후 골목 어귀의 새로 생긴 브런치 집에서 커피를 마시며 기다렸다. 그 동안 남편에게서 문자가 다섯 통이나 왔다. 남편은 뻑하면 피는 물보다 진하다고 한다. 가족끼리 왜 그러냐며 슬쩍 넘어가는데 도가 텄다. 하지만 나는 아니다. 그건 그들 일족의 일일뿐이다.

노래 교실이 끝난 후 시어머니를 위해 코코아를 시켰다. 코코아가 치매에 좋다는 기사를 신문에서 읽은 적이 있어서 주문을 한 건데 일단은 의심부터 하고 보는 시어머니가 나를 본다.

"몸에 좋아요. 어머니 단거 무지 좋아하시니까. 각설탕 네 개죠?"

유독 단 것을 좋아했던 시어머니는 젓갈 장사 하던 시절에도 맥심 봉지 커피 두 봉에 별도로 설탕 두 개를 더 넣어 마셨다.

"어떻게 알았어?"

어지간한 기억은 다 날려 버리신 시어머니가 깜짝 놀라며 묻는다.

"어떻게 모를 수가 있겠어요. 그거 한동안 제 담당이었는데……."

나는 지금도 젓갈은 입에 대지 않는다. 스무 살에 미쳐서 결혼한 나에게 남편이 군대를 가자마자 시어머니가 대학은 집어치우고 젓갈 가게에 나와서 일이나 도우라고 했을 때 나는 내가 한 사랑을 후회했다. 막 등단한 작가를 젓갈집 새댁으로 변신시키려는 시어머니의 말을 듣는 순간 친정 엄마의 울음소리가 들리는 듯했다. 친정 엄마는 어떻게든 일찍 결혼한 딸이 대학은 졸업하길 바라는 마음에서 등록금 대고, 오십이 되기도 전에 본 외손녀를 맡아서 기르고 있는데 시어머니의 법대생 아들 뒷바라지나 하며 젓갈이나 팔라는 말은 죽으라는 소리와 매한가지였으니 그날 이후로 나는 젓갈은 입에 대지도 않았다.

어느 날 우연히 미장원에 갔다가 잡지에서 나의 당선 소감 인터뷰 기사를 봤다.

"날고 있는 새가 날개를 멈추는 것과 같습니다. 제가 글을 쓰지 않는 것은."

그날 나는 긴 머리를 자르며 펑펑 울었다.

하지만 작금의 나는, 생계형 작가이며 출간하기만 하면 일땡과 삼땡의 사이를 오가는 소설가일뿐이다. 그리고 시어머니에게는 소설 나부랭이나 쓰는 싹퉁바가지 없는 며느리이고.

하늘이 눈부시다. 노란 은행잎이 오후의 햇살 아래서 반짝반짝 빛나고 있다. 새로 오픈해서인지 젊은 셰프의 서비스도 유쾌하다. 가을이 또래로 보이는 그녀가 시어머니에게 마카롱을 가져다주자 시어머니가 활짝 웃는다. 그 순간 시어머니의 인생 전체를 감쌌던 짠내가 사라지는 듯했다.

거리를 향해 난 창문 쪽에 나란히 앉아서 시어머니는 코코아를 나는 투샷의 에스프레소를 마셨다.

"흠, 그때 그걸 먹었어야 하는데. 수탉 그거 니가 먹고 잤으면 아들이 생겼을 텐데……."

코코아를 빨대로 마시던 시어머니가 눈을 가늘게 뜨고 창밖을 내다보며 말했다. 모든 기억을 시시각각 죄다 날려 버리는 시어머니가 왜 그 기억은 날려 버리지 못하는 건지. 갑자기 웃음이 폭풍처럼 터져서 멈출 수가 없었다. 이젠 화도 나지 않는다. 하늘은 빛나고, 모든 것이 반짝거리는 이 순간 자궁 삼종 세트를 날리고 치매인 시어머니와 나란히 앉아 있는 나만 반짝거리지 않음에도 불구하고 도저히 웃음을 멈출 수가 없다. 그런 나에게 셰프가 물 한 잔을 건넸다. 그녀가 괜찮냐고 물어와 겨우 웃음을 멈췄다.

어짜피 반짝거리지 않아도 내 인생이지만 도대체 앞으로 시어머니와 몇 번의 밥을 더 먹어야 하는 걸까? 아직도 내겐 적지 않은 숫자가 남아 있다.

갑자기 전화 벨이 울렸다. 수련의 생활이 바빠서 며칠째 집에도 못 들어온다는 가을이었다.

"왜, 연애 공사가 다망하신 분이 어쩐 일?"

"엄마 우리의 마왕이 죽었어."

가을의 목소리가 다급하다. 그럴 수밖에 없는 이유가 가을과

나 사이에 특별한 감정이 흐르는 건 둘 다 마왕 신해철의 입담과 노래를 좋아하는 열렬한 팬이기 때문이다. 어쩌면 가을이 뜰 가망이라고 거의 없어 보이는 날라리 뽕짝 록커와 사랑에 빠진 것도 그 이유가 한몫을 했을 것이다.

놀라서 인터넷 검색을 해보니 역시나 모두들 그를 추모하는 중이었다. 갑자기 눈물이 핑 돈다. 〈그대에게〉로 와서 〈우리 생이 끝나갈 때〉처럼 가 버린 그를 생각하며, 시어머니가 코코아를 마시며 부르는 배호의 〈돌아가는 삼각지〉를 들으며 에스프레소를 마셨다.

불안하기 짝이 없던 나의 미래를 위로해 주었던 그가 세상을 등진 날 창밖의 은행나무가 눈물과 아쉬움 속에서 흔들린다. 그가 작은 소리로 물어 오면 나는 대답할 수 없다. 지나간 세월에 후회가 없다고.

정원의 장미가 사라졌다. 애지중지하던 나의 장미 넝쿨이 한 마디로 작살이 났다. 대문 옆에는 잘려 나간 장미 가지들이 수북했다.

"그렇게 말렸는데 막무가내로 잘라 내시더라구요. 할머니가 어찌나 힘이 센지. 아까워서 어쩌죠?"

허 편집장을 만나러 간 사이 사단이 난 것이다.

아무리 말려도 막무가내로 쳐 내서서 말릴 수가 없었다는 간병인의 말을 뒤로 하고 집 안으로 들어갔다.

만행을 저지른 후 긴 낮잠을 주무시는 중이라는 시어머니는 깨어나서 TV를 보고 있었다.

"넌 매일 어디를 쏘다니냐? 또 영화 보고 왔지. 학교 간다며 영화 보고 온 거 모를 줄 아냐?"

시어머니는 철없는 며느리가 몰래 영화를 보러 다닌 것을 알고 있었다. 불과 10분 전의 일도 기록되지 않는 일상을 살면서도.

"알고 계셨어요?"

"그럼 내가 등신이냐? 그래 오늘은 나 속이고 무슨 영화를 봤냐?"

"그래서 마당의 장미를 다 잘라 버리신 거고?"

시어머니는 말이 없다.

"손은 어떠서?"

시어머니가 두 손을 숨겼다. 원예용 가위도 아니고 고기 구울 때 쓰는 가위로 만만치 않은 장미 가지를 잘랐으니 안 봐도 훤했다. 손을 강제로 잡아 폈더니 장미 가시에 온통 긁히고 찢겨져 있었다. 강하게 손을 뺄 줄 알았더니 시어머니가 말없이 가만히 있다.

"그렇게 무지막지하게 잘라 내도 소용없어요. 내년에 꽃이 더 잘 필 걸요."

시어머니는 알지도 모른다. 이미 게임은 끝났다는 것을. 평생 짠 젓갈을 만지느라 수분이 다 빠진 것 같은 시어머니의 손에 난 상처에 약을 바르고 일회용 반창고를 붙이는데 남편이 왔다.

"마당이 왜 저래?"

이미 난장판이 된 마당을 보고 온 남편이 나와 시어머니를 번갈아 보더니 묻는다.

거실 안에서 벌어진 풍경을 보고도 충분히 알 수 있음에도 묻는 남편을 무시하고 휴대전화와 라이터를 들고 밖으로 나왔다.

어둠이 걸린 초저녁 하늘에 별이 떴다. 비가 내린 후라서인지 달 옆의 별도 빛나건만 지상의 내 정원은 초토화됐다. 역시 광채와 황홀로 시작된 길은 다마스쿠스로 가는 길과 다르지 않다. 나는 조용히 잘라져 나간 장미 가지로 제단을 쌓고 모든 기억들 엊은 후 장미 가지 더미 위에 불을 붙였다.

밤공기 탓에 푸른 빛으로 보이는 연기가 하늘로 올라간다. 아직도 나에겐 시어머니와 함께 할 서른 번의 식사가 남아 있다.

봄의 설렘과 여름의 열정이 지난 후 겨울이 오기 전 찾아오는 늦가을의 냉기가 슬그머니 내 일상으로 들어왔다. 나는 몸서리치며 얇은 스웨터를 여미었다. 춥다.

런던의 파리 하우스

이경숙

이경숙

얼마 전에 본 인간극장의 주인공은 87세의 박덕성 할머니였다. 여든 살이 넘어 한글을 깨치고 뒤늦게 시작한 바느질로 삶의 활력을 찾은 김용택 시인의 어머니, 생전 처음 아들의 강연을 들으러 왔다는 그녀는 나무 그늘에 다소곳이 앉아 있었다. 강연 장소는 숲속의 공터였다. 아들의 소리가 들렸다 안 들렸다 한다니 조바심도 나련만 미소 띤 얼굴은 잔잔했다. 기쁨으로 환히 빛나는 그 얼굴은 더 없이 아름다웠다. 원리 원칙을 내세워 언성을 높이고, 정의라는 이름으로 분통 터뜨리던 내 모습이 떠올랐다. 나의 노년도 그렇게 잔잔하고 아름다웠으면 좋겠다.

• • •

40년째 미국, 오하이오주의 작은 도시에서 살고 있으며 이민자들의 애환을 그린 장편소설 『475번 도로 위에서』와 창작집 『엘로스톤의 오후』가 있다.

처음부터 런던 여행을 계획한 것은 아니었다. 봄부터 생각하고 있던 여행지는 터키의 이스탄불이었다. 검은 두건을 쓴 테러리스트가 시리아에서 미국 기자의 목을 친 사건이 났을 때도 여행지를 바꿀 생각은 없었다. 그런데 지도를 찾아보다 터키가 시리아와 붙어 있다는 사실을 안 순간 갈등이 시작되었다. 같이 여행을 가기로 한 민소가 런던으로 바꾸자는 말을 했을 때도 이스탄불의 매력에서 벗어나기가 쉽지 않았다. 런던에 대한 기대가 별로 없으니 여행 안내 책을 살 생각도 들지 않았다. 인터넷으로 한인 민박집을 찾아 그중 그럴듯해 보이는 집으로 예약하고 그냥 가서 부딪쳐 보기로 했다. 미국에 오래 살아 의사소통에 문제가 없을 테니 별 일 있겠나 싶은 안일한 마음도 있었다.

히드로 공항에서 만나기로 한 민소는 고등학교 동창이다. 지금은 각각 뉴욕과 미시간에 떨어져 살고 있어 자주 보지 못하지만 전화와 이메일로 관계를 주욱 이어 오고 있는 사이다. 넓은 공항에서 쉽게 만날 수 있을지 걱정했던 것과 달리 큰 키에 까만 모자를 쓴 민소는 멀리서도 눈에 띄었다. 민소는 학교에서 가장 인기 있는 학생이었다. 훌쩍 큰 키에 얼굴만 예쁜 게 아니라 지나치다 싶을 정도로 자신만만한 태도가 사람들의 눈길을 끌었다. 선생님들도 민소를 함부로 대하지 않았다. 친구들은 민소와 친하게 지내는 나를 부러워했다. 그러나 너를 못생기게 낳아 준 너희 엄마는 너한테 미안해해야 한다던 민소의 말은 지금도 가끔 나를 진저리치게 만든다.

민박집은 런던에서 남쪽으로 제법 떨어진 한인 타운에 있었다. 구름이 끼어서인지 오후 3시인데도 어둑어둑했고 공기는 습기를 머금고 있었다. 문을 열어 주는 사십대 후반의 민박집 주인 여자 얼굴도 날씨처럼 눅눅해 보였다. 집안으로 들어서자 오래된 집에 배어 있는 곰팡이 냄새가 훅 끼쳤다. 무슨 가방을 이렇게 많이 가져왔느냐는 첫 인사에 당황스러워 급히 이층으로 가방을 끌고 올라가는데 좁은 층계참에 놓인 탁자 때문에 몸을 돌리기도 힘들었다. 탁자 위에는 오밀조밀한 장식품들이 가득 놓여 있었다.

"이 지저분 한 것들 좀 치우지. 다 갖다 버려도 하나 안 아깝겠구만." 민소가 작은 소리로 투덜거렸다. 어디선가 쾅 문 닫는 소리가 들렸다. 방으로 따라 들어온 주인 여자는 숙박비부터 지불해 주기를 요구했다.

"도망갈 사람들 아니니 숨부터 좀 돌립시다."

가방을 내려놓으며 말하자 그녀는 규정상 어쩔 수 없다며 파르르 화를 냈다. 크레디트 카드를 받아 든 그녀는 급한 볼일이 있는 사람처럼 횡하니 나갔다. 런던에 대해 물어볼 틈도 없었다.

"이 집에 무슨 문제 있는 거 아냐? 왜 저렇게 보채?"

민소가 이마를 찡그리며 고개를 갸우뚱했다.

우리는 해 지기 전에 런던 시내를 둘러볼 요량으로 집을 나섰다. 길 건너에 맥도날드가 눈에 띄었다. 저녁은 민박집에서 준다니 그곳에서 간단히 허기를 달래기로 했다.

"커피는 한 잔만 사서 나눠 마시자. 어차피 한 잔 다 못 마시잖아."

내가 카운터 쪽으로 가며 말하자 자리를 잡고 앉으려던 민소가 단호하게 말했다.

"얘, 나는 햄버거는 나눠 먹어도 커피 나눠 마실 생각은 없다. 잔 돌려 가며 마시는 거 싫어."

말을 매몰차게 하는 그녀의 버릇은 여전했다. 어려서 숱하게 상처 입었던 그 말투를 어느새 잊어먹고 나는 어쩌자고 이 먼 여행길에 나선 것인지⋯⋯. 막막해지려는 기분을 애써 떨쳐 냈다.

열차를 타고 워털루 역에 내리자 금방이라도 비가 내릴듯 검은 구름이 낮게 드리워 있었다. 우리는 사람들의 물결에 밀려 웨스트 민스터 사원 쪽으로 걸었다. 다리를 건너는 관광객들 틈으로 낯익은 광경이 눈에 들어왔다. 조그만 컵 세 개의 위치를 재빨리 바꾸며 그중 어느 컵에 공이 들어 있는지 맞추면 돈을 딸 수 있다고 떠들어 대는 집시 야바위 꾼들이었다. 어린 시절 시장 앞에서 보던 모습이 생각나 그리운 마음에 카메라를 들이대자 민소가 한마디 했다.

"너는 뭐 그런 걸 찍니? 얘, 이리 와 봐"

그러더니 빨간 공중전화 부스로 가 문을 잡고 활짝 웃으며 포즈를 취했다.

돌아오는 전철 안은 퇴근하는 사람들로 꽉 차 있었다. 양복 입은 남자들은 물론 여자들도 대개 검은색 옷 차림이었는데 어찌나 조용한지 가끔 신문 넘기는 소리만 들렸다. 민소의 까만 바바리 코트는 그 분위기와 잘 어울렸다. 나는 입고 있는 밤색 재킷을 내려다보며 가방 쌀 때 진달래색 자켓을 빼놓은 게 얼마나 잘한 짓이었나 생각했다.

민박집 부엌에는 머리를 짧게 자른 중년 남자가 식탁 중앙에 앉아 식사를 하고 있었다. 남자는 이집 주인이라고 자기 소개를 하고는 여자에게 얼른 국 떠 오지 않고 무얼 하느냐고 명령조로 말했다. 여자는 아무 대꾸없이 미역국을 날라 왔다. 생선 튀김과 나물들 사이로 식탁보 위에 말라 붙은 밥풀과 반찬 부스러기들이 눈에 띄었다. 누군가 부엌 바닥에 물을 쏟았는지 양말이 축축하게 젖어 왔다. 나는 발가락을 오므리며 수저를 들었다. 음식 맛은 그런대로 괜찮았다. 주인 남자랑 이야기를 나누며 식사를 하던 민소가 그릇이 예쁘다고 하자 여자는 그릇 모으는 게 취미라며 배시시 웃었다. 그러고 보니 카운터 위는 물론, 한쪽에 있는 커다란 장식장 안에 비싼 그릇들이 가득 들어 있었다. 장식장이라고 부르기에 어색할 정도로 첩첩이 쌓여 있어 잘못 건드리면 와장창 쏟아져 내릴 것 같았다.

"나도 전에는 저 그릇 많이 사 모았었지. 그런데 요즈음 티제이맥스에서 저거 얼마나 싸게 파는지 아니? 그래서 나는 다 없앴어."

식사를 끝낸 후 내 귀에 소곤거리며 개수대에 그릇을 가져다 놓던 민소가 팔꿈치로 옆구리를 툭 쳤다. 개수대 안에는 그릇만 있는 게 아니었다. 죽은 파리 서너 마리가 물에 젖은 채 늘어져 있었다. 창턱에 주른히 늘어놓은 꽃 무늬 컵들 사이에도 시커먼 왕파리들이 곳곳에 엎어져 있었다.

물을 한 컵씩 들고 부엌을 나서 복도로 나오자 두어 걸음 앞에 파리 한 마리가 누워 있는 게 보였다. 방금 죽어 넘어진 건지 아까는 못 보고 지나친 건지 알 수 없지만 연회색 카펫 위에 시꺼먼 파리가 선명한 자태를 드러내고 있었다.

"휴지가 어디 있나. 저걸 좀 집어야 할 텐데……."

주머니를 뒤지는 내 팔을 민소가 끌어당겼다.

"애, 왜 네가 그걸 집니? 그냥 둬. 저 여자가 치우겠지."

민소는 파리가 누운 자리를 비껴 층계를 올라갔다.

침대에 앉자 마자 하얀 커튼 위로 사뿐이 내려앉는 왕파리가 눈에 띄었다. 나는 관광 팸플릿을 둘둘 말아 탁 내리쳤다. 침대와 벽 사이로 추락하는 파리를 보며 의기양양한 기분이 들기도 전에 윙 소리와 함께 탁탁 부딪치는 소리가 들렸다. 어디서 나타났는지 파리 두 마리가 화가 난 듯 벽과 거울에 몸을 부딪치며 날아 다니기 시작했다. 그 모습에 나는 전의를 상실했다. 그런데 가만히 보니 파리들이 상당히 신사적이었다. 한국이나 미국의 파리처럼 공격적이지 않았다. 일단 사람 옆에 오지 않는 걸 보니 낮잠 잘 때 얼굴 위를 간지르며 걸어다니던 놈들같이 몰염치한 짓은 하지 않을 것 같았다.

다음 날 아침, 먼저 그리니치 천문대에 가기로 했다. 상을 차려준 주인 여자는 배를 타고 가는 게 좋다고 했지만 배를 어디서 타는지 물어보기도 전에 부엌을 나가 버렸다. 할 수 없이 사람들마다 붙잡고 물어가며 전철을 두어 번 갈아타고 갔다.

학교에서 전설처럼 들었던 그리니치 천문대를 찾아갔다는 사실

만으로도 뿌듯했다. 5미터 남짓 땅 위에 그어진 구릿빛의 굵은 좌우 변경선 앞에는 기념 사진을 찍기 위해 관광객들이 줄을 서 있었다. 코발트색 코트와 은회색 실크 스카프 사이로 겨자색 셔츠가 살짝 보이는 민소는 커다란 선글래스와 선명한 립스틱 색깔로 그 사람들 중에 가장 도드라졌다. 비가 많이 올 거라던 주인 여자의 말과 달리 푸른 하늘에는 하얀 구름이 둥둥 떠 있었다. 후드 달린 등산복에 마후라를 둥둥 두른 나는 사진을 찍고 싶은 마음이 싹 사라졌다.

그곳을 나와 우리는 분위기가 그럴 듯한 레스토랑으로 들어갔다. 바에서 바쁘게 손님을 접대하는 웨이터들은 한참을 기다려도 가까이 오지 않았다.

"얘, 여기는 손님이 직접 바에 가서 음식을 주문해야 하나 봐. 가서 좀 물어봐라."

다리를 꼬고 편한 자세로 앉아 있던 민소가 말했다. 나는 카운터로 가서 영국의 대표적 음식이라는 생선 튀김을 시켰다. 앉은 채로 맥주도 시켜라, 물 가져와라, 음식 언제 나오나 물어봐라, 계속 시키는 민소에게 은근히 부아가 나 한 마디 하고 싶었지만 참았다.

레스토랑을 나서자 길이 흠뻑 젖어 있었다. 그동안 비가 많이 온 모양인데 어느새 멎어 거리는 햇빛으로 환했다. 우리는 런던 브리지로 가기 위해 시내로 들어가는 전철에 올랐다.

런던 브리지는 아무 장식이 없는 평범한 다리였다. 아이들이 유치원에 들어가기도 전에 부르는 노래가 런던 브리지 무너져 내린다는 노래 아니던가. 넘버 원 런던 브리지라는 글자가 새겨진 돌판이 없었다면 그냥 지나쳐도 모를 판이었다. 그런데 볼품없이 평범하기만 다리에 발을 딛고 걷기 시작하자 이상하게 정이 갔다. 마치 공부 잘하는 잘생긴 동생에 치어 주눅 든 형을 보듯 안쓰러운 마음도 들었다.

다리 중간쯤에서부터 비가 내리기 시작했다. 빗줄기는 금방 굵어졌다. 나는 얼른 등산복의 지퍼를 목까지 올리고 선바이저 위로 후드를 씌워 얼굴로 들이치는 비를 막았다. 비가 스며들지는 않지만 쏟아져 내리는 차가운 가을 비로 인해 곧 등줄기가 서늘해졌다. 급히 어깨에 둘러멘 가방을 뒤져 우산을 꺼냈다. 우산이라기보다 둘이 쓰기에 턱없이 작은 양산이지만 앞서 걷고 있는 민소에게 다가가 내밀었다. 바람에 날릴까 봐 모자를 붙잡은 그녀의 손등으로 빗물이 흘러 내리고 있었다. 연두색 바탕에 오렌지색 꽃무늬가 현란한 양산을 힐끗 쳐다본 민소는 코트 앞자락을 여미며 괜찮다고 사양을 하고는 계속 앞장서서 걸었다. 품에 안은 명품 백 때문에 여며지지 않는 코트 자락이 펄렁거렸다.

변덕스러운 런던의 날씨답게 비는 곧 그쳤다. 주위를 둘러보며 천천히 걸어 런던 타워 매표소로 가니 퇴장까지 한 시간밖에 남아 있지 않았다. 나는 진열되어 있는 갑옷이나 스코틀랜드 왕이 갇혀 있었다는 빈 방보다 기념품 가게가 문을 닫아 버리면 어쩌나 더 신경이 쓰였다. 동생 울렸다고 야단맞아 시무룩하던 손자 녀석이 선물 많이 사다 주겠다는 말에 씨익 웃던 모습이 떠올라 마음이 급했다. 민소는 빨리 가자고 재촉하는 나에게 못마땅한 표정을 지었지만 군말없이 따라와 주었다.

두툼한 천으로 만든 은색 투구며 나무 칼, 열쇠고리 등을 사들고 워털루 역으로 갔을 때는 이미 어둑어둑해져 있었다. 여기가 종착역인지 많은 전철이 정차되어 있었다. 어제 이미 답사를 한 뒤라 우리는 자신 있게 곧 떠날 것 같아 보이는 열차에 올라탔다.

전철 안은 퇴근하는 사람들로 꽉차 앉을 자리가 없었지만 정류장을 하나씩 지날 때마다 좌석이 비어 갔다. 그런데 한참을 가도 내려야 할 역이 나타나지 않았다. 윔블던 역에서 두어 정거장만 가면 됐던 것 같은데 이미 다섯 역 이상 지났다는 생각이 퍼뜩 들었다. 나는 벌떡 일어나 출구 쪽으로 갔다. 문 위에 붙어 있는 지도에는 우리 역 이름이 없었다. 차를 잘못 탄 모양이었다. 바깥은 이미 깜깜해져 있었다. 다음 역에서 내려 돌아가야 할 것 같았다.

우리가 내린 역은 한가한 시골역이었다. 건너편으로 가려고 구름 다리를 건너는데 비가 한두 방울 떨어지다 말았다. 역에는 우리 외에 아무도 없었다. 철길 건너편에 있는 건물은 역사인 모양인데 방마다 불이 꺼져 있었다. 가끔씩 바람이 휘익 불고 지나갔다. 잠시 후, 울타리 사이로 헤드라이트가 비추더니 차 한 대가 멈춰 서는 게 보였다. 제복 비슷한 옷을 입은 남자가 내려 울타리 안으로 들어왔다. 마치 전깃불 대신 가스 불을 켠 것처럼 어둑한 철길을 따라 그는 계속 저쪽으로 걸어갔다. 잠깐 안내판을 보는 사이에 그는 어디론가 사라졌다. 안내판에는 다음 전철이 30분 후에 온다고 써 있었다.

"애, 나름 정취가 있지 않니?"

내 말에 앞만 바라보고 있던 민소가 나즈막한 소리로 대꾸했다.

"그래, 분위기 있다. 그렇지 않아도 대학교 때 너랑 같이 기차타고 여행 다니던 생각하고 있었어. 어느 해 가을인지 교외선 타고 송추에 갔을 때 단풍이 정말 예뻤었지."

"맞아. 단풍 본다고 한참 걷다가 하마터면 마지막 기차 놓칠 뻔했었잖아."

"그날도 돌아올 때 오늘처럼 비가 뿌렸었어. 집 근처 버스 정류장에 내리니까 인석이가 기다리고 있더라. 젖은 머리카락이 얼굴에 달라붙어서 후줄근한 모습으로. 그런데 그 모습이 왠지 불쌍

하더라구. 그래서 몇 번 더 만나 줬지."

후줄근이라니? 이마 한쪽으로 흘러내리는 머리카락을 뒤로 쓰 윽 넘기는 그 모습이 나를 얼마나 설레게 했었는데……. 그날 혹 시 인석을 볼 수 있을까 해서 버스를 두 번이나 갈아타고 그의 집 앞까지 갔던 생각을 하니 민소와 더 말을 섞고 싶지 않았다.

집에 돌아오니 부엌에 불이 꺼져 있었다. 살금살금 이층으로 올 라가 코트를 벗고 아래층으로 내려왔다. 캄캄한 부엌에서 전기 스 위치를 찾는 게 쉽지 않았다. 팔을 뻗어 한참 벽을 더듬는데 초등 학교 5학년이라던 이집 아들아이가 부엌으로 들어오며 불을 켜더 니 꾸벅 절을 했다. 식탁 위에는 먹다 흘린 김치 국물 자국뿐 아 무 음식도 놓여 있지 않았다. 지저분하기 짝이 없는 스토브 위의 냄비에는 시뻘건 국물의 찌개가 반쯤 들어 있었다. 잠이 깬 파리 들이 전등 주위로 서서히 모여들었다. 밥솥을 열려고 끙끙거리는 아이를 민소가 말렸다.

"얘, 그만해라. 그러다 밥솥 망가뜨리겠다. 밥이 덜 되서 안 열 리는 건지도 모르잖니."

"네, 아마 우리가 밥을 다 먹어서 새로 하고 있는 중인가 봐요."

아이는 중얼거리며 밥솥을 이리저리 돌려보다가 나갔다. 곧 이 어 옆방에서 엄마, 어쩌고 하는 아이의 소리가 들렸다. 거기에 대 한 여자의 대꾸는 들리지 않았다. 대신 화가 난 듯한 남자의 목소리가 들렸는데 무어라고 하는지는 알 수 없었다. 곧이어 무언가 벽에 부딪치는 둔탁한 소리가 들렸다. 잠시 후 부엌으로 다시 들어온 아이는 괜스레 냄비 뚜껑을 열었다 닫았다.

"애, 괜찮아. 우리 나가서 먹고 들어올게. 너 5학년이라고 했지? 착하게 생겼구나."

"아니…… 저 6학년인데요."

부엌 앞 복도에는 어제 본 왕파리가 여전히 자리 보존을 한 채 누워 있었다.

아홉 시가 넘은 시각이라 한국 마켓은 문을 닫았고, 주막이라는 이름의 술집에만 오픈 사인이 붙어 있었다. 길 건너 저쪽에 불 켜진 부대찌개 식당이 눈에 들어왔다.

비 오는 밤의 부대찌개 식당은 지친 여행객의 마음을 달래기에 충분히 아늑했다.

"아니, 어쩌면 여자가 내다보지도 않니? 밥은 그렇다 치고 나 같으면 걱정이 되서라도 나와 보겠다."

민소가 옆 사람이 들을까 걱정되는지 소리를 낮춰 말했다. 옆 테이블에 앉은 사람들이 중국 말로 떠들기 시작했다.

"아들이 5학년인지 6학년인지도 모르는 여자한테 뭘 기대하겠니? 남편은 직장 다니나? 민박집 일 여자 혼자 하려면 힘들 텐데……."

"그 남자 인상 보니 전혀 집안 일 도와줄 사람같지 않더라. 여자 말에 대꾸도 안 하던데 뭘. 자기만 잘난 줄 아는 전형적인 유형인 것 같았어. 저런 부류의 인간들 내가 좀 알지."

그 말에 내가 픽 웃자 민소가 얼른 덧붙였다.

"어쨌든 내일은 우리가 늦더라도 먹을 수 있게 상을 차려 놓으라 그래라. 잘 덮어 놓으라는말 잊지 말고. 파리랑 나눠 먹을 수는 없잖니."

민소는 끼들끼들 웃으며 뜨거운 보리차를 마셨다.

다음 날은 이곳 여행사와 일일 관광을 떠나기로 한 날이다. 아침 여덟 시까지 약속 장소에 가려면 적어도 여섯 시에는 일어나야 할 것 같았다. 화장을 공들여 하는 민소는 다섯 시 반에 일어나야 한다고 했지만 나는 못 들은 척 알람을 여섯 시로 맞춰 놓았다. 그러나 알람은 전혀 소용이 없었다. 민소가 부시럭거리며 일어나 불을 탁 켠 시각이 다섯 시 반이었다.

런던에서 서북쪽으로 두 시간 거리인 옥스포드와 셰익스피어 생가, 그리고 영국에서 제일 오래 전에 지어졌다는 성까지 우리를 인도할 가이드는 삼십대 중반의 금발 미인이었다. 그녀는 짧은 까만 원피스에 몸에 딱 맞는 낙타색 재킷을 걸치고 반짝반짝 빛나는 까만 구두를 신고 있었다. 밤까지 동행할 여행객은 우리를 포함한 열 네명. 대부분 젊은이들로 구성된 단출한 그룹이었다.

『로드 어브 더 링』을 쓴 J.R.R 톨킨과 『나니아 연대기』의 저자 C.S 루이스가 옥스포드 대학에 다니며 우정을 나눴다는 레스토랑에도 관심이 갔지만 내 귀를 더 솔깃하게 한 건 『이상한 나라의 앨리스』가 이곳 배경이라는 점이었다. 세 살짜리 외손녀 이름이 앨리스인 만큼 무슨 일이 있어도 그 기념품 가게에는 꼭 가야한다는 사명감에 다른 곳은 눈에 들어오지도 않았다.

내가 눈에 불을 켜고 물건을 고르는 동안, 민소는 고맙게도 말없이 기다려 주었다. 남편의 전처 딸이 낳은 손주들이 있다면서 그 애들에게 선물 사 줄 생각은 없는 모양이었다.

"애, 너는 애들 선물 안 사?"

"요즈음 애들이 이런 싸구려 기념품 좋아하는 줄 아니? 난 공항 면세점에서 살 거야."

민소의 말에 나는 들고 있던 토끼 모양의 연필깎이를 슬그머니 내려놓았다.

가이드가 들려준 말 중 가장 귀에 남는 건 셰익스피어가 대학 교육을 받지 않은 게 다행이라는 점이었다. 쓸데없는 영향을 안 받았기에 그의 창의성이 그대로 작품에 남을 수 있었다는 것이다. 그의 글은 다 역사를 바탕으로 한 이야기들이라고도 했다.

"그렇다면 머리 속에서 새롭게 만들어진 이야기가 하나도 없다는 말이잖아. 이거 좀 실망스러운데……. 여지껏 괜히 존경했잖아, 이제부터 나도 한 편 써 봐?"

민소가 나를 쿡 찌르며 큰 소리로 말했다. 나는 민소가 행여나 영어로 같은 말을 되풀이할까 봐 가슴이 졸여 슬쩍 옆으로 피했다.

11세기에 지어졌다는 성은 세월의 흐름에 따라 주인이 바뀌며 여러 차례 개축을 한 결과 지금은 언덕 위에 웅장한 모습을 자랑하며 서 있었다. 가이드는 우리에게 영국 차와 스콘을 대접한 후 자유 시간을 주었다. 방마다 들여다보고 성 주위를 찬찬히 돌고도 시간이 남아 벤치에 앉아 여유를 즐기다 약속 시간 15분 전에 출구로 향했다. 그런데 출구가 하나가 아니었다. 우리는 오른쪽 문을 통해 바깥으로 나갔다. 좁은 길을 따라 이리저리 헤매었건만 타고 온 밴은 보이지 않았다. 같은 골목을 몇 바퀴 돌자 불안한 마음이 엄습했다. 어두워 가는 거리에는 물어볼 만한 사람도 눈에 띄지 않았다. 뛰다시피 걷다 보니 성에서 점점 멀어졌다. 약속 시간은 이미 오래전에 지난 뒤였다. 간신히 번호를 찾아 전화를 하자 가이드는 이쪽 말을 들으려고도 않고 곧 오지 않으면 우리를 놔두고 떠날 수 밖에 없다고 협박조로 말했다.

우리 때문에 30분 늦게 출발한 밴은 가이드의 우려대로 서너 차례나 러시아워에 걸려 서행을 해야 했다.

"가이드한테 미안해서 눈도 못 마주치겠다, 얘. 이 노릇을 어쩌면 좋으니?"

내가 민소 쪽으로 몸을 기울이며 말하자 매몰찬 대답이 돌아왔다.

"미안하긴? 애초에 저 여자가 약속 장소를 제대로 가르쳐 주지 않아서 그런 거잖아. 그래놓고 어따 대고 협박이야?"

민소는 가이드 쪽을 흘낏 보며 팔짱을 끼었다.

집에 도착하니 거의 열 시가 되어 가고 있었다. 웬일인지 주인 여자는 아직 부엌에 있었다. 식탁 위에는 랩으로 씌운 나물 접시가 몇 개 놓여 있었다. 여자는 말없이 국을 떠 주더니 서둘러 부엌을 나갔다. 왠지 발걸음이 불안정한 것 같았다.

"애, 저 여자 목 봤니?"

민소가 내 귀에 대고 속삭였다.

"아니, 못 봤어. 왜?"

"터틀넥 스웨터 위로 목에 피멍 자국이 있는 것 같애."

우리는 서둘러 밥을 먹고 설겆이를 한 후 이층으로 올라갔다. 부엌문 앞의 파리는 여전히 그 자리에 있었다. 사흘째 꼼짝 않고 누워 있는 것이었다.

"어쩌면 저 여자는 죽은 파리를 치우지도 않니? 벌써 며칠째야? 안 보이나? 혹시 우울증 있는 거 아니야?"

방 문을 닫으며 말하자 스카프를 풀던 민소가 돌아섰다.

"나는 저 여자 심정 알 것 같애. 내 전 남편이 저랬어. 일 갔다 돌아와 보면 글 쓴답시고 쓰레기 더미에 앉아 있는 거야. 그 사람

눈에는 그런 게 안 보이나 봐. 피곤한 몸으로 그거 치우려면 화가 치밀었지. 나중에는 나도 그냥 두게 되더라."

"그랬구나. 몰랐어. 그래도 지금 남편이 돈도 잘 벌어다 주고 자상하니 얼마나 다행이니."

잠시 가만히 나를 바라보던 민소가 돌아서며 한 마디 했다.

"나도 저 여자처럼 가끔 터틀넥 입어. 그 인간이 절대로 얼굴에 손을 안 대니 그건 다행이라고 해야 하나? 나 우울증 약 먹은지 꽤 됐어."

나는 침대 위에 주저 앉았다.

자다가 깼는지 파리 한 마리가 윙 소리를 내며 날아 올랐다.

엄마의 청춘

신현수

신현수

삶이 너무너무 힘겨울 때, 반듯이 서 있는 것조차 버거울 때, 자꾸만 아래로 가라앉게 될 때, 우리는 무엇으로부터 위로 받고 힘을 얻을 수 있을까요? 여러 가지가 있겠지만 그중 하나는 사랑, 혹은 사랑의 추억이 아니겠는지요. 이런 생각을 하다가 이 작품, 『엄마의 청춘』을 쓰게 됐습니다.

• • •

이화여대 국문학과를 졸업하고, 오랫동안 『국민일보』 기자로 일했습니다. 2001년 '샘터상'에 동화가, 2002년 『여성동아』 장편소설 공모에 소설이 당선되어 작가가 되었고, 지금은 주로 청소년 소설과 동화를 쓰고 있습니다.

그동안 펴낸 책으로는 장편소설 『끝이 없는 길은 없다』, 청소년 역사소설 『뭉청, 꿈을 빚다』, 장편동화 『내 마음의 수호천사』와 『유월의 하모니카』, 창작동화집 『빵점이어도 괜찮아』 등이 있습니다.

*

"아직도 있을까, 그 돌다리? 궁금하다. 한번 가 보고도 싶고."

안방 문틈으로 엄마 목소리가 흘러 나왔다. 미오는 멈칫했다. 누군가와 전화를 하는 것 같은데, 목소리가 모처럼 밝아 보이는 데다 카랑카랑하기 때문이었다.

또다시 엄마의 말소리가 들렸다. 역시 아까처럼, 밝고 카랑카랑한 그런 목소리.

"응. 사진은 있어. 삼십 년이나 돼서 색은 좀 바랬지만 그래도 꽤 선명해."

미오는 잠깐 추측해 봤다. 라라 아줌마랑 통화하나, 하고. 그런데 그건 아닐 것 같았다. 조금 전 엄마가 삼십 년 운운했는데, 엄마와 라라 아줌마가 친구가 된 건 십 년밖에는 안 된다고 했으니까. 더구나 둘은 얼마 전에 절교했다. 이유가 무엇인지는 모르지만.

그렇다면 엄마의 통화 상대는 라라 아줌마보다 훨씬 오래된 친구일 게 분명했다. 두 사람은 어떤 돌다리에 대해 삼십 년 전의 추억을 공유하고 있는 듯했으므로.

미오는 살짝 열린 안방 문틈으로 귀를 기울였다. 학교 다녀왔다고 인사하려던 것도 잊고서……. 엄마의 통화 상대가 궁금해서가 아니었다. 오랜만에 듣는 밝고 카랑카랑한 엄마 목소리를 좀 더 귀에 담고 싶어서였다.

엄마는 마흔아홉이라는 나이치고는 젊고 날씬한 데다 얼굴도 고운 편이었지만, 무엇보다도 목소리가 밝고 카랑카랑한 '목소리 미인'이었다. 일러스트레이터가 아니라 아나운서나 성우를 했으면 더 성공하지 않았을까 싶을 정도로.

하지만 일 년 전, 아빠가 갑작스레 세상을 뜬 후부턴 미오는 엄마의 멋진 목소리를 들을 수 없었다. 그럴 만도 했다. 원래 엄마는 아빠 없이는 못 살 것 같은 사람이었는데, 헤어짐을 준비할 시간조차 주지 않고 아빠는 급히 떠났다. 깊은 병이 있었던 걸 아빠조차 뒤늦게 알았고, 그래서 손쓸 시간이 전혀 없었고, 엄마와 미오는 너무도 허무하게 아빠와 작별해야 했다.

그 후 엄마는 집안 일도 대충대충 하고, 일러스트레이터 일도 올 스톱시켰다. 작년 봄 유명한 북페어에서 '올해의 일러스트레이터'로 뽑힌 후, 이제 막 그림책 작가로서 명성을 쌓아 가고 있었는데 말이다. 삶의 의미, 살아갈 의욕을 엄마는 다 잃은 듯했다. 더불어 엄마는 그 밝고 카랑카랑한 목소리까지 잃어버렸다.

미오가 딴 생각을 한 사이, 다시 엄마 목소리가 흘러 나왔다.

"맞아, 개울물 참 맑았지. 다리에 앉으면 물소리도 졸졸 들리고. 개울가에 이팝나무 꽃도 하얗게 피고. 그립다."

아, 이팝나무 꽃. 미오도 그 꽃을 안다. 춘천에 있는 외할머니 집 마당엔 이팝나무가 두 그루 있고, 오뉴월이면 눈처럼 하얀 꽃이 볼 만하게 핀다. 하얗게 핀 꽃이 나무를 덮을 때, 마치 흰쌀밥처럼 보인대서 이팝나무라고 한다고 외할머니는 말했다.

갑자기 스마트폰 벨이 요란하게 울렸다. 발신인은 남친, 아니 정확히 말하면 어제까지 남친이었던 진후였다. 전화를 받기 싫었지만, 미오는 얼른 통화 버튼을 눌렀다. 그냥 놔 두면 엄마한테까지 벨 소리가 들릴 것 같아서. 진후가 큰 소리로 말했다.

"송미오, 진짜 네가 오해한 거야. 나하고 민여선, 그런 사이 아니라고. 왜 날 못 믿니?"

미오는 낮은 목소리에 잔뜩 힘을 주어 대답했다.

"주진후, 얼른 끊어라. 다 끝났는데 구질구질하게 왜 이래?"

"진짜 아냐. 난 너밖에 없다고!"

"내가 똑똑히 봤는데도? 양다리는 진짜 싫다고!"

미오는 전화를 끊고 벨 소리도 무음으로 설정해 버렸다. 바로 그때 안방에서 불쑥 엄마가 나왔다.

　"어머 미오야, 언제 왔니?"

　엄마는 좀 당황한 표정이었다. 얼핏 보니 뺨도 발갛고, 눈가엔 눈물도 묻어 있는 것 같았다.

　"방금. 엄마, 나 좀 쉴게."

　"그래. 좀 있다가 저녁 먹자."

　허둥지둥 부엌으로 가는 엄마를 보며 미오는 고개를 갸웃했다. 엄마가 좀 이상해 보였다.

　방으로 가서 옷을 갈아입는데 진후가 카톡을 보냈다.

　—송미오, 나를 믿어 주라. 플리즈! 나를 버리지 마!

　미오가 대꾸하지 않자 진후가 또 카톡을 띄웠다.

　—나, 양다리 아니라고! 민여선하고 그냥 한 번 얘기한 거뿐이라고.

　—암튼 싫어! 내 인생에서 꺼져!

　미오는 아무렇게나 대답하곤 카톡 방을 나와 버렸다.

　조금 후 엄마가 저녁을 먹자며 소리쳤다. 별로 내키지 않았지만, 엄마 혼자 식탁에 앉아 있을 게 마음에 걸려 미오는 밖으로 나갔다. 식탁엔 떡볶이와 채소 샐러드, 과일 접시가 차려져 있었다. 아빠가 떠나고 얼마 후부터 엄마는 식탁을 최대한 간소하게 차렸다. 오늘 식탁 역시 소박하기 짝이 없었지만, 보라색 붓꽃이 꽂힌 꽃

병이 있는 게 달랐다. 그러고 보니 엄마는 보라색 블라우스까지 입고 있었다. 보라색은 엄마가 가장 좋아하는 색깔이다.

"엄마, 좋은 일 있어? 출판사랑 새 계약이라도 했어?"

미오가 묻자 엄마가 살며시 웃으며 대답했다. 아까만큼은 아니지니만 꽤나 밝은 목소리로.

"좋은 일은 무슨. 없어. 그렇지만 이제 정신 차리고 다시 일하려고. 너무 오래 쉬었잖아."

"진짜? 난 대찬성! 그래서 꽃도 사 오고, 이쁜 옷도 입었구나. 엄마, 정말 이제 그만 궁상 떨고 좀 밝게 지내. 그래야 하늘에 있는 아빠도 좋아할 거라고."

"노력해 볼게. 근데 너 진짜 헤어졌니? 진후 말대로 네가 오해한 건 아냐?"

"걔 양다리 맞아. 내가 똑똑히 봤다고. 그리구 난 양다리는 절대로 싫어!"

"양다리야 당연히 안 되지. 그렇지만 네가 오해한 것일 수도 있잖아. 솔직히 엄마는 너희 둘 계속 사귀었으면 좋겠어. 너 한참 힘들어했는데 진후 덕에 밝아졌잖아. 괜찮은 애 같던데."

"엄마까지 왜 이래? 주진후, 꼴도 보기 싫다고!"

미오는 벌떡 일어나 방으로 들어와 버렸다. 침대에 눕자 진후와 사귀기 시작했을 때부터의 일이 하나하나 떠올랐다. 고등학생이 되고 얼마 후, 진후가 다가와 사귀고 싶다고 했던 그날 일부터.

그날 미오는 가슴이 이렇게 콩닥거릴 수도 있다는 걸 세상에 태어나 처음으로 알았다. 진후와 맨 처음 손을 잡았던 그때는, 전기에 감전된 듯 머리끝부터 발끝까지 온몸이 찌릿찌릿 했다. 무엇보다도 진후는 열일곱 살 인생 중 가장 힘들었던 시기의 미오에게 큰 힘이 돼 준 아이였다. 아빠를 갑자기 잃고, 가고파 했던 애니메이션 고등학교에까지 떨어져 낙심해 있던 미오에게. 우울의 늪에서 헤어나지 못하는 엄마 때문에 더더욱 힘겨웠던 미오에게. 그리고 백 일 가까이 사귀어 오는 동안, 미오는 점점 더 진후가 좋아졌다. 엄마 말이 아니더라도, 진후는 꽤 괜찮은 애였다.

그랬던 녀석이 양다리를 걸친 거다. 그것도 '남친 갈아치우기 선수'로 소문난 민여선이랑. 며칠 전 진후가 여선과 환하게 웃으며 노닥거리고 있는 걸 보았을 때, 미오는 피가 거꾸로 솟는 것 같았다. 그 광경이 아른거려 미오는 머리끝까지 이불을 폭 뒤집어썼다. 그랬다가 도로 얼굴을 내밀고 천장을 보았다.

'내가 진후한테 이러는 것도 엄마 아빠를 닮아서가 아닐까? 어쩜 그럴지도 몰라.'

엄마 아빠는 입버릇처럼 말하곤 했다.

—우리는 순정파란다. 사랑을 하려면 엄마 아빠처럼 해야지. 우린 처음 만난 뒤 서로 단 한 번도 한눈 판 적 없다.

—맞아, 우리 딸 미오도 좋은 남자 만나서 우리처럼 순정파 사랑을 했으면 좋겠다.

엄마 아빠는 정말 사이가 참 좋았고, 찰떡처럼 서로 늘 붙어 다녔다. 아빠가 떠난 후 엄마가 지나치게 힘들어 하는 것도, 금슬이 너무 좋았기 때문이라고 외할머니는 말했다.

그래서일까. 미오는 남친을 사귄다면 서로에게 무조건 순정파가 돼야 한다고 생각했다. 사귀는 동안 절대로 딴 이성한테는 눈길 주지 말아야 한다고 여겼다. 그런데 주진후란 녀석은 민여선한테 눈길을 줬다. 배신을 때린 거다. 미오는 열불이 나서 다시 이불을 얼굴까지 폭 뒤집어썼다.

*

두 시간쯤 잤을까? 선뜩한 느낌에 미오는 잠에서 깼다. 어느새 밤이 되고, 활짝 열린 창문으로 바람이 사정없이 들이치고 있었다.

거실로 나가니 집안이 조용했다. 집 앞 슈퍼마켓에라도 갔는지 엄마가 없었다.

미오는 부쩍 자라난 손톱이 성가셔서 손톱깎이를 찾으려고 안방으로 갔다. 그런데 화장대 서랍을 열었다가 낯선 사진 한 장을 보았다. 개울 위에 놓인 돌다리 난간에 젊은 남녀가 앉아 있는 사진이었다. 꽤 오래된 듯, 사진은 모서리가 해져 있었지만 컬러인 데다 색깔도 제법 선명했다.

미오는 사진을 들여다보았다. 푸른 들판 한가운데에 있는 아담한 돌다리, 그 아래를 흐르는 맑은 개울물, 개울가에 하얗게 핀 이팝나무 꽃, 돌다리 난간에 앉은 남녀……. 머리를 하나로 묶은 사진 속 여자는 남자를 향해 옆모습을 보인 채 앉아 있고, 베레모를 쓴 남자는 허리를 구부린 채 뒷모습만 보이고 있었다.

문득 아까 들었던 엄마 얘기가 떠올랐다. 저녁 때 누군가와 통화할 때 엄마는 돌다리, 개울, 개울물 소리, 이팝나무 꽃, 그리고 삼십 년 된 사진에 대해 얘기했다. 그 낱말들과 사진 속 풍경이 그대로 딱 겹쳐졌다. 게다가 사진 속의 여자는 젊은 날의 엄마가 분명했다. 미오는 엄마의 옛날 모습에 퍽 익숙하다. 옛 앨범 속에서 엄마 사진을 워낙 많이 본 데다, 미오가 엄마 모습을 쏙 빼닮은 덕분이었다. 하지만 사진 속의 남자는 아빠가 아니었다. 뒷모습만 찍혔지만 미오는 그걸 확실히 알 수 있었다.

갑자기 머릿속이 하얗게 텅 비는 것 같았다. 등 뒤에서 엄마 목소리가 들린 것은 그때였다.

"뭐하니, 미오야?"

미오는 홱 돌아서서 엄마를 향해 사진을 냅다 팽개쳐 버렸다.

"뭐야, 이 사진? 이 남자, 아빠 아니잖아! 아까 누구랑 전화한 거야?"

엄마가 놀란 눈으로 방바닥에 떨어진 사진을 보았다. 미오는 엄마를 매섭게 쏘아보곤 안방을 나와 버렸다. 그러곤 제 방으로 와서 불도 끈 채 침대에 앉아 있었다. 조금 뒤 방문을 두드리더니 엄마가 들어왔다.

"미오야, 엄마랑 얘기 좀 하자."

"할 얘기 없어. 나가라고!"

"그게 아니고, 미오야……."

"나가라고 했지!"

미오가 빽 소리치자 엄마가 한숨을 내쉬며 방을 나갔다.

물어보지 않아도, 듣지 않아도 미오는 짐작할 수 있었다. 뻔할 뻔자, 뻔한 스토리다. 사진 속 남자는 엄마의 첫사랑이나 옛사랑쯤 되겠지. 그래서……. 그 다음은 차마 말로 표현하기도 싫었다. 배신감이 물밀듯이 밀려왔다. 아빠가 살아 있을 때 '순정파 사랑' 어쩌고 했던 엄마가 가증스럽고, 심지어 불결하게까지 느껴졌다.

미오는 진후한테까지 더 화가 났다. 그래서 스마트폰을 찾아 빠르게 자판을 두드렸다.

—주진후, 너 앞으로 나한테 연락하면 죽는다. 학교에서도 아는 척 하지 마.

이 가증스런 양다리야!

진후한테 곧 답톡이 오는 것 같았지만 미오는 읽지 않았다.

여선이 여자애들과 재잘거리며 현관에 모습을 드러냈다. 미오는 얼른 가서 여선의 팔을 잡았다.

"잠깐 나 좀 볼래? 오 분이면 돼."

"나? 왜? 아, 너 주진후 때문이구나? 알았어. 딱 오 분이다."

여선이 대답하자 다른 여자애들이 킥킥거렸다. 순정파 송미오, 주진후랑 어쩌고, 하는 소리도 들렸다. 사실 미오와 진후가 커플이라는 걸 1학년 치고 모르는 애는 없었다. 둘 사이가 지금 막 깨지려는 찰나에 있다는 것도.

아이들이 그러거나 말거나 무시한 채, 미오는 앞장서서 운동장 구석으로 갔다. 딴에는 잔뜩 용기를 낸 거였다. 사실 진후와의 일에 엄마 일까지 겹쳐 아침까지만 해도 기분이 완전히 엉망이었다. 두 가지 일 모두 도무지 진실을 알 수 없기 때문이었다. 한편으로는 별로 알고 싶지도 않았다. 어떻게든 되겠지, 싶었다.

그런데 생각해 보니 그대로 두어서는 안 될 일들 같았다. 진후는 열일곱 살 인생에서 만난 첫 남친이고, 엄마는 이 세상에 단 하나뿐인 피붙이였다. 둘 다 결코 모른 척할 수 없는 중요한 존재였다. 무엇보다도 미오는 무슨 일이 실타래처럼 엉켜 있고 꼬여 있는 걸 견디지 못했다. 빨리 풀어야만 직성이 풀렸다. 그 성미마저도 엄마를 닮은 것이었지만.

그래서 오늘 아침 미오는 굳게 마음먹었다. 두 가지 일 모두 정면 돌파하기로. 여선을 불러낸 건 바로 그런 까닭이었다.

운동장 구석에 다다라 미오는 물었다. 자존심을 꾹꾹 누르고서.

"여선아, 부탁인데, 꼭 진실을 말해 줘. 너, 진후랑 진짜 아무 사이도 아니니?"

여선은 대번에 핏대를 올렸다.

"너 날 뭘로 보고 이러니? 너만 순정 영화 찍는 거 아니다, 나도 나름 순정파고, 연애의 법칙이 있어."

"연애의 법칙? 그게 뭔데?"

"현재의 남친한테만 집중하고, 양다리는 절대로 안 걸치는 거. 나 오동현이랑 사귀는 거, 너도 알지? 그리구 난 임자 있는 애는 절대로 안 건드려. 결론적으로 네 남친 주진후랑은 아무 사이도 아니란 말씀."

"진짜지?"

"진짜. 솔직히 주진후 같은 범생이는 내 스딸도 아냐. 그니까 믿으라고, 알았지? 그리구 진후 걔, 진짜 너 좋아하는 것 같던데, 울리지 마라. 너하고 깨질까 봐 완전 떡실신 상태더라."

이렇게 말하고 여선은 쌩 가 버렸다. 미오는 딱 직감이 왔다. 여선이 거짓말을 하는 게 아니라는 직감이. 정말 오해를 했구나 싶어, 진후에게 미안했다. 쿨하게 진실을 알려 준 여선에게는 조금

창피했다. 어쨌거나 마음이 조금 가벼워져서 발길을 옮기는데 스마트폰이 울렸다.

"너, 여선이 데리고 가던데, 무슨 일인데?"

진후였다.

"몰라, 비밀."

"오호, 목소리 들으니까, 필이 오는데! 드디어 진실을 알아채셨군. 맞지? 미오야, 나 주진후는 온리 유라고!"

"몰라, 끊어!"

잠깐만이라도 만나고 싶다며 진후가 보챘지만 미오는 오늘은 안 된다고 했다. 미술학원도 가야 하고, 엄마와의 문제가 현재 진행형이라 아직 마음이 불편했다.

*

미술학원을 마치고 집으로 가자, 엄마가 파리한 얼굴로 맞았다. 어디 아픈가 싶어 안쓰러웠지만 엄마와의 일도 오늘을 넘길 순 없었다. 미오는 소파에 엉덩이를 걸치며 말했다.

"엄마, 나하고 얘기 좀 해."

엄마가 기다렸다는 듯 옆에 앉았다.

"그래, 엄마도 오늘은 꼭 너랑 얘기하려고 했어. 먼저 진짜 미안하다. 충격 받았을까 봐서 마음 아프고. 그렇지만 엄마는 우리 미오하고 아빠한테 떳떳해. 들어볼래?"

조금 긴장했는데, 각오도 했는데, 미오는 일단 마음을 놓았다. 엄마가 스스로 떳떳하다고 하니까. 그렇다면 크게 걱정할 일은 없을 테니까. 엄마가 얘기를 시작했다.

"짐작했겠지만 사진 속 남자는 엄마 첫사랑이야. 대학 동기이고 네 아빠 만나기 훨씬 전에 사귄 사람이지. 스무 살부터 오 년 동안 만났는데, 어쩌다 헤어졌어."

왜 헤어졌는지 미오는 묻지 않았다. 그럴 만한 사정이 있었겠지 싶어서.

"그러고서 몇 년 후 네 아빠를 만났어. 너도 알겠지만 엄마 아빠는 서로 많이 사랑했어. 그러면서 엄마는 그 사람을 잊었지. 물론 아주 가끔은 생각났어. 첫사랑이니까."

미오가 물었다.

"그런데 어떻게 다시 연락이 됐는데? 아까 엄마, 그 사람하고 전화한 거 아냐?"

"그건 이렇게 된 거다. 아빠 돌아가시기 얼마 전에 엄마가 북페어에서 '오늘의 일러스트레이터'로 뽑혔잖아. 그게 신문에 나서 사진까지 실렸고. 그걸 그 사람이 우연히 인터넷 신문으로 봤나 봐. 그 사람, 호주에 살거든. 그래서 ⋯⋯."

뒷얘기는 이랬다. 그래서 그 사람이 엄마 이메일 주소를 알아내

축하 메일을 보냈다는 것, 이십오 년 만의 연락이었다는 것, 그때 엄마는 고맙기도 하고 솔직히 가슴도 뛰었지만 메일을 읽기만 하고 답장하지 않았다는 것, 답장을 하는 것 자체가 마치 아빠를 배신하는 행위 같아서였다는 것. 미오는 이해가 갔다. 엄마 성격에 충분히 그럴 만한 일이었다.

"그런데 얼마 전 그 사람한테서 다시 메일이 왔어. 엄마가 아빠랑 사별한 소식을 동창들 통해 뒤늦게 알았나 보더라. 엄마를 걱정하고 위로하는 메일이었어."

엄마가 먹먹한 눈빛으로 미오를 보더니, 다시 말을 이었다.

"네가 어떻게 받아들일지 모르겠는데, 그 사람 메일 읽다가 엄마 많이 울었어. 아빠 떠난 후 엄마를 위로해 준 이들이 많았지만, 그 메일만큼 위로가 된 게 없었거든. 그땐 라라하고 절교해서 더 힘든 때이기도 했고. 그리고 알고 보니 그 사람도 오 년 전에 아내를 잃었더라고."

미오는 가슴이 울컥했다. 진후 생각 때문이었다. 진후도 미오가 가장 힘든 시기에 손을 내밀어 주었다. 진후가 아니었다면 미오는 우울의 늪에서 여태 헤어나지 못했을지도 모른다. 엄마처럼.

"그래서 이번엔 엄마가 답장을 보냈지. 고맙다고, 그리고 난 예쁘고 착한 딸하고 잘 지내고 있으니 걱정 말라고……. 그런데 그 사람이 다시 메일을 보내서는, 딱 한 번만 목소리를 듣고 싶다더

라. 엄마, 별로 안 망설였어. 이렇게 많은 세월이 흘렀는데, 엄마도 낼모레면 쉰인데, 한번쯤 첫사랑하고 통화할 수도 있는 거 아니니? 더구나 그 사람도, 엄마도, 짝꿍을 잃었잖아."

엄마는 '짝꿍'이라고 표현했다. 그 말이 미오에겐 꽤 신선하게 들렸다. 그래 까짓것, 짝꿍 잃은 첫사랑끼리, 전화 한 통 못할까, 그런 생각도 들었다. 엄마가 아까보단 조금 들뜬 목소리로 말했다.

"그런데, 이왕이면 그 사람한테 예전처럼 밝고 씩씩한 목소리를 들려주고 싶더라. 구질구질한 목소리 말고. 그래서 좀 오버해서 통화했는데 그걸 네가 들었던 거야."

아, 엄마에게 무슨 일이 일어난 건지 미오는 이제 다 알았다. 이상한 것은, 어제는 그렇게 가증스럽고 불결하게까지 느껴졌던 엄마가, 지금은 한없이 작고 연약한 존재로 여겨지는 거였다. 진후를 만나기 전의 자신처럼, 엄마도 역시 누군가의 진실한 위로와 위안이 절실히 필요했구나 하는 생각이 들어서…….

그런데 아직 궁금한 게 하나 더 있었다.

"그럼 사진은? 삼십 년 전 사진을 여태 간직하고 있었던 거야, 첫사랑이라서?"

"아냐, 봄에 춘천 갔을 때 외할머니가 주신 거야. 엄마가 옛날에 쓰던 방 다락에서 나왔대. 네 아빠 만나면서 그 사람 추억이 담긴 건 다 없앴는데, 그게 어떻게 남아 있었나 몰라. 그 사람도 춘천이 고향이거든. 외할머니 집에서 조금 떨어진 곳에 돌다리가 하나 있었고. 옛날에 거기서 찍은 사진이야."

미오는 엄마를 보았다. 아까는 파리하고 핼쑥했는데, 지금은 얼굴에 생기도 돌고 한결 편안해진 모습이었다.

"다 털어놓으니 편하다. 너뿐 아니라 하늘에 있는 아빠까지 오해할까 봐 어제 한숨도 못 잤거든. 엄마 이해해 줄 수 있지?"

미오는 고개를 끄덕이긴 했지만 뭐라 대답할 수가 없었다. 이건 이해를 하고 못하고의 일이 아니지 않은가. 미오가 소파에서 일어나려는데 엄마가 한 마디 덧붙였다.

"엄만 이제 다시 열심히 살 거야. 아빠 보내고서 많이 힘들었는데, 젊은 날의 엄마를 아직까지 기억해 주고, 진심으로 위로해 주는 사람이 있다는 것만으로도 용기가 나더라고. 근데 오해는 마. 그 사람이랑 어떻게 하겠다는 건 아니니까. 어차피 그 사람, 호주에 있어."

미오는 아까처럼 고개를 주억거렸다. 엄마를 결코 오해하지 않았으니까. 무슨 말인지 다 알아들었으니까.

한편으로는 참 신기하기도 했다. 엄마에게도 누군가를 사랑하고, 헤어지고, 또 누군가를 다시 만나 사랑했던, 그런 뜨겁고 애타는 청춘이 있었다는 사실이. 그리고 엄마의 그런 '옛 청춘'이 지금 다시금 엄마에게 삶의 의욕을 불어넣어 주고 있다는 사실이.

미오는 아침을 간단히 먹고 등교를 서둘렀다. 공원 정자 앞에서 만나 함께 학교에 가자고, 진후가 일찌감치 카톡을 보냈기 때문이다.

"엄마! 학교 다녀올게요!"

"그래! 잘 다녀와, 우리 딸!"

미오가 인사하자, 엄마가 현관 앞까지 나와 밝고 카랑카랑한 목소리로 배웅을 해주었다.

정자로 바삐 가면서 미오는 엄마에게 카톡을 보냈다.

—엄마, 마니마니 사랑해요.

그리고 엄마는 행복한 사람, 열심히 살아야 해요.

나도 행복한 아이, 진짜진짜 열심히 살 거예요.

그리고 나, 주진후하고 안 헤어져요. 나는 걔가 참 좋아요.

여성동아 문우회 소설집

저물녘의
황홀

초판 1쇄 발행일 2015년 1월 15일

지은이 노순자 외
펴낸이 김종해
펴낸곳 문학세계사

주소 서울 마포구 신수로 59-1(121-856)
대표전화 02)702-1800 ㅣ 팩시밀리 02)702-0084
mail@msp21.co.kr ㅣ www.msp21.co.kr
트위터 @munse_books
페이스북 facebook.com/munsebooks

출판등록 제21-108호(1979. 5. 16)
값 12,000원

ISBN 978-89-7075-596-0 03810
ⓒ 여성동아 문우회, 2015